김운영 게임 판타지 소설
GAME FANTASY STORY

워로드 구오 1

김운영 게임 판타지 소설

초판 1쇄 찍은 날 § 2009년 12월 3일
초판 1쇄 펴낸 날 § 2009년 12월 10일

지은이 § 김운영
펴낸이 § 서경석

편집장 § 문혜영
편집 § 주소영

펴낸곳 § 도서출판 청어람
등록번호 § 제1081-1-89호
등록일자 § 1999. 5. 31
어람번호 § 제1-1097호

주소 § 경기도 부천시 원미구 심곡2동 163-2 서경B/D 3F (우) 420-822
전화 § 032-656-4452 팩스 § 032-656-4453
http://www.chungeoram.com
E-mail § eoram99@chollian.net

ⓒ 김운영, 2009

ISBN 978-89-251-2009-6 04810
ISBN 978-89-251-2008-9 (세트)

김운영 게임 판타지 소설

GAME FANTASY STORY

워로드 구오

War Lord

1

입문의 길

도서출판 청어람

Contents

2004년 4월 말, 저는 처음으로 소설을 쓰기 시작했습니다. 그것은 바로 게임 소설인 신마대전인데, 그 이후 여섯 작품을 더 썼지만 게임 소설은 없었습니다.

이제 글을 쓰기 시작한 지 만 5년이 지나 다시 게임 소설을 쓰기로 했습니다.

이번에 쓰는 워로드 구오는 제가 구상한 워로드 시리즈의 첫 번째입니다.

워로드 시리즈는 일단 세 작품이 구상되어 있는데, 우선 두 가지를 쓰고, 그다음엔 5년 전에 썼던 신마대전의 2부를 쓸 계획입니다. 그 뒤에 워로드 시리즈의 마지막 부분을 써야겠지요.

시리즈 모두 각각 7권으로 구성했고, 서로 인물이나 스토리가 연결되는 부분은 없습니다. 단지 주인공이 모두 전쟁군주로서 활약을 하는 내용이기 때문에 워로드란 이름으로 묶었습니다.

오랜만에 쓰는 게임 소설이라 어설픈 부분이 많겠습니다만,
이야기 자체는 재미있다고 스스로 평가하고 있습니다.
그럼 워로드 구오, 즐겨주십시오.

2009년 겨울 김운영 올림

WAR
LORD
워로드구오

서장

　마룡 베르키우스, 선한 종족의 가장 큰 적 중 하나인 그 강대한 마물의 레어(Lair:소굴)가 드디어 밝혀졌다!

　"도쿤에서 마룡 토벌합니다! 최강 길드 도쿤입니다!"

　거리마다 도쿤 길드의 선전원들이 나와 들뜬 목소리로 외쳤다.

　대기업인 도쿠마루에서 적극 지원하는 도쿤 길드, 그들은 평소 자신들의 악행으로 인한 마이너스 평가 포인트를 단숨에 없앨 수 있는 마룡 토벌에 전념하기로 했다.

　"관련 퀘스트를 있는 대로 다 받아! 그리고 스크롤(부적)하고 마력석을 전부 쓸어 모으라고! 뭐, 지출이 너무 심하다고?

멍청한 놈! 마룡만 잡으면 단숨에 극동 최강이 될 수 있는 거 모르나!"

길드장 키리칸은 흥분해 있었다. 뭐니 뭐니 해도 세계 최초로 드래곤을 잡는 게 아닌가?

그렇게 도쿤 길드는 총력을 기울여 준비를 했다.

사백 명의 고수가 모였다. 공격대의 최대한도 인원수에서 한 명도 빠지지 않는다.

선전에도 만전을 기해 엔에이치엑스(NHX)에서 직접 생중계를 나오고, 실황 동영상은 더 지존 넷(The Zizon.net)에서 독점으로 방영과 다운로드 서비스를 하기로 계약을 했다.

이제는 실행만 남았다.

"가자!"

필승의 다짐으로 출발한 그들. 마룡의 레어가 있는 죽음의 계곡으로 타고 올라가며 드래곤의 가디언들을 하나하나 잡을 때까지만 해도 그들의 자신감은 흔들리지 않았다.

그러나 마룡 베르키우스, 이놈은 악몽이었다. 일 대 사백이란 수를 비웃기라도 하듯 그는 크게 웃었다.

"크카카카카카카카!"

베르키우스의 피어 오라에 심각한 공포를 느낍니다. 몸이 마비되어 3분간 움직일 수 없습니다.

드래곤이 웃으니 사람은 공포에 빠진다.

"아앗, 제기랄."

"몸이 안 움직여져!"

시작하자마자 사백 명 중 상당수가 피어 스턴에 걸렸다. 정신 보호 강화 마법도 통하지 않았다.

"어리석은 것들, 나 베르키우스 앞에 숫자란 아무런 의미도 없다는 걸 가르쳐 주마!"

화르르르륵!

"우왁, 브레스다!"

"아아아아아악!"

단 한 번의 플레임 브레스(용의 불꽃 숨결)에 마법사와 힐러 계열은 물론이고 그나마 체력이 좀 되는 사냥꾼이나 암살자들도 모두 회색으로 변했다. 방어 마법은 계란 껍데기 정도밖에는 도움이 되지 않았다.

예상을 훨씬 뛰어넘는 파괴력! 마룡은 괜히 마룡이 아니었다.

"으으, 이건 너무 강하군."

지휘를 하던 키리칸이 이를 갈며 중얼거렸다. 옆에서 냉정한 얼굴로 상황을 분석하던 작전참모 모모마루도 한숨을 내쉬며 말했다.

"잡으라고 만든 몹이 아닙니다. 지금까지의 데이터로 분석할 때, 앞으로 삼 년이 지나도 힘듭니다."

"제기랄!"

이놈만 잡을 수 있으면 더 지존의 패권이 성큼 다가오는데!

키리칸은 애꿎은 동굴 벽만 주먹으로 빠개며 성질을 부렸다.

"어쩔 수 없지. 퇴각한다."

답이 안 나오는데 버티고 있어봐야 경험치와 아이템만 날린다. 공략 실패라고 판단되면 피해를 최소로 줄이는 것이 현명하다.

키리칸이 명하자 모모마루는 즉시 하얀 깃발을 양손으로 들어 올리며 길드 공지로 외쳤다.

[후퇴합니다! 전원 귀환 스크롤을 사용해 주십시오!]

"이익, 제길."

"드래곤, 다음에 보자!"

사람들은 베르키우스에게 욕을 하면서도 얼른 스크롤을 꺼내 사용했다. 이걸로 단숨에 마을로 돌아가게 되는 것이다.

그런데 문제가 발생.

퇴각 불가 지역입니다. 드래곤이 레어 전체에 결계를 쳐놓았습니다.

"크카카카카카! 어딜 도망가? 내 레어가 그렇게 호락호락한

줄 알았느냐!"

베르키우스가 갑자기 크게 웃으며 몸을 부웅 띄우더니 입구 쪽에 내려앉아 몸으로 막아섰다.

"아무도 못 나간다!"

두 날개를 활짝 편 베르키우스의 선언은 공격대에겐 사형선고나 마찬가지다.

"크허허헉!"

"이로오오온!"

사람들은 비명을 질러댔다. 특히 키리칸의 표정은 거의 죽음이었다. 전신을 최고의 장비로 둘둘 감은 그였다. 하나만 떨어져도 복구가 쉽지 않을 터.

"으으으, 이런 게 어디 있어!"

키리칸은 버럭 소리를 질렀다. 지금까지 퇴각 불가 지역이란 없었다. 설마 드래곤 레어 특별 옵션이 퇴각 불가였다니.

그사이 사백의 공격대는 베르키우스의 피어에 몸이 굳고, 브레스에 불타고, 마룡의 앞구르기에 깔리고, 앞뒤 다리, 머리, 꼬리, 양 날개의 팔단 동시 휘젓기 공격에 걸려 떼거지로 회색이 되었다. 사백이 올 데드 상태가 되는 데에 10분도 걸리지 않았다.

"크크크크크카카카카카카카!"

드래곤의 비웃음 소리를 들으며 길드장인 키리칸을 비롯한 수뇌부 역시 모두 회색이 되었다.

실패! 완전 실패!

도쿤의 길드원들과 생방송을 지켜보던 사람들은 한숨을 내쉬며 고개를 절레절레 저었다. 도쿤의 횡포에 당했던 사람들은 낄낄대며 꼴좋다고 웃었지만 그들도 드래곤의 위용에 놀란 것은 마찬가지였다.

그렇게 기대는 실망으로 변하고, 더 지존의 유저들은, 드래곤은 인간이 건드릴 수 없기에 드래곤이란 것을 다시 한 번 두 눈으로 확인했다.

*　　　*　　　*

파괴와 살육 뒤에 찾아온 정적. 이제는 오직 마룡만이 남아 인간의 어리석음에 코웃음을 치고 있었다.

레어의 바닥에는 사백의 공격대들이 죽으면서 떨어뜨린 아이템들이 수북이 쌓여 있다. 드래곤인 베르키우스가 보기에도 쓸 만한 것들로, 상당수가 레어(Rare)템이고 유니크(Unique)도 몇 개 보인다.

갑자기 베르키우스의 눈이 반짝 빛났다. 그의 육중한 몸이 어울리지 않게 번개처럼 움직여 바닥에서 황금색으로 빛나는 작은 물건을 집었다.

"오호, 이것은 에픽(Epic) 아이템이 아닌가? 크크크클. 인간 놈들, 꼴에 예의는 알아서 이런 것도 떨어뜨리는군."

황금색은 바로 에픽의 색! 작은 반지이지만 그 힘이 느껴졌다.

에픽템이라니! 또 다른 말로는 레전드 아이템! 이게 구한다고 구해지는 템은 아니다.

레어와 유니크는 죽었을 때 떨어뜨리는 확률에 차이가 있다. 고급 템일수록 잘 떨어뜨리지 않게 되어 있는 것이다. 최고 등급인 에픽템은 드랍률이 겨우 1%에 불과하여, 이걸 떨어드릴 정도면 정말 궁극저주캐라 할 만하다.

베르키우스의 탐욕심이 크게 충족되었다.

이거 떨어뜨린 놈은 미칠 것이다. 어쩌면 자살할지도 모르지. 하지만 그건 떨어뜨린 사람 사정이지 드래곤에게는 신경 쓸 만한 일도 아니다.

레어의 위치가 인간들에게 밝혀진 것은 상당히 기분 나쁜 일로 머지않아 이사를 가야겠지만, 이 정도의 보상이라면 이사 비용은 뽑은 셈이다.

거기에 인간들이 먼저 공격을 해온 이상 이제는 복수의 인과관계가 성립되었다. 인간들의 도시를 한두 개쯤 부숴도 드래곤 평의회에서 아무런 제재가 없을 터. 살육과 약탈의 욕망 또한 곧 채워지지 않겠는가.

"크카카카카카카카."

마룡의 웃음소리는 그대로 피어 오라로 바뀌어 사방으로 퍼져 나갔다. 하지만 이제는 그걸 듣고 스턴이 될 상대도 없다.

"나머지는 가디언들이 다시 부활하면 정리하라고 해야겠군."

게으름의 대명사인 마룡이 아이템을 일일이 주울 수는 없다. 베르키우스는 에픽 반지만 자신의 귀중품 보관함에 넣고 다시 휴식 자세를 취했다.

*　　*　　*

"시간이 되었군."

구오는 실황 중계 채널을 끄며 중얼거렸다. 공격대가 전멸하고 십오 분이 지났다. 이제 레어 안에 남은 것은 베르키우스뿐.

도쿤이 실패할 것은 이미 예측하고 있었다.

"그럴 줄 알면서도 도쿤에게 레어의 정보를 팔아먹은 난 나쁜 놈인가 봐."

"맞아요. 구오 오라버니는 정말 나빠요."

"으윽, 나싱."

"농담이에요. 도쿤이 오라버니한테 한 짓을 생각하면 이걸로도 모자라요."

"아무렴. 이제부터 시작일 뿐이지. 계산은 정확히 해야 하니까 딱 당한 거 열 배까지만 갚아주자고."

"열 배면 도쿤을 통째로 팔아도 안 될 텐데요."

"내가 원하는 게 바로 그거야."

구오는 하늘을 보았다. 그날을 생각하면 이가 갈린다.

기업 앞에 개인의 희생은 당연한 거라고? 적자생존의 법칙에 순응하라고 했지? 좋은 소리다.

"이제 나는 기업보다 강한 개인이 되었다. 이제는 너희가 희생될 차례야."

구오는 속이 좁았다. 본인도 그걸 인정하고 있었다.

아주 아작을 내줄 테다.

그날의 결심이 조금도 흐려지지 않았다. 강해져도 초심을 잃지 않은, 아주 훌륭한 자세다.

하지만 지금은 눈앞에 있는 일을 할 차례. 마룡이 그동안 사람들을 얼마나 괴롭혔는지 관련 퀘스트만 삼십 개가 넘는다.

주로 원한에 의한 복수 퀘나 현상 퀘로 마룡만 잡으면 한 방에 모든 퀘스트가 클리어 된다. 도쿤도 모두 받았지만 안.타.깝.게. 실패했다.

구오는 몸을 일으켰다.

"먼저 들어간다."

"기다리고 있을게요."

나싱은 혼자 레어로 들어가는 구오를 미소로 배웅했다.

                    *   *   *

"베르키우스, 있는가?"

"뭐냐? 아직 떨거지가 남아 있었나?"

인간 한 명이 레어로 걸어 들어오자 베르키우스는 심각하게 고민했다.

저놈 하나를 잡기 위해 이 위대한 내가 몸을 일으켜야 하는가? 이건 에너지적으로도 손해 보는 행동이 아닌가!

그러나 레어에 깔려 있는 템들을 보니 몸을 일으키지 않을 수도 없다.

베르키우스는 신경질적으로 앞발을 확 저었다. 그러자 바람이 일어나 땅에 떨어진 아이템들을 모두 구석으로 날려 버렸다.

"이놈! 감히 주제도 모르고 혼자 들어와? 이왕 들어올 거면 여덟 명 풀파티는 채워서 와야 될 것 아니냐."

베르키우스가 뭐라고 하든 구오는 진지한 얼굴로 자신의 검을 앞으로 내밀며 말했다.

"마룡 베르키우스! 너에게 일대일 대전을 신청한다."

"뭔 헛소리냐? 찌부러져라. 버러지!"

휘익!

빠른 드래곤 앞발 후려치기. 오우거도 이거 한 방이면 오버대미지로 즉시 사망이다.

구오는 그걸 보고 피하지 않았다. 피하려면 피할 수 있다. 하지만 여기서는 방어다.

펙!

"얼라?"

드래곤의 앞발이 인간의 방패에 막혔다. 구오의 몸이 주욱 밀려났지만 그건 어디까지나 충격을 해소하기 위한 것.

"드래곤의 앞발이 허약하다는 정보가 사실이었군. 제로(Zero) 대미지 들어왔다."

완전 방어 성공이다.

"뭐라고! 이 버릇없고 죽고 싶어 눈 돌아간 거지 깽깽이 녀석이!"

구오의 도발에 베르키우스는 완전히 꼭지가 돌았다.

크와와와왕!

시작은 언제나 피어! 그러나 구오는 씹었다.

"이놈, 찌부러져라!"

파워 만땅의 꼬리치기! 그런데 구오는 피했다.

"꼬리로 근육이 다 갔군. 근데 동작이 크고 느려."

"크와악, 이놈!"

"이번엔 내 차례다."

처음으로 구오가 공격에 나섰다. 그의 몸이 마룡의 꼬리 돌려치기가 빗나가며 생긴 틈으로 스며들 듯 나아갔다.

"궁극초마검, 헬(Hell) 소환!"

사사사사사사!

사방의 공기가 모두 구오의 검 속으로 빨려드는 듯했다. 검이 살아서 심호흡을 하면 이럴까? 동시에 검이 커졌다. 마치 풍선이 부풀 듯, 검날의 길이가 오 미터를 넘었다.

"오호, 확실히 사백의 공대가 죽어라고 싸워서 그런지 레어 안에 마나가 넘치고 흐르는군."

기본 소환에 충전률 53%. 행복한 수치다.

구오는 그 거대한 검을 한 손으로 휘둘렀다.

파파팟!

거대한 검의 궤적이 검은 그림자를 동반하며 마룡의 뒷다리 중 하나를 긋고 지나갔다. 최강의 방어력을 지닌 드래곤의 비늘이 가장 적은 뒷다리 발목 복사뼈 부분! 노리고 친 것이 틀림없다.

"크아아아아아!"

쿵!

한쪽 발목에서 힘이 빠지자 드래곤은 비명을 지르며 옆으로 쓰러졌다. 그의 몸이 레어의 벽에 부딪치자 굉음과 함께 레어 전체가 흔들렸다. 가옥 보호 마법이 걸려 있지 않았다면 레어가 붕괴되었으리라.

“또 간다!”

위이잉, 파파팍!

구오의 거대한 검은 쓰러진 드래곤의 아랫배를 뚫었다. 역시 비늘이 얇은 부분!

“가랏, 헬블래스트!”

쾅!

검날이 뱃속에서 폭발했다. 정확하게는 헬이 모은 힘이 단숨에 발산되었다.

“크어어억!”

제대로 맞았다. 이건 절대 무시 못할 대미지가 아닌가!

마룡 베르키우스는 얼른 몸을 앞으로 굴렸다.

드래곤 필살기 깔아뭉개기!

“어딜!”

구오는 수직으로 점프해서 레어 천장에 거꾸로 섰다.

“품위를 지켜라, 드래곤. 니가 개냐, 땅바닥에서 구르게?”

점잖게 충고하는 구오의 말에 베르키우스는 다시 한 번 이성을 잃을 뻔했지만 억지로 냉정을 유지했다. 그는 얼른 몸을 일으켜 한 걸음 물러나 거리를 두었다.

구오의 오른손에 들린 검이 다시 주변의 기운을 빨아들이며 점점 커지고 있었다.

“크르르, 대단한 놈이군. 네놈, 인간이 맞는가?”

“이제 진심이 된 모양이군. 다시 말하지. 너에게 정식으로 도전한다!"

"좋다, 네놈에겐 자격이 있다. 받아들이지!"

구오의 귓가에 시스템 메시지가 흘러들어 왔다.

마룡 베르키우스는 대답을 함과 동시에 숨을 크게 들이쉬었다. 그의 몸속에 있던 엘레멘탈이 요동을 치기 시작했다.

드래곤 최강기 브레스!

콰콰콰콰콰콰콰!

레어의 절반을 뒤덮는 브레스를 피할 방법은 없다. 구오는 피하려고 하지도 않았다.

방패에 검을 꽂았다. 스팟 하는 소리와 함께 방패가 검게 변하며 마법의 문양이 전면에 나타났다.

"완전방어!"

파악!

불꽃의 해일이 거꾸로 서서 버티는 구오를 덮쳤다.

"크카카카카카카! 어떠냐?"

베르키우스는 웃었다. 상대는 이미 회색으로 변해 듣지 못할 테지만 그래도 흥에 겨워 물었다.

"생각보다 별로군."

불의 소용돌이 속에서 대답 소리가 들려왔다. 동시에 검게 물든 구오가 불꽃을 헤치며 튀어나왔다.

그의 검은 무려 십여 미터나 되는 크기로 커져 있었다.

칠흑과도 같이 검은 날은 마왕의 손톱처럼 베르키우스의 머리를 노렸다.

쾅!

궁극초마검 헬이 베르키우스의 머리 정중앙을 때렸다. 그러나 드래곤의 머리뼈는 가장 튼튼한 부분. 헬의 파괴력으로도 뼈를 부술 수는 없었다.

그래도 대미지가 없을 수는 없다. 베르키우스는 태어나서 처음으로 해골이 흔들리며 눈에서 별똥이 튀는 경험을 했다.

그사이 구오는 무사히 땅에 착지하여 드래곤의 품안으로 몸을 날렸다. 그의 눈을 가득 메우는 지점, 바로 처음 헬블래스트를 사용한 아랫배!

"깐 데만 계속 깐다! 지조일검!"

푹! 퍼펑!

구령은 지조일검이지만 실제 스킬은 헬블래스트. 충전률 120%에서의 헬블래스트는 구오도 처음 써본다.

크아아아악!

베르키우스는 정신을 차릴 수 없는 충격에 처절하게 비명을 질렀다. 단숨에 그의 생명력이 20%나 빠졌다. 같은 드래곤을 상대로 싸워도 이런 대미지는 없을 것이다.

"네, 네놈! 인간 아니지? 마족이나 드래곤이지?"

"즐!"

구오는 오른손으로 다시 헬을 소환하며 방패를 든 왼손의 가운뎃손가락을 위로 치켜올렸다.

나, 인간 맞거든. 구오의 눈이 그렇게 말하고 있었다.

베르키우스의 붉은 눈동자가 가늘게 떠졌다.

인간이라……. 인간이라면 생명력에 한계가 있을 터. 그런데 이놈은 그걸 넘어선 지 오래다. 브레스를 맨몸으로 버틸 수 있는 인간이라니?

'아니지, 그게 아니야. 전신의 방어구를 화염 방어템으로 둘둘 감고 이프리트의 가호를 걸면 가능하다.'

마룡은 성질이 나빠서 마룡이지 바보는 아니다.

이프리트의 가호는 최상급 정령사가 걸 수 있는데, 전신의 화염 저항을 다섯 배로 올려준다. 극화염 방어템을 끼고 그걸 사용하면 효율이 극대화되니, 그럴 경우 그의 브레스를 견딜 수 있을지도 모른다.

인간 세상에 최상급 정령사가 나타났는지, 그리고 에픽 마법 중 하나인 이프리트의 가호를 익혔는지는 모른다. 하지만 세상을 다 뒤져도 그것 말고는 없다.

견적 나왔다. 이프리트의 가호 하나 믿고 드래곤에게 덤빈 이놈은 바보다!

"크크크, 네놈을 기억해 주지. 솔직히 네놈은 먼저 온 사백의 떨거지들을 다 합친 것보다 성가셨다."

베르키우스는 여유를 되찾고 웃으며 말했다. 동시에 그는 크게 숨을 들이쉬어 브레스를 뿜을 준비를 했다.

드래곤은 허세란 걸 모른다. 여유가 생겼다면 분명 이유가 있다. 구오는 갑자기 변한 베르키우스의 태도에 긴장하며 다시 검을 방패에 꽂았다.

미러 실드의 전신 막기와 헬 소환을 동시에 행하면 엘레멘탈에 대한 방어는 초극강에 도달한다. 이름하여 완전방어. 이번에도 막는다!

그런데 그때, 베르키우스가 외쳤다.

"마법 해제!"

파앗!

마룡의 두 눈이 빛나자 구오의 몸에 붉은 스파크가 튀었다. 대미지는 없었지만 나싱이 걸어준 모든 강화 마법과 방어 마법이 일순간에 사라졌다. 당연히 이프리트의 가호도 날아갔다.

"허걱!"

망했다. 보통 드래곤은 자존심상 인간과 싸울 때 강화 마법 해제를 안 한다고 했는데, 이놈이 급했구나.

구오의 얼굴 피부가 확 구겨졌다.

"죽어랏, 인간!"

콰콰콰콰콰콰콰!

필살의 신념을 가진 불꽃의 브레스가 구오를 덮쳤다. 피할 수 있는 방법은 없었다.

"으아아아아아아! 띠바아아아아아아!"

불꽃 속에서 구오의 기나긴 비명 소리가 들려왔다. 그것은 베르키우스에겐 천상의 음률과도 같이 들렸다.

"아, 별 같잖지도 않은 놈 때문에 성질만 거칠어졌네. 크크크."

베르키우스는 고개를 절레절레 저었다.

"목이 칼칼하군. 브레스를 남발하면 목소리가 거칠어진다고 했는데, 당분간 목을 차갑게 하고 쉬어야 하는 건가? 아, 아~!"

확실히 목소리가 약간 갈라져 듣기에 좋지 않다. 내일이라도 인간의 도시를 부수러 갈까 했는데 일주일은 참아야 할 것 같다. 하루 세 번의 브레스는 정말 무리를 한 것이라 아직도 목에 불기운이 남아 가시처럼 껄끄럽게 느껴졌다.

"그나저나 이놈이 무슨 아이템을 떨어뜨렸을까? 아무래도 그 검은 에픽 같았고, 방패도 심상치 않았지. 제발 다 떨어뜨려라. 떨, 떨, 떨어뜨려라!"

베르키우스는 기도하는 심정으로 구오가 서 있던 자리를

보았다. 곧 그의 눈이 희열로 물들었다.

있다! 방패! 검! 모두 고스란히 남아 있구나! 그리고 갑옷도!

"잉?!"

사람도 있었다. 베르키우스는 믿을 수 없다는 듯 앞발로 두 눈을 비볐다.

그때 구오가 비틀거리며 일어나 다시 자세를 잡았다. 싸움의 자세가 아닌 검을 거꾸로 잡고 방패 앞에 수직으로 세운 정식 기사의 의장 폼이었다.

"과연 드래곤, 호락호락하지는 않군. 패배를 인정한다."

허공을 울리는 메아리처럼 구오와 베르키우스의 머릿속에 시스템 음성이 들려왔다.

구오는 고개를 끄덕이며 다시 말했다.

"정식 대결에서 졌으니 앞으로 일 년간 그대와 싸우지 않겠다. 좋은 전투였다. 그럼, 잘 있어라."

"뭐라고! 이놈, 나를 우롱하고 그냥 몸 성히 두 다리로 걸어 나가겠다고?"

"당연하지 않은가? 이건 기사의 정식 대전이다. 만약 내가 이겼어도 그대를 죽이지 않고 아이템도 건드리지 않는다."

"크큭!"

베르키우스는 순간적으로 말문이 막혔다. 그러고 보니 그런 게 있었다. 저놈이 정식으로 대전을 걸었고, 베르키우스는 승낙했다.

생명력 절반이 닳을 때까지 싸우고, 그걸로 승패를 결정한다.

하지만 베르키우스가 원한 것은 그게 아니다. 이 버릇없는 바퀴벌레를 발로 밟아 짓이기고, 떨어진 아이템을 싹 긁어 자기한테 소유 이전을 하는 것이 바로 그의 욕망이 아니겠는가!

이대로 끝낼 마음은 고양이 속 털 한 오라기만큼도 없었다.

"웃기는 놈, 드래곤에게 인간의 대전 규칙이 적용될 거라 생각하다니! 네놈이야말로 즐, 즐, 즐이다!"

쿠오오오오오!

전투의 시작은 언제나 피어, 그건 드래곤의 습관이다. 하지만 이번에도 구오는 씹었다.

"대전을 승낙할 때는 언제고 지금에 와서 말을 바꾸다니? 쪽팔림을 알아라."

처음부터 승낙을 안 했다면 몰라도 이러면 안 되지. 암, 드래곤의 수치야.

구오는 결론을 내리고 갑자기 휘파람을 불었다.

휘익!

날카로운 소리가 레어 안을 울리고 밖까지 흘러 나갔다. 이건 어디까지나 폼이고, 사실은 귀엣말로 나싱에게 말했다.

[이제 들어와도 돼. 이놈, 브레스 다 썼어.]

[지금 갈게요.]

나싱은 구오처럼 미칠 듯한 생명력을 지니고 있지 못하다. 브레스를 제대로 맞으면 바로 소멸된다는 말.

그래서 구오는 도쿤을 이용했는데 그 바보들이 예상보다 더 못 싸워서 브레스를 한 방밖에 소모시키지 못했다.

사백이 한꺼번에 몰려 들어가다니! 백 명씩 들어갔으면 브레스도 한 방 정도는 더 소모시키고 전체적으로 훨씬 오래 버텼을 거 아닌가?

하기야 드래곤하고의 싸움에 대한 데이터가 전혀 없으니 작전이고 뭐고 없었을 테지만, 너무 주먹구구식인 것만은 틀림없다.

그 바람에 결국 구오가 두 방이나 맞아야 했다. 그것도 한 방은 제대로 맞았다. 생명력이 간당간당하다.

어쨌든 베르키우스는 이제 브레스를 못 쓴다. 드래곤이 하루 세 번밖에 브레스를 못 쓴다는 것은 마족의 현자에게 받은 보상 정보. 의심할 여지가 없다.

"동반자 소환!"

구오가 외치자 그의 옆 공간에서 구오의 씰(소환수)인 팬텀레이디가 나타났다. 반투명한 몸을 지닌 팬텀레이디는 언뜻 보면 바람의 요정 실프와 닮았지만 사실은 상급 언데드인 유령 속성이고 강력한 힘을 지닌 마계의 귀족 중 하나이다.

"크웃! 네놈, 마계까지 갔었나?"

설마 마계에 다녀온 인간이 있을 줄이야. 베르키우스는 놀란 목소리로 말했다.

그런데 다음 순간 팬텀레이디가 점점 형상을 바꾸며 인간의 모습으로 변했다.

쎌을 이용해 자신의 파트너를 소환하는 동반자 시스템은 커플들이 주로 사용하는 서비스. 신기할 것도 없지만 문제는 동반자가 소환되면 소환 매개체인 쎌은 더 사용할 수 없다.

나싱은 소환되느라 바람에 날려 흐트러진 머리를 뒤로 넘기며 말했다.

"오빠, 앞뒤 말이 전혀 다른 후안무치 드래곤이 저놈이에요?"

구오와 같이 게임을 하면서 나싱이 배운 것은 도발 스킬뿐인가? 그녀는 시작부터 베르키우스의 속을 긁었다.

구오도 지지 않겠다는 듯 혀를 차며 말했다.

"드래곤이라 부르지 말자. 저놈에겐 자격이 없어. 힘 좀 세고 입에서 불을 뿜을 수 있다고 다 드래곤은 아니거든. 품격이 없는 드래곤은 공룡만도 못한 거다."

드래곤은 공룡과 비교되는 것을 가장 싫어한다. 최고의 지성을 가진 그들이 거대 도마뱀 야수 취급을 당하는 것은 있을 수 없는 일이 아닌가!

"크르르르르, 네놈들을 쌍으로 짓이겨 주마!"

구오는 검을 들어 베르키우스의 머리를 가리키며 말했다.

"웃기지 마라! 그건 이쪽에서 할 말. 신의와 기사도를 따지지 않는 네놈 따위는 워로드의 명예를 걸고 처단해 주마!"

띠링, 워로드 구오가 기사의 징벌 선언을 시전했습니다. 상대는 대전의 규칙을 무시한 파렴치한 드래곤 베르키우스. 정당한 선언으로 인정합니다.

베르키우스를 죽일 때까지 워로드의 공격력와 방어력, 모든 저항력이 30% 상승합니다. 또한 베르키우스를 상대로는 어떤 기사도도 지키지 않고 싸울 수 있습니다.

워로드 구오가 징벌 대상인 베르키우스를 성공적으로 처벌할 경우 아이템 드랍률이 상승합니다.

됐다! 구오는 속으로 회심의 미소를 지었다.

이놈의 워로드라는 직업이 좋긴 한데, 기사의 최고 등급답게 기사도를 강요한다는 것이 문제다.

상대가 용서를 빌면 놔줘야 하고, 일대일 대전을 신청하면 받아들여야 한다.

왕이나 군주를 모시는 기사가 임무를 받고 있는 중이라면 예외가 인정되지만, 구오는 주인없는 자유기사가 아닌가?

자유기사가 기사도를 잃으면 바로 타락기사가 된다. 전투 능력은 일반 전사나 전혀 다를 바가 없고, 명예도는 마이너스로 치달아 NPC 반응이 상당히 안 좋아지는 것이다.

뭐, 이 경우는 상대가 마물이니만큼 기사도를 따질 수는 없다. 하지만 이렇게 작업을 할 경우, 능력치 보너스도 얻을 뿐만 아니라 상대는 일종의 범죄자 상태가 되어 죽었을 때 아이템 드랍률이 비약적으로 높아진다.

드래곤이 아이템을 하나라도 더 떨어뜨리게 하기 위해서는 이보다 훨씬 복잡한 작업도 마다하지 않는다.

*   *   *

어쨌거나 이로써 원하는 모든 것을 얻었다. 이제는 마룡을 싹 발라먹는 것만 남았다.

"칠단 중첩 힐!"

때마침 나싱이 구오의 몸에 회복 마법을 시전했다.

하루 이틀 손발을 맞춰본 사이가 아니니 말 따윈 필요없다. 소환되기 전에 이미 최상급 힐링 마법을 일곱 번이나 연속 시전하고 대기한 것이다.

전 서버를 다 뒤져도 칠단 중첩이 되는 것은 나싱뿐이다.

그것도 전문 힐러가 아닌 전투형 무녀가 그런 마나를 보유하고 있다는 것은 아무도 믿지 않을 것이다.

만피! 순식간에 생명력이 꽉 찬 구오는 120% 충전된 헬을 든 손에 힘을 주며 앞으로 달려나갔다.

"배때기 구멍에 확장 공사를 해주마!"

구오가 노리는 곳은 앞서 두 번이나 헬블래스트를 터뜨린 베르키우스의 아랫배.

이번에 다시 한 번 터뜨리면 베르키우스는 확실하게 다이어트한 드래곤이 되리라.

"크큭!"

베르키우스는 기겁하여 두 날개를 크게 휘저었다. 거대한 드래곤의 몸이 허공으로 떠올라 레어의 천장에 등이 닿았다.

구오는 닭 쫓던 뭐처럼 고개를 들어 베르키우스를 올려다볼 뿐이다.

"크크크, 깔아뭉개 주마!"

전사의 필살기 중 하나인 리프어택을 흉내 낸 드래곤의 점프 깔아뭉개기! 이거 먹으면 인간이 아니라 거인족이라도 찌부가 된다.

베르키우스의 몸이 중력의 영향을 받아 그대로 떨어져 내렸다.

절체절명! 구오는 지체하지 않고 자신의 검을 땅에 박았다.

“헬블래스트!”

콰콰콰쾅!

땅에 커다란 구멍이 뚫리자 구오는 그 속으로 뛰어들었다. 그 위로 드래곤의 엉덩이가 폐차장의 프레스처럼 쿵 하고 떨어졌다.

“두더지냐? 땅속으로 피하다니!”

베르키우스는 혀를 차며 얼른 몸을 돌려 구멍 속을 보았다. 튀어나오는 순간, 앞발로 잡아채서 입속에 털어 넣은 후 꽉꽉 씹어 먹으리라!

그런데 그때 베르키우스의 머리 위에서 나싱의 목소리가 들려왔다.

“미안하지만 나도 있어요.”

“크헛?”

나싱은 새처럼 하늘에 떠 있었다.

그녀가 들고 있는 무기는 양쪽에 날이 달린 긴 창이었는데, 창날이 가늘면서도 한쪽으로 휘어져 있어 전체적으로 바람개비와 비슷한 모습이었다.

양날 청룡도라고 할까? 일본인이 봤다면 양날 나기나타라고 했을지도 모른다.

그것은 바로 귀족 엘프에게만 허락된다는 엘프의 비전 종족 무기인 스키밀이었다.

파라라라락!

나싱의 머리 위로 스키밀이 빠르게 돌아가기 시작했다. 소림사의 무승이 곤법 시범을 보이는 것처럼, 태풍을 맞받는 바람개비처럼.

스키밀의 날끝은 바람에 흩어진 것처럼 보이지도 않았다.

"사과 깎기!"

가가가강!

이름과는 전혀 안 어울리는 파괴적인 공격이 베르키우스의 턱 아래쪽 목을 파고들었다. 드래곤의 비늘이 사정없이 잘려 나가니 대미지 감소 효과가 전혀 없이 모두 먹혔다.

"크아아아아아!"

베르키우스는 미친 듯이 비명을 지르며 머리를 이리저리 흔들어 나싱을 떨어뜨리려 했다. 하지만 나싱은 그야말로 딱 달라붙어 절대로 떨어지지 않았다.

구오가 헬을 얻기 전까지 둘의 역할 분담은 간단했다.

구오가 몸빵, 나싱이 공격수 겸 힐러.

비록 헬이 강력한 무기이기는 하지만, 또 헬블래스트가 사기 스킬인 것은 틀림없지만 대미지 면에서 나싱의 필살기 데스 스크류, 속칭 사과 깎기도 전혀 떨어지지 않는다.

더군다나 거대 괴수의 사각을 뚫고 목 아래에 붙었으니 상대는 나싱을 공격할 방법이 거의 없었다. 순식간에 베르키우스의 목에 칼자국이 좌좌좍 생겨났다.

그리고 그의 엉덩이 밑에는 아직 악마가 살아 숨 쉬고 있었다.

"헬블래스트!"

콰콰쾅!

가뜩이나 아랫배에 구멍이 뚫린 상황에서 엉덩이에 또 하나의 구멍이 뚫렸다. 구오가 땅속에서 헬의 충전을 끝낸 것이다.

브레스의 힘을 흡수한 것이 아니라 50% 정도에 그쳤지만 전체적으로 공격력 30%업 상태, 거기에 상대는 제대로 대응을 못하는 무방비 상태.

놀랍게도 베르키우스의 몸 전체가 들썩거렸다. 충격파가 그의 몸을 들어 올릴 정도였다.

"이놈!"

베르키우스는 생명의 위협을 느꼈다. 정신이 번쩍 들었다.

이놈들은 정말 무서운 놈들이다. 하나도 아닌 둘이 모두 이렇게 사기적으로 강할 수가 있다니!

여기서 제대로 못하면 죽는다. 하나씩 확실하게 처리해야 이길 수 있다.

순간적으로 판단한 베르키우스는 구오를 표적으로 정했다. 목 아래 붙어 있는 나싱보다 땅속에 갇혀 있는 구오를 공격하는 게 더 쉽다. 그것은 냉정하고 정확한 판단이었다.

"썬더볼트!"

파지지직!

베르키우스의 전 마력이 집중되자 허공을 찢듯이 스파크가 일며 거대한 번개의 창이 나타났다.

화염 마법이 가장 익숙하지만 구오의 장비가 대 화염 장비일 것이 틀림없는 현 상황에서는 그다음으로 잘하는 전격계를 사용한다.

"가랏!"

슈악, 퍼어엉!

베르키우스가 잽싸게 몸을 비키며 외치자 구멍을 통째로 틀어막아도 될 만한 굵기의 번개가 구오가 있는 구멍으로 날아가 박혔다. 안에서 북 터지는 소리가 나며 검게 그을린 구오가 튕겨져 나왔다.

"오라버니!"

나싱이 놀라 외쳤다.

"크아아아압!"

비명과 기합이 섞이면 이런 소리가 나온다.

구오는 단숨에 생명이 바닥에 닿을 정도로 빠졌지만 죽지는 않았다. 더군다나 그의 손에는 썬더볼트의 힘을 빨아들여 120% 충전 완료한 헬이 들려 있었다.

상대의 공격이 강하면 강할수록 그다음에 더욱 강한 힘을 발휘할 수 있는 헬!

인과응보검이라 불리며 마계에서 명성을 떨칠 만한 에픽 검이 구오의 손에 들린 순간 구오는 무적이 되었다.

저거 잘못 맞으면 죽는다!

베르키우스는 기겁해서 즉시 몸을 뺐다. 그러면서 순간적으로 판단했다.

'이놈의 공격 스킬인 헬블래스트는 일단 검날이 몸 안에 박힌 후에야 터진다. 칼에 맞지만 않으면 괜찮다.'

파괴력이 강한 필살기라고 해도 자동 명중 효과가 없다면 피하는 걸로 끝이다.

"공간 결계 실드!"

파파파파팡!

드래곤이 목숨을 걸고 쓴 공간 결계 실드 마법은 훌륭했다. 무려 다섯 겹이나 쳐져서 구오와 그의 사이를 가로막았다.

한 번 휘두르면 하나씩 깨진다. 다섯 번 휘둘러야 모두 깨진다.

연속기라면 몰라도 구오 같은 한방기를 장기로 삼는 상대에게는 상당히 효과적인 방어법이다. 드래곤의 전투 센스가 빛을 발한 것이다.

그때 나싱이 외쳤다.

"동반자 소환!"

우우웅!

공간이 벌어지며 검은 갑옷을 입은 기사가 튀어나왔다. 하지만 자세히 보면 갑옷 안에는 아무것도 없는 빈 공간이었다.

나싱의 펫은 바로 리빙 아머의 최상급 형태인 데스 아머!

다음 순간 데스 아머의 갑옷 색이 바뀌며 안에서 사람의 눈이 나타났다. 바로 구오의 모습이 되었다. 그 위치는 바로 베르키우스의 목 옆. 허공에 쳐진 실드의 안쪽이었다.

나싱은 자신이 파헤쳐 놓은 베르키우스의 목 칼자국 중 하나를 가리키며 말했다.

"요기가 포인트예요."

드래곤의 단 두 개 있는 약점 중 하나가 턱 바로 아래 목이라는 것은 알아냈다. 하지만 드래곤의 목이 좀 긴가?

나싱은 스키밀로 예상 지점을 사정없이 훑어 내리며 한편으로는 베르키우스의 반응을 세심하게 살폈다.

그녀가 가리킨 지점이야말로 베르키우스가 가장 민감하게 반응한 곳. 틀림없이 여기가 약점이다.

"오케바리!"

구오는 나싱의 판단력을 믿었다. 이미 비늘도 다 갈라진 상황. 급소라면 기본 대미지 두 배! 크리티컬 확률 200% 업!

"이야아아아아아아아압!"

푸욱, 콰콰콰쾅!

거대한 검날이 정확하게 포인트에 박히고, 드래곤의 목 안쪽에서 죽음을 부르는 폭발이 일어났다.

"크아아아아아아아앙!"

비명 소리가 레어를 쩌렁쩌렁 울렸다.

베르키우스는 죽는 순간까지도 자신의 죽음을 받아들일

수 없었는지 눈을 감지 못했다.

단숨에 드래곤의 생명력을 절반이나 깎아먹는 기술이 존재할 수 있다니! 드래곤 스킬도 아닌 인간의 스킬에!

"너, 너, 역시 인간이 아니지?"

쿵!

그 말을 끝으로 베르키우스의 거대한 몸이 옆으로 쓰러졌다.

"휴우! 겨우 끝났군."

구오는 땅에 착지하자마자 맨땅에 털썩 주저앉으며 안도의 한숨을 내쉬었다. 서 있을 기력도 없었다.

마지막 순간에 크리가 터져서 다행이다. 안 그랬다면 그렇게 단숨에 생명력을 줄이진 못했을 것이다.

드래곤이란 놈은 워낙 음흉해서 죽을 거 같으면 별 치사한 수를 다 쓴다고 했다.

레어를 포기하고 도망가는 짓은 안 하겠지만 만약 레어의 방어 마법을 모두 해제하고 무너뜨려서 같이 죽자고 하면 답이 없다.

더군다나 현재 구오의 생명력은 드래곤 앞발질 한 번 겨우 버틸까 말까 한 정도. 자칫 잘못했으면 죽음의 여신과 키스를 할 뻔했다.

사실 구오는 이번 전투에서 죽을 각오를 했다. 대미지 계산에 그의 자폭기가 포함됐었다.

뒷마무리는 나싱이 있다. 한 명이 희생해서 드래곤을 잡을 수 있다면 기꺼이 죽을 수 있다. 그런데 둘 다 살았다. 최상이다!

"정말 잡았네요. 우리 둘이서."

나싱이 구오의 옆에 내려서며 말했다. 싸울 때에는 정신없이 완전 몰입 상태였는데 막상 끝나니 실감이 잘 나지 않는 모양이다.

구오는 씨익 웃었다.

"다 작전의 승리지. 인간의 무기란 원래 다굴과 잔머리잖아?"

*　　*　　*

구오는 다시 미소를 짓고는 나싱의 손을 놓고 몸을 돌려 회색이 된 드래곤의 시체에 다가갔다. 사냥 후 가장 흥분되고 즐거운 드랍템 확인!

"오옷, 이럴 수가! 에픽 템이 두 개나 나왔네?"

구오는 황금색 빛을 발하는 아이템 두 개를 얼른 집어 들었다. 하나는 반지였고, 하나는 허리띠였다.

그 외에도 유니크 아이템이 여섯 개, 금화가 100만 정도 나왔지만 나머지를 다 합쳐도 에픽 하나만 못하다. 하나만 나와도 눈이 돌아가는 에픽이 두 개.

“후후후훗, 꼴에 드래곤이라고 예의는 알아서 에픽을 더블로 떨어뜨리네.”

“정말요? 맘 좋은 드래곤이네요.”

“뭐, 마룡이니까 모아놓은 재물이 많은 거겠지.”

구오는 혹시라도 바람에 날아갈까 얼른 에픽 템을 소유창에 넣으며 말했다.

“시간이 없으니 일단 정리부터 하자.”

“예.”

구오와 나싱은 그 이외에도 구석에 떨어져 있는 아이템 중 유니크만 골라 챙겼다. 예상보다 유니크가 많아서 기분이 점점 좋아졌다.

이것만 봐도 도쿤의 멤버들이 유니크를 얼마나 모았는지 알 수 있다.

일반 마법 템이 오히려 적게 떨어져 있는 것으로 보아 이들 핵심 멤버들은 대부분 레어템으로 장비를 맞췄음을 알 수 있다.

대충 정리가 되자 구오는 나싱에게 말했다.

“그럼 이제 사람들 부르자.”

“그래요. 당삼 아저씨가 한참 기다리고 있을 거예요.”

구오는 당삼에게 귀엣말을 보냈다.

[당삼 형, 이제 올라와도 돼요.]

[엇, 정말로 잡았나?]

[잡았어요. 드래곤 시체 사라지기 전에 어서 다 데리고 올라와요.]

[우와, 네 비밀 공대원들 정말 무지막지하게 강하구나. 아까 생중계 보니까 잡을 수 있는 놈이 아니던데.]

[후훗, 도쿤 허접하고 우리 블랙윈드하고 비교하면 섭하죠. 암튼 어서 올라오세요.]

[그래, 금방 뛰어갈게!]

30분 쯤 있으니 입구 쪽에서 사람들이 헐레벌떡 뛰어들어왔다. 거의 백여 명에 가까운 사람들. 그들은 이곳이 어딘지 모르는 듯 주변을 두리번거리며 들어왔다가 회색이 된 베르키오스의 몸을 보고 화들짝 놀랐다.

"으허허헉! 드래곤이 죽어 있다."

"아까까지 방송에서 생중계한 그놈 아냐?"

"그거 실패한 거 아니었어?"

당삼이 애써 사람들을 진정시키며 설명을 했다.

"자자, 진정하시고 잘 들으세요. 여러분은 우리 마키오 길드의 간부들이니만큼 비밀을 공유할 자격이 있습니다. 도쿤이 실패한 후, 우리 마키오의 비밀 결사 공격대인 블랙윈드가 드래곤 공략을 시도하여 이렇게 성공리에 끝냈습니다."

"뭣! 그럼 소문의 비밀 공대가 정말 있었단 말이야?"

"허걱, 무적 공대 블랙윈드가 드래곤까지 잡을 정도로 강하다고?"

"크와왕, 진정하시라니까요!"

당삼이 자신의 스킬인 라이언 로어를 사용하여 크게 외치자 사람들은 일순간 숨을 죽였다. 역시 마키오의 부길드장다운 박력이었다.

"다시 말씀드리지만 블랙윈드의 존재는 대외비입니다. 여러분께서도 함구해 주시고, 절대 외부나 일반 길드원들에게 말해서는 안 됩니다. 정보 유출이 있을 경우, 철저한 추적으로 유출 원인을 알아내어 대상은 블랙윈드의 무한척살부에 오르게 된다는 것을 명심하시기 바랍니다."

꿀꺽!

누군가가 침을 삼켰다. 농담이 아니다. 드래곤까지 잡은 최강 비밀 조직의 무한척살부라니? 게임 접으란 소리가 아니고 무엇인가.

마키오는 평소 의리와 친절로 길드원을 대하지만 배신자에 대해서는 또 하나의 얼굴인 공포를 보이게 된다. 결코 순수한 친목 길드나 정의를 숭상하는 조직은 아니다.

이곳에 모인 사람은 모두 간부라 그걸 잘 알고 있었다.

분위기가 진정되자 당삼은 설명을 계속했다.

"그러니까 여러분은 지금부터 드래곤을 잡은 영광스러운 마키오의 길드원이 되시는 겁니다. 현 인원 구십팔 명. 생존자 인원수로 딱 좋으니 드래곤 앞에서 사진 촬영을 통해 증거를 남기는 겁니다. 아시겠지요? 여러분이 바로 역사의 주역입니다!"

"오옷, 우리가 바로 드래곤 슬레이어가 되는 거라고?"

그때야 사람들은 자신들이 왜 이 자리에 불려왔는지를 깨달았다. 갑자기 소집되어 마차 속에 갇혀 위치를 탐색할 수 없게 이동한 이유가 바로 이것이었구나!

'무섭다.'

'우와, 우리 마키오의 행동이 이렇게 신비롭다니.'

사람들이 느끼는 감정은 저마다 달랐다. 하지만 그들은 하나같이 마키오에 자부심을 느꼈다.

전 세계 최초로 드래곤을 잡았다! 이 얼마나 대단한 일인가?

비록 그들이 직접 잡은 게 아니라 진정한 마키오의 힘인 블랙윈드가 잡았다고는 해도 표면에 드러나는 것은 그들 자신이다.

매스컴을 타도 제대로 탈 것이고, 명예의 전당에 정식으로 이름이 올라갈 터이니 두고두고 친구나 동료에게 자랑을 할 수 있다.

무엇보다 좋은 건 마키오가 자신들을 신뢰하고 있다는 점이다. 이런 비밀스러운 일에 동참할 수 있다는 것만으로도 마키오에 가입한 가치가 있지 않은가?

그때 당삼이 사람들의 가슴에 불을 질렀다.

"아시겠지만 머지않은 시기에 여러분 중에서 제4기 블랙윈드가 선발될 것입니다. 여러분도 진정한 전설에 동참하시게 되는 겁니다. 그때를 위해 부지런히 실력과 경험을 쌓아주십시오.”

“우오오오, 제4기 블랙윈드!”

한다! 1, 2, 3기의 힘이 얼마나 강한지는 이번 드래곤 공략 성공으로 알았다. 다음에 얼마나 강한 몹을 잡을지는 몰라도 그때에는 꼭 정식으로 참석하리라! 제4기, 죽어도 들어가리라!

사람들이 맹렬히 불타오를 때, 촬영 담당인 순간포착이 앞으로 나와서 정리를 시작했다.

“자자, 그럼 이야기는 이만 끝내고 촬영에 들어가겠습니다. 대충 자리 잡고 정렬해 주십시오. 맨 앞 열은 앉고, 그다음 열은 허리를 굽힙니다. 키 크신 분은 뒤로 가세요.”

과연 전문 촬영사답게 짧은 시간에 정렬을 끝내는 순간포착이었다.

동굴의 조명 각도를 대충 계산한 순간포착은 촬영 위치에 가서 섰다.

대기하는 동안 열심히 화장과 분장을 한 보람이 있어 하나같이 흙먼지를 머리끝에서 발끝까지 뒤집어쓴 모습이다. 드래곤과 목숨 걸고 사투를 벌인 티가 역력히 드러났다.

“자, 그럼 찍습니다.”

순간포착이 손가락 셋을 편 후 하나씩 굽혔다. 이에 사람들은 긴장한 표정으로 자세를 굳혔다.

그런데 그때 나싱이 손을 번쩍 들며 말했다.

"잠깐만요. 저기 세 번째 열, 왼쪽 여섯 번째 분은 전혀 싸운 것 같지 않게 말끔해요."

"뭐?"

나싱이 손가락으로 가리킨 곳에는 고개를 숙여 머리끝만 보이는 사람이 있었다. 당삼은 인상을 팍 구기며 버럭 소리를 질렀다.

"해피보이! 너 앞으로 나와봐."

"칫, 들켰네."

과연 나싱이 가리킨 해피보이는 머리와 얼굴에 먼지 하나 없이 말끔할 뿐만 아니라 옷도 화려한 이중 광택 로브를 풀먹여서 주름 하나 없이 잘 다린 상태였다.

"우씨, 너 왜 분장 안 했어? 아니지. 아까 한 거 확인했는데 언제 고친 거야?"

옆에서 보고 있던 구오가 고개를 절레절레 저었다.

안 봐도 뻔하다. 해피보이는 정령사, 흙 묻은 거 따위는 물의 정령을 사용해서 바로 싹 닦을 수 있다.

"헤헤헤, 당삼 형, 좀 봐줘요. 제가 생전 처음으로 매스컴을 타는데 어찌 지저분하게 나올 수 있겠어요? 괜찮아요. 저는 언제 어디서든 깔끔하게 있을 수 있는 정령사잖아요."

물론 논리적으로는 가능한 일이다. 하지만 감정적으로는

절대 동의할 수 없다. 당삼의 눈에서 순간적으로 불꽃이 튀었
다.

"오호, 그러니까 네가 지금 혼자 튀겠다고 그러는 거지?"

"아니, 꼭 그렇다기보다는……."

"하기야 다들 흙먼지투성이로 있는데 혼자 광택 로브에 깔
끔한 얼굴로 있으면 돋보이긴 하겠지. 여자한테도 인기 있겠
고. 상대적으로 우린 좀 추접해 보이겠지만 말이야."

"그게……."

주변의 분위기가 점점 험악해지고 있었다. 해피보이는 정
령사답게 민감한 감지 능력으로 살이 부르르 떨리는 경험을
했다.

보다 못한 구오가 냉정한 어조로 선언했다.

"시간없어요. 그냥 밟아요."

"오오, 길드장 명에는 무조건 복종하자!"

"마키오 만세!"

"허헉, 구오 형, 살려줘요!"

애원해도 이미 늦었다.

백 명에 가까운 길드원들이 일제히 달려들어 애정 어린 발
자국을 해피보이의 얼굴과 몸에 남겼다. 그렇게 밟히고 또 밟
히다 보니 허약한 정령사의 생명력은 금세 바닥이 보였다.

"그만. 생명력 바닥 직전이에요."

나싱이 냉정하게 보고 있다가 결정적인 순간 막았다. 두 번

만 더 밟혔어도 사람 하나 회색으로 바뀌었을 것이다.

급격한 생명력 저하로 인한 스턴에 빠진 해피보이는 방금 전의 깔끔한 모습은 어디로 갔는지 사라지고 두 눈이 빙글빙글 돌고, 반쯤 벌어진 입에서 침을 흘리고 있었다. 거의 맛이 간 표정.

사람들은 그런 그를 질질 끌고 대열의 가장 앞에 대충 걸쳐 놓았다. 그렇게 촬영을 위한 준비가 끝났다.

"자, 그럼 다시 갑니다. 치즈 하세요. 치~즈. 셋, 둘, 하나, 찰칵."

촬영이 성공적으로 끝나고, 사람들은 아이템을 분배받았다.

얼떨결에 나와 사진 한 방 찍었는데 레어 아이템을 기념품으로 나누어 주는 것이다. 그야말로 대박 횡재라 아니 할 수 없다.

"자, 그럼 조용히 해산합니다. 질서있는 해산이 고급 길드의 척도입니다."

"가디언이 다시 살아나기 전에 어서 내려가요. 드래곤은 내년이나 부활하겠지만 여기 일반 몹은 곧 다시 나와요."

유니크 보스 몹인 마룡 베르키우스는 게임 시간으로 내년 이 시간에 다시 부활한다. 현실 시간으로는 삼 개월 뒤이다. 하지만 일반 몹은 몇 시간이면 모두 다시 살아난다.

더 지존 넷에서는 플레이어와 엔피씨(NPC), 몹, 어느 누구도 영원히 죽지 않고 계속 부활하는 것이다.

"빠른 하산 합니다. 뛰세요! 헛둘, 헛둘."

당삼은 순식간에 사람들을 정렬시켜 구보로 이동하기 시작했다. 그 뒤를 따르던 나싱이 구오를 향해 작게 속삭였다.

"확실히 당삼 아저씨는 사람을 잘 다루네요."

"실질적인 길마라 할 수 있지. 어차피 나는 간판만 길마지 길드원들에게 해준 게 거의 없잖아? 만날 사기만 치고 말이야."

해준 게 없다고 하기엔 방금 뿌린 레어템들이 운다. 만날 사기 치는 건 맞지만.

어쩔 수 없다. 아무리 마키오 길드의 길드원 대부분이 도쿤 길드에게 당한 사연이 있다고는 하지만 사람이 모이면 배신과 음모가 발생하게 마련이다.

더군다나 도쿤에서는 용의주도하게 스파이도 많이 풀었다. 겉으로는 도쿤에게 당한 것처럼 보이지만 사실은 도쿤에 속한 사람들, 그들은 마키오처럼 도쿤에 반하는 길드에 가입하여 활동하면서 은밀하게 정보를 빼내는 일을 한다.

이번에 모인 사람들 중에서도 몇 명은 도쿤과 끈이 닿아 있을 것이다.

서로 믿고 친분을 다지며 즐겁게 게임 생활을 하기엔 구오도 나싱도 겪은 게 너무나 많았다. 적어도 도쿤을 해체시킬 때까진 아무에게도 마음을 허락할 수 없으리라.

당삼을 비롯한 몇 명만큼은 절대로 그럴 리가 없으리라 생각하지만 그런 그들에게도 구오는 블랙윈드의 진면목을 보일 수 없었다.

단둘이 드래곤을 잡을 정도로 강해진 이유는 절대 들키면 안 된다. 그게 남에게 알려지는 순간 최소한 나싱은 더 이상 게임을 못하게 될 테니까.

도쿤을 해체시키면 당삼에게 길마 자리를 넘기고 둘이 떠난다. 그게 둘의 계획이었다.

나싱은 구오의 아픔을 이해했다. 그녀는 일부러 웃으며 말했다.

"큭큭큭, 하기야 오빠의 허풍엔 당삼 아저씨도 넘어갔으니까요."

"자꾸 그러지 마. 나도 양심에 찔린다고."

이 오라버니에게 양심이? 나싱은 심각하게 생각해 보았지만 아무래도 있을 것 같은 느낌이 안 들었다.

*　　*　　*

얼마 후, 도쿤 길드의 마룡 베르키우스 공략 실패 동영상이 정식으로 더 지존.넷에 올랐다. 그런데 그 바로 밑 리플에 한 장의 사진이 붙었다. 그것은 바로 드래곤의 시체 앞에서 단체로 찍은 마키오 길드원들의 기념 촬영 사진이었다.

사진 아래에는 이렇게 쓰여 있었다.

도쿤 길드 실패 후 한 시간 뒤, 마키오 길드에서 도전. 성공했
습니다. 공략 방법의 비밀 엄수를 위해 공략 동영상은 유출하지
않겠습니다.
추신:돈질한다고 드래곤이 잡히냐? 우린 다음번에 또 잡을 거
다.

그것을 본 일본의 더 지존 유저들은 하나같이 흥분 상태에
빠졌다.
사상 최강의 무투파 길드인 마키오의 부활!
비록 짧은 댓글과 사진 한 장이지만 그것은 바로 무패의 전
쟁군주인 구오가 극동 지역 사천왕 길드 중 하나인 도쿤을 상
대로 낸 리턴 매치 선언이었다.

CHAPTER 01
세상을 알다

WAR
LORD
워로드구오

　세계는 가상현실 시대다. 어떤 스포츠보다 가상현실 게임이 인기인 지금 게임의 고수가 월드컵 스타보다 더 많은 돈과 명예를 얻는다.

　일단 뜨기만 하면 광고 모델만 해도 재벌급의 수익이 생긴다. 이제는 스포츠 선수나 연예인보다 게이머가 더 사람들의 주목을 받는 시대가 된 것이다.

　게임 속에서 연예인이 나오고 스포츠 선수가 나오기도 한다. 모든 엔터테인먼트가 가상현실 게임 속에 있는 것이다.

　그 화려한 세계! 난 프로게이머가 되고 싶었다. 아무도 안 오는 이런 곳에서 썩긴 싫었다.

"헉헉헉헉!"

지리산의 험한 지형을 준호는 평지처럼 달렸다.

길도 없는 계곡면엔 수풀이 우거지고 덩굴이 이리저리 얽혀 있어 사람이 다닐 수 없는 곳. 그래도 준호는 모든 걸 무시하고 멧돼지처럼 일직선으로 나아갔다.

체력의 한계가 온 것인지 호흡이 흐트러졌지만 그래도 발을 멈출 수는 없었다. 뒤에서 쫓아오는 사부의 음성이 그의 발걸음에 저절로 힘을 더하게 했다.

"준호야! 이놈아! 네가 가면 우리 문파의 뒤는 누가 잇는단 말이냐!"

훗, 문파의 후계자?

준호는 자신도 모르게 이를 갈았다. 그리고는 뒤도 돌아보지 않은 채 외쳤다.

"전 평생 지리산에 짱 박혀서 무공 수련만 하긴 싫어요! 제 꿈은 다른 데 있다고요!"

"안 된다, 이놈아! 네놈은 문파의 유일한 후계자야! 다 운명이란 말이다!"

운명? 그게 뭐기에 젊은 내가 학교도 제대로 못 다니고 하루 종일 혼자 수련만 해야 하는 거지? 그건 운명이 아니라 저주다.

'그래, 난 기필코 저주에서 벗어나 창공을 나는 매가 될

거야!'

준호는 이를 악물며 다시 한 번 결심을 굳게 다졌다.

"이놈, 사부가 이렇게 사정해도 안 멈추다니, 좋다. 말로 했을 때 안 멈춘 걸 후회하게 해주마."

"허헉!"

사부의 속도가 갑자기 빨라졌다. 준호는 기겁하여 젖 먹던 힘을 다했지만 사부보다 빠를 수는 없었다.

"크헤헤헤헤, 이럴 때를 대비해서 내 너에게 경공 수련은 하나도 안 시켰지. 내가 죽을 때 수련법만 가르쳐 주고 천천히 알아서 하라고 시킬 생각이거든."

"이런 젠장!"

혹시나 했는데, 기공 수련이나 체술, 무기술 수련은 그렇게 빡세게 시켰으면서.

"지금이라도 포기하고 무릎 꿇고 반성하면 내 독방 수련 삼 개월로 용서해 주마."

독방 수련. 그거 정말 싫다. 인간이 할 짓이 아닌 게 세 개 있다면 그중 하나가 바로 독방 수련이 아니겠는가?

절대로 돌아갈 수는 없다!

"이익."

준호는 이를 악물고 달리던 방향을 바꿨다. 애초에 도주 경로를 이쪽으로 잡은 이유가 바로 사부의 추적을 확실히 벗어날 자신이 없었기 때문이다.

그럴 때를 대비한 비상 도주로. 이판사판이다!

"앗, 준호야! 거기는 안 된다!"

다급한 사부의 음성이 등 뒤로 들려온다. 동시에 사부의 속도가 더욱 빨라진 게 느껴진다.

준호는 가슴속에서 뜨겁게 끓어오르는 열기를 모아 외쳤다.

"전 죽어도 프로게이머가 될 거예요!"

거예요, 거예요, 거예요!

산의 메아리가 준호의 결심을 응원하듯 거들었다. 다음 순간, 준호는 눈앞에 다가온 절벽으로 몸을 던졌다.

"이노마아아아아아아아!"

귓가를 면도칼처럼 스치고 지나가는 바람 소리 사이로 사부의 애절하면서도 지독한 목소리가 들려왔다. 준호는 사지를 활짝 편 채 바람에 몸을 맡기며 미소를 지었다.

죽을 각오를 하지 않고서는 여기서 못 뛰어내린다. 사부는 못 뛰어내린다!

풍덩!

절벽 아래는 물이다. 물론 잘못 뛰어내리면 바위에 부딪쳐 몸이 산산조각 나겠지만, 준호는 성공했다.

"으그그극."

충격이 장난 아니다. 사지가 분해되는 줄 알았다. 기절하지 않은 것이 천만다행이랄까?

준호는 비틀거리며 물속에서 기어 나왔다.

사부가 아무리 빨라도 계곡을 따라 이곳까지 내려오려면 세 시간은 걸릴 것이다. 드디어 사부의 손에서 벗어났다.

"하하하하하하!"

해방감이 고통을 잊게 해주었다. 아랫배로부터 시원한 웃음소리가 저절로 터져 나왔다. 그러나 준호는 곧 냉정한 표정으로 돌아가 걸음을 옮겼다.

"가자, 서울로."

*　　　*　　　*

"중도 아저씨, 저 좀 숨겨주세요."

준호는 서울역으로 마중 나온 강중도를 보자마자 말했다. 기차를 타기 전 전화로 전후 사정은 다 말했다.

중도 아저씨는 평소에도 준호의 문제를 놓고 사부에게 자주 의견을 냈다. 어린아이를 교육도 제대로 안 시키고 산에 가두어놓고 수련만 시키는 것은 인권 문제라고 했다.

사부에겐 씨알도 먹히지 않았지만 그래도 준호의 머릿속에 중도가 자신의 아군이라는 것은 확실하게 자리 잡았다.

그러나 강중도는 심각한 얼굴로 말했다.

"네 사부한테서 전화가 왔다. 너 빼돌리면 나 죽인다더라."

“으.”

뜨끔했다. 생각해 보니 준호가 사부 외에 아는 사람은 중도 밖에 없다. 당연히 사부 쪽에서도 연락이 갔을 것이다.

“그리고 솔직히 아는 사람만 아는 사실이지만 네 사부는 한국 무술계의 최고수가 아니냐? 의외로 업계에서 상당한 존경을 받고 또 영향력도 막강하다. 정, 재계는 물론이고 조직 쪽에도 힘을 쓰니 네가 숨을 곳은 없단다.”

“으으으, 그럼 저보고 이대로 돌아가란 말인가요?”

목숨까지 걸고 필사의 탈주를 했는데 믿었던 단 한 사람마저 나를 배신하는가!

준호는 절망이 사방팔방에서 나타나 에워싸는 환상을 보았다.

그러나 강중도는 씨익 웃으며 말을 이었다.

“난 협박을 싫어한다. 네 사부가 좋은 말로 부탁했으면 또 몰라도 바로 협박을 하는데 어떻게 널 그냥 넘기겠니?”

“오옷, 역시 무대뽀 강! 아저씨만 믿었어요.”

“후후훗, 따라와라.”

강중도는 한시가 급한 듯 준호를 얼른 차에 태웠다. 그리고 차를 타고 가면서 준호에게 설명했다.

“이미 말했지만, 네가 한국 내에서 숨을 곳은 없다. 반대로 이야기하면 한국을 뜨면 숨을 수 있다는 소리지.”

“엇, 그럼 저 외국으로 나가는 건가요?”

“그래, 이미 수속 다 밟아놨다. 지금 공항으로 데려다 줄 테니 당장 홍콩으로 가라. 거기서 다시 비행기를 갈아타고 일본으로 가는 거다.”

첩보 활극이 따로 없다. 하지만 그 정도도 안 하면 사부의 손아귀에서 벗어날 수가 없다.

“네 사부는 과거에 몇 가지 일이 있어 절대로 일본에 가지 않겠다는 맹세를 한 적이 있다. 그러니까 네가 제대로 도망가려면 대한해협을 넘는 게 상수다.”

“그렇군요.”

“외국 생활이 힘들어도 참을 수 있지?”

“흐흐흐, 맡겨만 주세요.”

“쉬운 일은 아니다. 내가 너한테 해줄 수 있는 것은 유학생 수속하고 일본행 편도 비행기표, 그리고 한두 달 살아갈 수 있는 생활비뿐, 차후엔 연락해도 송금 못해준다. 돈도 돈이지만 네 사부에게 걸리면 나 끝인 거 알지?”

“자급자족은 염려 마세요. 돈 없으면 산에 들어가죠, 뭐.”

유학 생활이 아무리 힘들어도 산속 수련 생활보다는 편할 것이다. 준호의 말에 강중도도 고개를 끄덕였다.

“난 준호 네가 무엇을 하든 정식으로 학력을 얻어야 된다고 생각했다. 그래서 죽을 각오하고 도와주는 거니 공부는 꼭 해라. 거기서 학교에 다니면서 일본어도 배우고 검정고시도 쳐라. 가능하면 대학까지 가는 게 좋다.”

“예, 아저씨.”

준호는 강중도의 말에서 자신을 생각하는 진심을 느꼈다.

세상에는 악마도 있지만 천사도 있는 것이다. 사부는 악마고 중도 아저씨는 천사다.

내 꼭 출세해서 이 고마움에 보답하리라. 준호는 또 하나의 결심을 가슴속에 새겼다.

그렇게 준호는 일본으로 유학을 갔다.

*　　　*　　　*

‘지금 생각해도 처절한 탈출이었어. 그때는 정말 목숨을 걸었었지.’

준호는 육 개월 전의 일을 머릿속에 떠올리며 자신도 모르게 안도의 한숨을 내쉬었다.

일본에 온 지 육 개월. 이제는 제법 적응하여 일본어도 어느 정도 배웠고 아르바이트에도 익숙해졌다.

그가 하는 일은 작은 제조 공장의 포장 파트인데 컨베이너 벨트에 실려 오는 물건에 잽싸게 포장을 해야 한다.

처음에는 시간에 맞추지 못해 고생했는데 이제는 딴생각을 하면서도 저절로 손이 포장을 하는 경지에 이르렀다.

띠링!

“끝이다!”

종이 울리자 사람들이 일제히 작업을 멈추었다.

이런 단순 작업 아르바이트를 하는 사람들은 업무 시간을 칼같이 지킨다. 종이 울리는 순간 포장하는 손을 멈추고 그대로 물러나는 것이다.

준호는 반쯤 포장된 상태인 좌우의 제품을 보고 피식 웃었다. 그리고는 여유있게 하던 포장을 끝냈다. 안 해도 다음 사람이 와서 하겠지만 하던 건 끝내고 싶었다.

"오늘은 월급날이니 잊지 말고 통장 확인하세요!"

팀장이 외치는 소리가 들렸다.

맞다. 오늘이 바로 한 달에 한 번 있는 알바생 최고의 날!

준호는 얼른 작업복에서 평상복으로 갈아입고 공장을 나왔다.

통장을 확인해 보니 과연 입금이 되어 있다.

"흐흐흐흐, 딱 맞는군. 아주 좋아."

그는 주말이나 휴일도 전혀 쉬지 않고 풀타임으로 일했기에 다른 직원들보다 훨씬 많은 월급을 받을 수 있었다.

덕분에 수업료와 기본 생활비를 모두 충당하고도 돈이 남았다.

그걸 한 푼도 안 쓰고 모은 결과 드디어 통장에 20만 엔이 모였다. 이 돈을 모으기 위해 그동안 유료 가상공간 피씨방에 가고 싶은 욕망도 참았다.

20만 엔!

가상현실 게임의 범용 접속기인 '심플 다이브 원'이 바로 20만 엔이다. 드디어 준호는 자신의 목표에 첫발을 내딛게 된 것이다.

심플 다이브 원은 오토바이크의 헬멧 모양과 흡사한 헤드셋으로 헬멧과 다른 점은 누웠을 때 목에 무리가 안 가도록 뒷면이 평평하고, 안쪽이 바이오 베개의 형태로 되어 있다는 점이다.

바로 전자상가 지역인 아키하바라로 가서 '심플 다이브 원'을 구입하고 돌아오니 이미 해가 져버렸다.

작은 단칸방에 책상 하나, 침대 하나만 덜렁 있는 집이지만 거기에 심플 다이브 원이 들어오니 유토피아가 따로 없다고 느껴졌다.

그러나 안타깝게도 오늘은 게임에 접속할 수가 없다.

준호가 사는 집은 지은 지 30년도 더 된 목조건물이라 가상현실 회선이 연결되어 있지 않았다.

오늘 접속기를 사면서 회선 연결 신청을 해놓았으니 내일 알바가 끝나면 접속할 수 있으리라.

"내일부터는 약간 무리할지도 모르니 오늘은 푹 쉬자."

일단 접속이 되면 오전엔 일본어 학교에 가고, 오후엔 공장에서 알바를 한 후에 밤에는 게임을 해야 한다.

권장 필수 숙면 시간인 하루 네 시간을 채우는 것도 쉽지 않을 정도로 바쁜 생활이 될 것이다.

그래도 준호는 좋았다. 그날 준호는 꿈속에서 하루빨리 접속해서 시작하자마자 지존의 자리에 올랐다. 미래를 보여주는 길몽 같아서 기분이 상쾌했다.

다음날, 알바가 끝나자 준호는 서둘러 집으로 돌아왔다. 집까지 거리가 꽤 있었지만 그는 마라톤 선수처럼 뛰었다.

이 정도는 준호에게 있어 아무것도 아니다.

체력이라면 지리산 야생 곰도 울고 가는 준호였다. 그는 남들이 다 사는 자전거도 사지 않았다. 그저 게임기 하나만을 보며 두 다리로 뛰었다.

"후우! 후우!"

집에 거의 다 도착하여 천천히 호흡을 가다듬으며 걸음을 멈춘 준호는 이상하게 집 주변에 사람들이 모여 있는 것을 보았다.

"응, 뭐지?"

상가 지역도 아닌 이런 주택 지구 안쪽에 수십 명이나 되는 사람이 모일 일은 없다. 준호는 자기가 모르는 일본의 풍습이라도 있는 것인가 하고 조금 더 앞으로 다가갔다.

이상한 냄새가 났다. 무엇인가 탄 냄새다. 눈앞에 펼쳐진 경치가 왠지 모르게 평소와 달라 위화감이 느껴졌다.

뭔가가 빠져 있었다. 뭐지? 준호는 곧 깨달았다.

"내 집! 집이 어디 갔지?"

준호가 살던 낡은 목조건물이 통째로 사라져 있었다. 시선을 아래쪽으로 돌리니 검은 잔해가 남아 있다. 그러고 보니 옆쪽에 붉은 소방차도 있었다.

제복을 입은 사람이 다가와 준호에게 물었다.

"이층에 사는 유학생이십니까? 지금 화재가 났는데, 혹시 집 안에 다른 사람이 있거나 하지는 않았지요?"

그렇다. 불이 났다. 싹 다 타버린 것이다.

경관이 대충 설명을 해주었다. 준호의 아래층에 사는 청년은 귀가 들리지 않는 장애인으로 역시 혼자 살고 있었다.

그런데 어제 모처럼 친구들과 밤을 새워 놀기로 하고 방을 비웠다고 한다.

문제는 그 청년이 나가기 전에 담배를 제대로 끄지 않은 채 쓰레기통에 꽁초를 버린 것이다.

밀폐된 방 안에서 쓰레기통에 남은 불씨는 서서히 타올라 벽지를 태우며 퍼진 것으로 보인다.

그렇게 안쪽의 나무 기둥과 벽을 좀먹듯이 파먹으며 끝까지 견딘 불은 어느 순간 벽을 뚫는 데 성공하고 바깥 공기에 닿았다.

그렇게 되면 일순간에 불길이 확 하고 일어나 목조건물 하나가 타는 데 십 분이면 충분하다고 한다.

그러니까 소방차는 불길이 옆 건물로 옮기는 것을 막기 위해 온 것이다. 준호가 살던 건물은 순식간에 전소되어 잔해만 남았다.

준호는 갑자기 주변이 빙글빙글 도는 느낌을 받았다.

유체이탈의 초기 증상으로 마음만 먹으면 확실하게 하늘로 날아오를 것 같은 기분도 들었다. 단지 그럴 경우 다시 영혼이 몸으로 돌아오리란 보장은 없었다.

"내 집! 내 게임기!"

어제는 월급날. 있는 돈 없는 돈 다 긁어서 산 게임기, 한 달 동안 버틸 식량, 갈아입을 옷, 모두가 사라졌다.

통장엔 잔고가 300엔 남아 있었다.

구경하던 한 아주머니가 준호의 표정을 보고 위로를 했다.

"학생, 너무 슬퍼하지 말아요. 왜 옛말에 있잖아. 집에 불이 나면 그 뒤에 불길처럼 일어선다고. 학생도 앞으로 잘될 거예요."

그런 말이 있긴 하다. 준호도 들어본 적이 있다. 하지만 지금의 준호의 마음엔 전혀 와 닿지 않는 말이기도 했다.

진정한 절망은 희망 뒤에 찾아온다. 준호는 오늘 그걸 알았다.

＊　　　＊　　　＊

화재가 났으니 피해자인 준호도 경찰서에 가서 조서를 꾸며야 했다. 담당 경찰관이 내민 커피의 온기가 준호의 마음을 조금은 진정시켜 주었다.

이름과 나이, 아르바이트 장소 등등을 이야기하고 나니 준호는 더 할 말이 없었다. 상황 설명이라고 해봐야 아르바이트가 끝나고 집에 오니 집이 없었다로 끝이다.

오히려 준호는 경관으로부터 몇 가지 몰랐던 사실을 들을 수 있었다. 일단 손해배상 문제다.

"맞다! 피해 보상."

불을 낸 것은 준호가 아니다. 그러니 마땅히 배상을 받아야 하지 않겠는가?

그러나 곧 준호는 다시 절망했다.

아래층에 사는 불을 낸 청년도 알고 보면 불쌍한 처지였다. 고아에다가 귀도 들리지 않는 장애인이다.

그 역시 공장에서 일을 하며 하루 벌어 하루 먹고사는 인생이니 배상을 할 돈이 있을 리가 없다.

일본의 경우 장애인에 대한 우대 정책이 확실해서 그 청년이 고의가 아닌 실수로 불을 낸 이상 나라에서도 별 책임을 묻지 않고 모든 일을 처리해 준다고 한다.

그래도 없던 돈이 생기는 것은 아니다.

한마디로 불낸 사람도 개털이니 준호가 배상을 받을 가능성은 1퍼센트도 없다. 동정심이고 뭐고 현실이 그런 것이다.

"에효, 정말 산에 들어가야 하나?"

처음엔 쇼크가 컸지만 이제는 그저 담담한 심정이 되었다.

만약 자고 있을 때 그런 일이 벌어졌다면 죽거나 크게 다쳤을 수도 있는데, 다행히도 집에 없어서 물건만 타고 사람은 멀쩡하지 않은가.

불행 중 다행.

준호는 그렇게 스스로를 위로했다.

당장 먹을 게 없어도 아르바이트 하는 곳에서 점심은 준다. 하루 한 끼면 인간은 죽지 않거든.

어떻게든 한 달만 버티면 또 월급이 나온다. 그러면 다시 시작할 수 있다.

"그래, 불나면 나중에 잘산다고? 그 말 한번 믿어보지, 뭐."

이름도 모르는 아주머니의 위로가 이제야 준호의 가슴속에 들어왔다.

그날 밤, 준호는 화재 대상자를 위한 구호 시설에서 잠을 잤다.

재해를 겪은 사람이 딱 하루만 잘 수 있는 곳인데, 유스호스텔 수준의 방이었다. 오히려 준호가 살던 집보다 잠자리가 편했다. 욕조도 있어서 오랜만에 물을 받아놓고 몸을 담글 수 있었다.

그래서인지 다음날 준호가 일어났을 때에는 한결 기분이 나아졌다.

준호는 일단 일본어 학교로 가서 상황을 설명하고 일주일

간 결석계를 냈다. 일단 새로운 숙소를 찾아야 하니 시간이
필요했다.

아르바이트하는 곳에도 전화를 해서 하루만 쉬겠다고 말
했다. 여긴 일주일이나 쉴 수는 없다.

학교는 쉬어도 아르바이트는 쉬면 안 되는 게 현실이니 어
쩔 수 없었다.

그다음에는 불에 탄 집으로 갔다. 그곳에서 집주인인 미노
와 씨를 만났다.

미노와 씨는 공인중개사를 하고 있는 사람인데, 이 집 외에
도 허름한 다인용 숙소를 여러 채 소유하고 있다고 했다.

대부분 가난한 외국인이나 준호와 같은 유학생들이 살고
있는데 미노와 씨의 사무실에서 그 사람들의 집세 같은 것을
관리한다.

복덕방에서 직접 원룸 고시원을 경영하는 셈이다.

여하튼 준호는 미노와 씨에게 빈방이 있으면 일 개월 동안
신세를 지자고 부탁하려 했다.

상황이 이러니 한 달 후에나 방세를 낼 수 있다. 한 달 정도
방세가 밀리는 셈이지만 불까지 났으니 그 정도는 봐주리라.

그런데 막상 미노와 씨를 만나니 그가 난색을 표하며 말했
다.

"구상, 지금 빈방이 없어."

"그렇습니까?"

"응, 빈방이 있으면 당연히 내주겠는데 말이야. 있는 사람을 나가라고 할 수는 없잖아?"

미노와는 조금 과장스러울 정도로 안타깝다는 표정을 지어 보였다. 어차피 억지를 쓸 생각이 없었던 준호는 사정이 그렇다는 데야 어쩔 수 없다는 생각이 들어 고개를 끄덕였다.

"예, 당연하지요."

준호가 포기한 표정을 짓자 미노와는 여전히 안됐다는 표정으로 말을 이었다.

"그런데 말이야, 저 불난 잔해를 치워야 하는데 구 상의 집도 탔으니 처리 비용을 조금 내줬으면 해."

"예?"

"빨리 잔해를 치워야지 안 그러면 주변 사람들에게 민폐가 되니까 말이야."

이거야말로 혹 떼러 왔다가 하나 더 붙인 격이 아닌가? 준호는 치밀어 오르는 감정을 애써 참으며 침착하게 물었다.

"아, 저기, 그거 불낸 사람이 치우게 되어 있는 거 아닙니까?"

미노와 씨는 네가 정말 뭘 모르는구나 하는 표정으로 상냥하게 차근차근 설명을 시작했다.

"사이토 군은 장애인이라 배상 책임이 없거든. 그러니까 각자 알아서 치워야 한다고. 모두 여섯 집이니까 한 집당 십만 엔 정도씩 내면 될 거야."

기가 막혀서 입이 다물어지지 않았다. 솔직히 준호는 미노와 씨에게 따지고 싶었다.

나 돈 없는데 그냥 집주인인 당신이 알아서 치우면 안 되겠소? 당신 집이잖소!

이렇게 말하고 싶었다.

그러나 생각해 보니 이 사람도 집이 홀랑 타고 손해배상도 못 받는 상황이다. 따질 상황은 아닌 것이다.

준호는 고개를 숙이며 말했다.

"지금 제가 돈이 없습니다. 나중에 드리면 안 되겠습니까?"

"음, 곤란한데. 하지만 없다면 어쩔 수 없지. 일단 여기 지불 서약서에 사인하고 도장을 찍고 천천히 돈을 갚으라고."

미노와는 정말로 곤란한 표정을 지으며 서랍에서 몇 장의 서류를 꺼냈다.

준호는 기분이 아주 나빴지만 내겠다고 한 이상 도장을 찍으려 했다.

그런데 서류를 보니 이게 고리대금 계약서다.

몇 개월 전 일본어 학교에 다니던 형이 빠찡꼬(도박의 일종)에 빠져, 있는 돈을 다 날리고 방세까지 없는 상황이 된 적이 있다. 그때 그 형은 어쩔 수 없이 돈을 빌렸는데, 그때 난 망했다고 씁쓸하게 웃으면서 보여준 서류랑 똑같았다.

당연히 이자가 붙는다. 그것도 허용 한도에 꽉 찬 고리다.

벌떡.

준호는 자리에서 일어났다. 업자는 돈이 걸리면 벼룩의 간도 빼먹는다는 소문은 사실이었다.

"이런 서류엔 도장 못 찍습니다. 돈은 준비되는 대로 드릴 테니 그렇게 아십시오."

참는 데에도 한도가 있다. 산속에서 수련만 하다가 세상에 처음 나와, 그것도 외국이라 만사를 참으며 살아왔다. 그래도 이건 아니다.

배 째라!

준호는 그대로 미노와 씨의 사무실을 나왔다.

한 달간 지낼 곳을 부탁하러 갔다가 사람의 본성도 보고 돈도 빚진 셈이다. 기분이 더러웠다.

어쩌면 산에서 수련하던 생활이 더 편한 걸지도 모른다는 생각을 처음으로 했다.

좌절하지 않으려고 하늘을 보니 하늘은 정말 구름 한 점 없이 맑았다.

"이렇게 날이 좋은데 인상 구기고 있을 수는 없지. 그냥 똥 밟은 셈 치자."

준호는 두 팔을 벌리고 크게 심호흡을 했다. 그리고는 빠르게 걸음을 옮기며 단전호흡법을 응용하여 마음을 가라앉혔다.

호랑이에게 물려가도 정신만 바짝 차리면 살아날 수 있다고 했다.

재난이 닥치고 의지할 곳은 없지만 그래도 아직 몸이 남았다. 꿈도 남았다.

"그럼 일단 학교 친구들한테 얹혀사는 방향으로 해보자. 미안하긴 해도 어쩔 수 없지."

잠만 자는 것이라면 한 달 정도는 신세를 질 만한 친구가 없는 것은 아니다.

지금까진 너무도 당황해서 그런 생각조차 하지 못했다. 그저 자기 숙소를 가지려고만 한 것이다.

준호는 피식 웃었다. 이런 간단한 생각도 못한 스스로가 웃겼다.

"별것 아니네. 올해는 재수가 없었던 셈 치고, 마음 비우고 내일부터 각 잡고 일해서 복구나 하자. 다시 시작하지, 뭐."

결심을 하니 이제는 정말 마음이 편해졌다. 머리도 팍팍 돌아가서 이제 뭘 어떻게 할지도 생각이 났다.

"맞아, 구청에 가서 혹시 구제제도가 있나 물어봐야지."

하다못해 옷이라도 조금 얻으면 그것도 좋지 않은가. 준호는 지금 당장 갈아입을 팬티 한 장도 없었다.

옷을 사려고 해도 은행 잔고는 삼백 엔. 할인 마트에서 가장 싼 속옷 한 장을 겨우 살까 말까 한 돈이다.

이제 희망은 구청뿐. 준호는 뛰다시피 구청으로 향했다.

*　　*　　*

　"예, 여기 신청하시면 중고 가전제품이나 헌옷 등을 지원받으실 수 있습니다."

　담당 여직원의 말소리가 천사처럼 들렸다.

　준호는 바로 사인을 하면서 여직원에게 감사의 인사를 했다.

　"살았습니다. 갑자기 불이 났는데 통장에도 돈이 하나도 없어서 큰일이었거든요."

　담당 여직원이 고개를 갸웃하며 말했다.

　"예? 유학생이면 유학생 보험에 들어 있을 텐데요?"

　"보험이요? 그런 거 들 여유가 어디 있습니까. 아하하!"

　보험을 들었으면 고생할 이유가 없다. 여직원의 말이 준호의 속을 박박 긁었지만 생각해서 해주는 말이니 화를 내지도 못하고 그저 허탈하게 웃어버렸다.

　한데, 그게 아니었나 보다. 여직원은 고개를 저으며 친절하게 설명을 했다.

　"그게 아니고, 나라에서 들어주거든요. 유학생들의 복지를 위한 정책이라서요. 유학비자가 나올 때 자동으로 모두 들게 되어 있어요."

　"예? 그럼 저도 들어 있단 말인가요?"

이건 또 무슨 말인가? 준호는 솟아오르는 기대를 애써 억
누르며 되물었다. 혹시 아니라면 더욱 실망할 테니 섣부른 기
대를 하지 않는 게 낫다고 생각하며 다시 한 번 물었다.

"그럼요. 잠시만 기다려 보세요."

타타탁 하는 소리와 함께 담당 여직원이 앞에 있는 컴퓨터
를 조작하기 시작했다.

"들어 있네요. 보험 수령인이 미노와 씨로 되어 있는데 아
는 분인가요?"

"예에?!"

"이미 화재 재난 신고도 되어 있어서, 피해 보상액이 백오
십삼만 이천 엔으로 책정되어 있네요. 내일이나 모레쯤 나온
다고 되어 있어요."

"그러니까, 재해보험 보상액 백오십만 엔이 내일쯤 미노와
씨 통장으로 입금된단 말씀이죠?"

"네."

순간 준호는 자신도 모르게 한국어로 말했다.

"미노와 이 개새끼!"

*　　　*　　　*

미노와가 보험금을 가로채려 한다는 것을 안 후, 준호는 잠
시 흥분했지만 곧 억지로 냉정을 유지했다.

그리고 웃는 얼굴로 친절한 여직원한테 궁금한 점을 하나하나 물어보았다.

정리를 하는 데 시간이 조금 걸렸지만 듣다 보니 대략적인 전후 내용이 잡혔다.

원래 일본이란 나라는 아주 오래전부터 유학생 우대 정책을 써왔다고 한다.

이유는 간단하다.

유학생들이 일본에서 공부를 하고 자국으로 돌아가게 되면 그들은 아무래도 일본에 친밀한 느낌을 가지게 된다. 말하자면 친일 성향을 띠게 되고, 인맥 자체도 일본 쪽으로 형성이 되는 것이다.

결국 국제 관계에서 유리한 위치에 서기 위한 방법 중 하나로 유학생을 가능한 한 많이 받아들이고 있다고 한다.

여기서 문제는 유학생과 일본인 사이의 관계이다.

가장 표면적으로 문제가 되는 것은 숙소인데, 만약 유학생이 사고를 치고 그냥 자국으로 돌아가 버리면 집주인은 크게 손해를 보고도 보상을 받기가 애매해지는 상황이 된다.

특히 질 나쁜 유학생들, 그러니까 공부가 목적이 아니라 사실은 일을 하러 온 사람들의 경우는 심하면 세 평짜리 방에서 열 몇 명씩 사는 경우도 있었다고 한다.

이런 식이면 일 년도 안 되어 집이 아주 거지꼴이 된다. 뒤늦게 그런 사실을 알고 내보내도 이미 늦어 집의 가치 자체가 확 떨어져 버릴 수도 있다.

거기에 여러 가지 생활풍습도 달라서 집을 소중히 생각하는 일본인들 중 대부분은 숙소를 임대해도 외국인한테는 잘 하려 하지 않는다.

그래서 정부에서는 유학생들을 받아들이는 집주인한테는 여러 가지 혜택을 준다.

기본적으로 세금도 줄고, 이런저런 자잘한 이익이 있는 모양이다.

그리고 유학생들이 사고를 치고 돌아갈 경우를 대비하여 나라에서 자동으로 재해보험을 들어주고, 만약의 경우 집주인이 대신 보상금을 수령할 수 있도록 했다고 한다.

"그러니까 안타깝게도 미노와가 보험 수령 사기를 친 건 아니란 소리군요."

준호는 그 대목에서 어떻게 미노와가 자신도 모르게 보험 수취인이 되었는가를 알았다.

하지만 이번 문제는 전혀 다르다. 책임을 질 사람은 따로 있다. 준호도 피해자이고, 보상금을 받을 사람은 준호다.

양심적인 집주인이었다면 당연히 준호에게 그 사실을 알려주었을 것이다.

화재의 피해자인 준호에게 웃으며 고리대금 서약서를 내미는 미노와.

그에게 양심이 있을 리가 없다.

그는 준호가 받았어야 할 돈 백오십만 엔을 착복하고, 그걸로 모자라 준호에게 십만 엔의 고리대를 하려 했던 것이다.

고리대금 십만 엔을 우습게보면 안 된다. 이게 어떻게 불어나는지는 구청 한쪽 벽에 붙어 있는 선전 포스터에 아주 상세하게 쓰여 있다.

'훗, 그래서 방이 없다고 한 거였군!'

생각을 해보니 미노와가 왜 준호에게 방이 없다고 했는지도 짐작이 갔다.

정말로 방이 없을 수도 있다. 하지만 방이 있다고 해도 내주지 않았을 것이다.

왜냐? 나중에라도 준호가 이 사실을 알게 되면 참 얼굴 보기 껄끄러우니 방을 내줄 수는 없을 것이다.

"맞아, 업자는 그래야 돼. 암. 크크크."

준호는 음침한 소리를 내며 웃었다.

확실히 업자는 양심을 탈부착 식으로 개조해야 할 수 있다는 인터넷 지식인의 말이 옳다.

"하지만 중요한 건 이제 내가 그걸 다 알았다는 것이지. 크크큭."

웃음이 멈추지 않았다. 사람이 정말 화가 났을 때에는 오히려 웃는다. 특히 독한 놈일수록 잘 웃는다.

준호는 바로 보험사에 전화를 했다.

"수령인을 바꾸고 싶은데요. 예, 본인입니다. 이쪽 통장으로 넣어주시면 감사하겠습니다. 예, 본인 통장입니다."

본인은 무적이다. 단숨에 백오십만 엔의 보험금이 하루 이틀 사이에 준호의 삼백 엔 잔고의 통장으로 입금되게 되었다.

"나쁘진 않군."

이제는 무일푼이 아니다. 준호가 마음을 비우고 한 시간도 안 되어 절망이 희망으로 바뀌었다. 기적 같은 상황의 변화였다.

"아, 근데 이놈을 어떻게 처리하지?"

준호는 미노와의 문제를 진지하게 고민하기 시작했다. 미노와에게 사기를 당하는 것은 면했지만 그건 정말 행운의 여신이 함께해 준 결과다.

보험금을 타게 되었다고 미노와가 자신에게 하려 했던 일이 없어지지는 않는다. 보상금만 꿀꺽할 생각이었더라도 복수심이 생겼을 텐데, 그 뒤에 내민 고리대금 계약서는 도저히 허용 불가다.

"사람 하나 폐인 만드는 건 일도 아닌 게 고리대금인데, 나한테 그걸 내밀었다 이거지?"

여기가 지리산이었다면 생각할 것도 없다. 지리산은 법이 존재하지 않은 힘의 세계니까 깔끔하게 주먹으로 시작해서 주먹으로 끝을 내면 된다.

하지만 이곳은 일본이다. 법치국가이고 주먹을 휘두르는 순간 사회의 적이 되는 곳이다.

"마음을 비우고 그냥 떠나야 하나?"

준호는 아주 잠깐 고민했다. 어차피 손해 본 것은 없으니 억지로 잊는 것은 어떨까?

하지만 미노와의 얼굴을 떠올리자 곧바로 화가 난다. 준호는 입술을 굳게 다물고 고개를 내저었다.

그럴 수는 없다. 보통 사람들은 어른들로부터 참고 살라고 배운다. 하지만 준호는 그런 가르침을 받은 적이 한 번도 없다.

반대로 그의 사부는 절대로 참지 말고 살라고 준호에게 가르쳤다. 당한 게 있는데 그냥 끝내면 평생 원한이 사라지지 않는다. 원한을 가슴에 품으면 고생하는 것은 본인이다.

"암, 저쪽이 나쁜 놈인데 내가 마음고생을 할 수는 없지. 열 배로 갚아줘야 속 시원하게 잠을 자지."

준호는 팔짱을 꼈다. 머릿속이 점점 차가워지는데 반대로 가슴엔 불길이 계속 일어났다.

"참, 잔해 처리비 십만 엔은 어떻게 하지? 그거 줘야 하나?"

주기 싫다. 생각만 해도 이가 갈리는데 돈을 준다는 건 정말 내키지 않는다.

"아니지. 내가 누굴 믿어."

순간 준호는 자신이 아직 순진하게 미노와의 말을 믿고 있다는 생각을 했다.

그는 다시 구청의 화재반을 찾아가 뒤처리에 대한 사항을 문의했다.

아니나 다를까, 일본은 화재가 나면 잔해를 나라에서 공짜로 치워준다고 했다.

"훗. 기대를 저버리지 않는군. 내 결심을 굳혀줘서 고맙다, 미노와!"

준호는 진실을 알고 오히려 속이 후련해졌다. 그와 반대로 미노와에 대한 전의는 하늘을 찌를 듯 불타오르고 있었다.

수많은 유학생을 상대해 본 미노와는 한국의 제도에 대해 잘 알고 있었고, 한국과 일본이 다른 점을 이용해 또다시 준호를 속인 것이다.

이건 명백한 사기다. 유학생을 우습게 보고 이런 말도 안 되는 일을 하다니!

생각해 보면 유학생이 모르고 돈을 내면 받고, 알고 따지면 적당히 넘어갈 속셈이었는지도 모른다.

유학생이 사회제도에 거의 무지한 것을 알기에 할 수 있는 일이다. 실제로 준호만 해도 방금 전까지 당연히 돈을 주는 게 옳다고 믿고 있었다.

"그러니까 저희 집에 불이 나도 제가 돈을 내서 잔해를 치울 필요는 없다는 거죠?"

준호는 담당직원에게 재삼 확인했다.

담당직원은 당연하다는 듯이 말했다.

"예. 하지만 처리 신청서는 내셔야 합니다. 아니면 소방서에서 치울 수가 없으니까요."

"처리 신청서요? 그냥 치워주시는 게 아닌가요?"

"법적으로 보면 불탄 잔해에는 아직 사는 사람의 재산이 남아 있는 셈이라서요. 그냥 치우면 시민의 재산에 허락없이 손을 댄 게 됩니다."

"싹 다 탔는데 재산이 남아 있는 게 된다고요?"

"다 탔다고 해도 엄밀하게 따지만 다 탄 게 아니죠. 그러니까 저희는 화재 건물이 80퍼센트 이상의 연소율을 보이면 전소(全燒)라는 표현을 씁니다. 구준호 씨의 경우는 87퍼센트 연소니까 일반적으로 다 탄 게 맞습니다만, 법적으로 보면 아직 13퍼센트의 재산이 남아 있는 게 되는 거죠."

법 해석 한번 참 신기하다. 재만 남았는데 아직 13퍼센트의 재산이 남아 있는 걸로 계산하다니.

'이거 혹시 보험금 계산할 때 적용시키려고 보험회사에서 손을 써서 만든 거 아니야?

한 번 사람에게 속아본 준호는 귀에 들어오는 말을 그대로 받아들이지 못하고 한 번씩 꼬아버리는 습관이 생기려 했다.

준호는 머리를 흔들며 쓸데없는 의심은 안 하는 것이 좋다고 중얼거렸다.

담당직원은 계속 말했다.

"그러니까 구준호 씨께서 잔해에 있는 재산을 포기하니 처리해 달라고 신청서를 쓰셔야 저희가 치울 수 있습니다."

"그렇게 되는 거군요."

준호의 입가가 살짝 위로 올라갔다. 사악한 미소란 이럴 때 쓰는 표현이리라.

아침의 기억을 더듬어보니, 미노와가 내민 서류 중에 그런 게 있었다. 차용증과 섞여 있어서 그때는 뭔지 몰랐는데 지금 설명을 듣고 신청서 용지를 직접 보니 기억이 났다.

"다 능구렁이처럼 스리슬쩍 처리하려는 거였군. 크크크 크."

상황 파악 끝. 미노와 당신, 날 너무 우습게 봤어.

"뭐, 우습게 볼만했지. 정말 난 아무것도 몰랐구나."

준호는 반성했다. 일본에 온 지 이미 육 개월이다. 하지만 준호는 아직까지 일본어를 잘 하지 못했다.

생활에 필요한 말은 더듬더듬 할 수 있지만 읽는 것은 그만 못해서 만화책이나 조금 볼까 소설이나 신문은 아직 힘든 상 황이다.

글을 읽는 게 그냥 읽는 게 아니라 사전을 옆에 두고 신경 써서 독해를 해야 하니 서류 하나 확인하는 것도 쉽지 않다.

그야말로 눈 뜨고 코 베어가도 당분간은 모를 수밖에 없는 무지한 상태다.

또한 학교 생활과 아르바이트, 그리고 준호가 목표로 하는 더 지존이라는 게임 이외의 정보는 거의 알려고 하지도 않았다. 인터넷을 봐도 한국 사이트에서 게임 정보만 보았다.

그야말로 준호는 현 일본 수상이 누구인지도 헷갈리는 수준이었다.

미노와가 내민 고리대금 문서도 전에 본 적이 없었다면 그저 차용증서 정도로 알고 봉변을 당했을 가능성이 크다.

"미노와를 욕하기 전에 나의 게으름을 고쳐야지. 게임을 알기 전에 먼저 사회를 알아야 살아남을 수 있어."

준호는 뼈에 사무치는 경험을 하면서 새로운 결심을 했다.

그러고 보니 강 아저씨가 무슨 일을 하든 공부는 꼭 해서 학력을 취득하라고 했다. 그 말에는 사회에 적응하라는 뜻이 있을 것이다.

이제부터는 다를 것이다. 정말로 열심히 일본이란 사회에 적응을 한다.

이곳은 사부를 피하기 위한 도피처가 아니다. 내 인생을 시작할 무대이다.

"알았어요. 아저씨, 열심히 살게요."

준호는 여러 가지 의미가 담긴 혼잣말을 하며 다시 한 번 그를 도와준 강 아저씨에게 감사를 했다.

"하지만 먼저 그 인간은 좀 밟고요. 내 꼭 원한이 있어서 그런 건 아니고 미노와를 그냥 놔두면 다른 유학생도 피해를 볼 수 있잖아요. 암, 사람은 참고 살아야 하지만 사회 정의는 지켜야지."

그냥 넘어갈 수는 없잖아? 완벽한 대의명분이다.

으드득, 준호는 자신도 모르게 이를 갈았다. 그러면서도 입가엔 여전히 미소가 사라지지 않았다.

수련만 하다가 세상에 나온 지 육 개월 남짓. 준호는 오늘 가슴에 칼을 품었다.

*　　　*　　　*

다음날부터 준호는 미노와가 소유하고 있는 다른 집들을 찾았다. 분명히 전에 듣기로 준호가 살던 집 이외에도 임대를 하는 곳이 있다고 했다.

의외로 찾기는 어렵지 않았다.

연립형 건물 두 개를 알아냈는데 여기에도 유학생들이나 사회 빈민층 사람들이 살고 있었다.

이게 전부인지는 모르지만 이걸로도 충분하다.

"그럼 슬슬 살펴볼까나."

준호는 그 건물의 주변을 유심히 살폈다. 딱 잘라 무엇을 찾는다기보다는 그냥 세심하게 살펴보았다.

어차피 이곳이나 준호가 살던 숙소나 하는 짓은 대동소이할 터이다.

미노와가 임대업을 하면서 임차인들에게 양심적으로 대했을 리가 없다고 준호는 생각했다.

세입자들이 당하면서도 잘 모르는 그런 일이 있을지도 모른다. 그게 아니더라도 법적으로 임대업을 하기 위해서 숙소에 기본적으로 갖추어야 할 일들이 있다.

그런 걸 수십 년 된 낡은 집들이 모두 구비할 수는 없다.

준호는 어제 구청에서 그런 규정에 대한 것들을 열심히 살폈다. 다른 악덕 임대업자들의 사례도 조사했다.

준호는 불이 나고 보험금이 어쩌고저쩌고 하는 일로 미노와와 따질 생각은 없었다.

어차피 보험금은 준호 앞으로 나온다.

"이제 와서 따져 봐야 미노와에게 아무런 책임도 물을 수는 없으니까."

그러니 준호는 미노와가 자신을 비롯한 세입자들에게 한 모든 잘못을 먼저 찾아내려 했다. 그 외에도 혹시 더 나쁜 일을 한 게 있다면 그것도 알아야 한다.

준호의 사부는 항상 말했다.

끝장을 볼 생각이 없으면 손을 쓰지 말라고.

그리고 기본적으로 준호는 공격에 대해 한 가지 원칙을 가지고 있었다.

모든 공격은 필살기라 할 수 있으니 단 한 번의 공격으로도 능히 적에게 치명적인 타격을 줄 수 있어야 한다.

즉, 공격을 한 시점에서 이미 승부는 난 것이어야 한다. 어설픈 공격은 그가 익힌 지옥 같은 수련에 대한 모독이다.

손과 발을 써서 싸우는 것이 아닐지라도 원칙을 어길 생각
은 없다.

"난 독종인가 봐. 이러면 너무 인간미가 없는데, 크크크.
하기야 만날 사부에게 혹사당하는 어린 시절을 보낸 내가 성
격이 좋을 리는 없잖아?"

준호는 스스로 자기 성격을 진단하며 웃었다.

성격이 나빠도 좋다. 독종이어도 좋다. 나를 건드린 놈은
다 죽는다!

한 번 가슴에 칼을 품으니 수련의 성과인지는 몰라도 점점
살기가 몸 밖으로 배어 나왔다.

하지만 준호는 신경 쓰지 않았다. 독하게 살아야 사회에서
살아남을 수 있다고 생각했다.

"어!"

한참을 살피다가 결국 하나 발견할 수 있었다.

미노와의 건물 주변에 있는 자동판매기들, 그것들의 전원
이 모두 미노와의 건물로 연결되어 있었는데 모두 여덟 대나
되었다.

"이야, 이런 훌륭한 방법이! 어쩐지 전기세가 많이 나오더
라니. 크크크크."

자동판매기들은 기본적으로 거대한 냉장고인 셈이니 그걸
밤낮으로 계속 틀어놓을 경우 전기세가 한두 푼 나오는 게 아
닐 터이다.

이 건물로 전원이 연결되어 있다는 것은 자판기의 주인이 미노와라는 뜻인데, 아무리 생각해도 미노와가 따로 전기세를 낼 것 같지는 않았다.

다시 건물의 전기 계통을 유심히 살피자 과연 계량기가 방마다 달려 있는 게 아니라 딱 하나만 있었다.

건물 전체의 전기량을 세입자 수로 나누어 전기세를 계산하는 방식으로, 준호가 살던 곳도 그랬다.

복도나 공동화장실 등에 쓰는 전등 등의 전기료도 세입자에게 부담시키기 위한 방식인데, 준호가 어제 알아본 바로는 이거 자체가 위법이다.

임대업을 하려면 무조건 방마다 전기계량기를 달아야 하고, 공용 시설 전기료도 따로 계측기를 달아서 그건 건물주가 계산해야 하는 게 원칙이다.

뭐, 이 부분은 큰 위법은 아니다. 오래된 건물에는 계량기가 하나인 경우가 종종 있으니 공무원이 알아도 그냥 지적 사항에 해당하는 정도다.

하지만 미노와는 역시 뭔가 달라도 달랐다. 은근슬쩍 자판기 여덟 대의 전기료를 모두 세입자에게 부담시키고 있는 것이다.

준호는 아침에 사백팔십 엔이나 주고 산 일회용 디지털 카메라로 그것들을 모두 찍었다.

"한 건 했고. 룰룰루."

그렇게 준호는 일단 건물 자체를 살피고, 다시 구청으로 가서 건물의 용도를 확인했다.

이유는 간단하다. 건물 중 하나는 오래된 것이 아니라 지은 지 이삼 년 된 것인데, 이게 아무리 봐도 집처럼 안 생겼다.

하지만 안쪽은 사람이 살 수 있는 쪽방 구조로 되어 있어서 이십여 명이 살고 있었다.

그런데 살짝 알아보니 그곳엔 전원 유학생만 살고 있었다. 그것도 대부분 일본어를 잘 모르는, 일본에 온 지 얼마 안 되는 학생들뿐이었다.

그곳은 임대를 시작한 지 삼 개월밖에 안 되었다고 한다. 아무래도 미노와는 전문적으로 유학생들의 숙소 임대업을 하기로 한 모양이다.

"역시!"

그곳은 주택이 아니었다. 창고였다.

사람은 창고에 살 수 없다. 임대업 역시 창고에서는 할 수 없다.

준호의 머리에서 핑 하고 불이 들어왔다.

"이건 무허가군."

다시 목록에 한 가지 건수가 추가되었다.

모든 조사를 끝내니 아르바이트에 갈 시간이 되었다. 준호는 하루 만에 이런 모든 것을 조사한 자신이 신기할 정도였다.

"이야! 내가 이런 쪽에 소질이 있었구나."

무공 이외엔 아무것도 모르는 것이나 다름없는 준호가 뒷조사에 재능이 있었던 것이다.

새로운 능력의 발견에 기분이 좋아진 준호는 가벼운 발걸음으로 아르바이트를 하는 공장으로 향했다.

"구 상, 집에 불이 났다며?"

관리인인 키무라 씨가 와서 물었다. 준호는 머리를 긁적이며 그렇다고 대답했다.

"다친 데는 없지?"

"예, 염려해 주신 덕분에 괜찮습니다."

"다행이네. 이거 받아."

키무라 씨가 내민 것은 하얀 봉투였다. 제법 두둑하게 안이 부풀어 있는데, 척 보니 돈인 것 같았다.

준호는 어리둥절한 표정으로 키무라에게 물었다.

"이건 뭔가요?"

"같이 일하는 사람이 화재를 당했는데 모른 척할 수는 없잖아. 직원들하고 아르바이트하는 친구들이 조금씩 걷었어."

"아!"

봉투 안에는 20만 엔이 들어 있었다. 준호는 그 돈을 받고 잠시 말을 하지 못했다.

키무라 씨는 준호의 등을 툭툭 두드리며 웃는 얼굴로 말했다.

"힘들겠지만 이겨내라고. 젊었을 때에 고생을 해야 성공하지. 나중에 숙소 구하면 다시 이야기하라고. 내 전부터 냉장고를 조금 큰 걸로 바꾸려고 했는데 이번에 하나 사지, 뭐."

"감사합니다."

제정신이 든 준호는 가까스로 인사를 하고 자기 자리로 갔다. 그의 가슴속에 세워졌던 칼이 점점 무뎌지는 듯한 기분이 들었다.

세상엔 아직 인심이 살아 있구나!

이곳에서 일하는 사람들은 그다지 여유있는 사람이 아니다. 그런데도 그들은 준호를 위해 만 엔, 이만 엔이란 돈을 내주었다. 뿐만 아니라 키무라는 준호에게 냉장고를 주기 위해 새로 냉장고를 사겠다고 한다.

"그래, 미노와가 있으면 키무라 씨 같은 사람도 있는 거야. 세상은 결코 냉혹한 곳만은 아니야."

준호는 오늘 출근해서 가장 큰 것을 배웠다.

사회란 곳은 나쁜 사람과 좋은 사람이 섞여서 살아가는 곳이다. 그렇다면 내가 할 일은 무엇인가?

나쁜 사람이 될 것인가, 아니면 좋은 사람이 될 것인가.

그걸 정하기 전에 먼저 갖추어야 할 능력은 바로 안목이다.

사람을 만났을 때 그 사람의 본성을 알아차리는 게 중요하다.

믿고 함께할 사람이 있고, 가까이해서는 안 될 사람도 있다.

상대의 강함과 약함을 꿰뚫어 보고, 또 적인지 아군인지도 파악할 수 있어야 한다.

"그래, 그거야."

준호는 키무라 씨와 같은 사람과 만나는 것이 살아가는 데에 얼마나 소중한 일인지 깨달았다.

이런 사람과의 만남을 소중히 하리라. 그는 결심했다.

반대로 미노와 같은 자에게 속아 넘어가지 않을 경험과 힘도 기를 것이다. 그건 어제 결심했으니 이 두 가지가 그의 인생관의 기초가 되었다 할 수 있다.

*　　*　　*

다음날, 준호는 미노와에게 전화를 했다.

"미노와 상, 제가 깜박 잊고 말씀을 안 드렸는데요, 불탄 잔해 속에 몇 가지 불에 탔는지 확인해야 할 것들이 좀 있으니 당분간 그거 치우지 말아주십시오. 저한텐 굉장히 소중한 것들이라서요."

"예? 안 된다고요? 안 되긴요."

"예? 찾으려면 지금 찾으라고요? 지금은 좀 곤란하거든요.

아직 숙소도 안 구했고요. 숙소를 구해야 물건을 옮기죠.”

“예, 그러니까 한 달 정도만 기다려 주세요. 안 되긴요. 아무튼 제가 숙소 구할 때까지는 그거 건드리시면 안 됩니다.”

상대가 뭐라고 하든 준호는 자신의 뜻을 확실하게 전했다. 그리고 할 말 다 한 후에 그냥 끊었다.

미노와도 뭔가를 눈치챘는지 이미 돈을 내라는 말은 하지 않고 중간부터는 상당히 저자세로 나왔다.

당연하다.

저 잔해를 빨리 치워야 새로 건물을 지을 수 있다. 잔해를 한 달이 넘게 방치해 두면 동네 사람들에게도 욕을 먹고 금전적으로도 상당한 손해가 날 수 있는 것이다.

그럼 뭐 하나? 준호가 이렇게 말한 이상 잔해는 못 치운다.

“이건 시작일 뿐이지. 콰카카카.”

준호의 웃음소리가 음침함에서 벗어나 통쾌함의 감정을 담았다. 역시 복수는 달콤하다.

생각해 보면 미노와는 이 화재로 인해 손해를 본 것이 없다.

이미 허물어도 십 년쯤 전에 허물었어야 하는 낡은 집이다. 오히려 불이 나는 바람에 철거 비용도 안 들이고 집을 새로 지을 수 있게 된 셈이다.

아마 화재보험에도 칼같이 들었을 것이다.

어쩌면 화재 자체에 미노와가 개입되어 있는 게 아닌가 하는 생각이 들 정도다. 하지만 그건 증거도 없는 억측일 뿐, 준호는 거기까지 의심할 필요는 없다는 결론을 내렸다.

이미 그 작자가 한 짓만 해도 충분히 나쁘니까.

그날도 준호는 출근 시간 전까지 미노와의 임대주택에 가서 살피고 또 살폈다. 어제 하루 조사해서 그만큼 나왔지만, 빠뜨린 것이 있을지도 모른다. 아니, 틀림없이 빠뜨린 게 있다.

하나가 나오면 하나만큼 좋고, 둘이 나오면 둘만큼 좋다. 일주일 동안 매일같이 조사해 주마!

그렇게 집념에 불타는 조사 생활을 며칠 하던 중, 미노와로부터 전화가 왔다.

전화에서 미노와는 상냥한 목소리로 말했다.

"구 상, 이거 빨리 치워야 해. 주변 사람들에게 폐가 되잖아. 구 상도 보험금을 탔으니 그냥 빨리 집을 구해서 이사하라고."

드디어 미노와는 준호가 보험금을 타갔음을 알아차린 것이다. 보험금 수취인을 바꿀 정도니 잔해를 처리할 때 어떤 서류가 필요한지도 알았음을 미노와는 눈치챈 듯했다.

뻔뻔스러울 정도로 확실한 저자세가 그걸 증명하고 있었다.

"그럴 수는 없습니다. 저한텐 정말 소중한 물건이고, 불에 타는 것도 아니니 있으면 꼭 찾아야 하거든요."

준호는 끝까지 주장했다.

보험금 얘기는 준호 쪽에선 아예 입에 담지도 않았다. 그저 끝까지 자기 할 말만 하면 되는 것이다.

'훗. 아쉬운 사람이 우물을 파는 법이지. 내가 구차하게 이런저런 이야길 할 필요는 없거든.'

아마 지금쯤 미노와는 똥줄이 타고 있을 거다. 그나마 겉으로는 어떤 악감정도 표시한 적이 없으니 자기 나름대로 적절한 방법을 찾고 있을 가능성이 크다.

다음날, 미노와는 준호에게 다시 전화를 해서 제안을 했다. 이사 비용 십만 엔을 줄 테니 사인을 하라는 것이다.

준호는 잠시 고민하다 알았다고 대답했다.

이 건은 이걸로 끝이다. 솔직히 그걸 안 치우고 놔두면 주변 사람들에게 폐가 된다는 것은 틀림없으니 애초에 오래 끌 마음이 없었다.

또한 미노와는 이걸로 준호와의 갈등 관계가 끝났다고 생각할 것이다. 그게 중요했다.

그러니까 준호는 자신이 보험금만 탄 채 그냥 사라지면 미노와는 앞으로 일어날 일들이 그에 의한 것이 아닐까 하고 의심을 할 수도 있다고 생각했다.

하지만 이렇게 작은 복수를 하고 합의를 보면 보통은 그냥 떠난다. 그게 사회의 암묵적인 룰인 듯하다.

"사회의 암묵적인 룰 따윈 개한테나 줘버리라고 해."

준호는 미노와에게서 십만 엔을 받아 나오면서 그렇게 중얼거렸다.

그 뒤 준호는 그동안 자신이 조사한 모든 것을 서류로 만들어 세 군데에 발송했다.

유학생 관리국, 세무서, 한국인들이 많이 보는 한인 잡지사.

물론 익명이다.

며칠 후, 잡지에 한국인 유학생을 등치는 악덕 부동산 임대업자에 대한 기사가 나갔다.

세무서를 비롯한 관련 업무 부서에서는 이곳 미노와 공인중개사 사무실의 자격을 취소하고 무허가 업무와 탈세 혐의에 대한 본격적인 조사를 취하기로 결정했다.

유학생 관리국에서는 이번 사태에 대해 크게 우려를 표명하며, 해당 건물의 유학생들의 피해 보상에 적극 나섰다.

한인협회에서는 모국의 학생들이 당한 억울한 사례가 더 있을 것으로 간주하고 피해 사례를 모집하고 있다. 다시는 이러한 일이 없도록 하기 위해서라도 법적인 대응을 통해 확실한 보상과 처벌을 받아내겠다고 천명했다.

"카카카카카카, 제대로 꽂혔군!"

죄와 벌, 법치국가에서는 법을 어기고 사람을 등치면 마땅히 벌을 받아야 한다.

이런 걸 발견했을 때 신고하는 것은 바로 시민의 의무 아니 겠는가?

법과 규범에 엄격한 일본의 특성상 미노와는 불법적으로 번 돈의 몇 배를 배상해야 할 것이 분명하다. 거기에 사회적 인 매장을 당하는 건 기본이다.

준호는 잡지 기사를 보고 크게 웃었다.

그는 그걸로 미노와를 잊었다. 이제는 더 이상 가슴속에 미 노와에 대한 분노를 담아두지 않아도 된다.

속이 시원했다.

단지 미노와가 가르쳐 준 세상의 엄격함은 절대로 잊지 않 기로 했다.

이건 뼛속에 새겨두었다.

*　　　*　　　*

화재가 난 지 일주일이 지났다.

준호는 다시 학교에 갔다. 그곳에서도 선생들이나 다른 유 학생들이 돈을 모아서 건네주었다.

준호는 다시 한 번 사람의 정을 느꼈다.

어쩌면 세상에는 나쁜 사람들보다 좋은 사람이 많은지도 모른다. 단지 나쁜 사람 한 명이 좋은 사람 열 명을 울릴 뿐이다.

독해 선생인 미야모토 씨가 걱정스러운 표정으로 물었다.

"숙소는 구했나요?"

"아직 못 구했습니다. 이제 대충 정리가 됐으니 구해야죠."

"학교에서 대신 찾아줄 수도 있으니 언제든지 상담하세요."

"예, 감사합니다."

준호는 진심으로 감사의 인사를 하고 수업에 들어갔다.

방과 후, 그는 자신이 가진 돈을 모두 은행에 넣었다.

이백만 엔. 그토록 열심히 돈을 모아 이십만 엔을 만든 것이 바로 일주일 전이다. 그런데 일주일 만에 그 열배가 되는 돈이 통장에 들어 있다.

"후후훗, 이 정도면 샤워실과 화장실이 있는 제대로 된 집도 구할 수 있겠군."

이제야 사람처럼 살 수 있게 되었다. 준호는 뿌듯함이 가슴을 메우는 느낌을 받았다.

"아니지. 그게 아니잖아!"

이백만 엔.

이 금액이 가지는 의미는 크다.

모든 가상공간 근로자들이 꿈에서도 그리는 첨단 과학의 결정체, 프로페셔널용 가상현실 접속기 '오메가 다이버 세븐’ 의 특별 할인가가 바로 백구십팔만 엔이 아닌가!
쿠쿵!
순간, 준호는 머릿속에 벼락이 치는 듯한 느낌을 받았다.
이건 정말 하늘의 뜻이 아닐까?
나에게 게임을 하려면 제대로 하라는 계시가 아니겠는가!

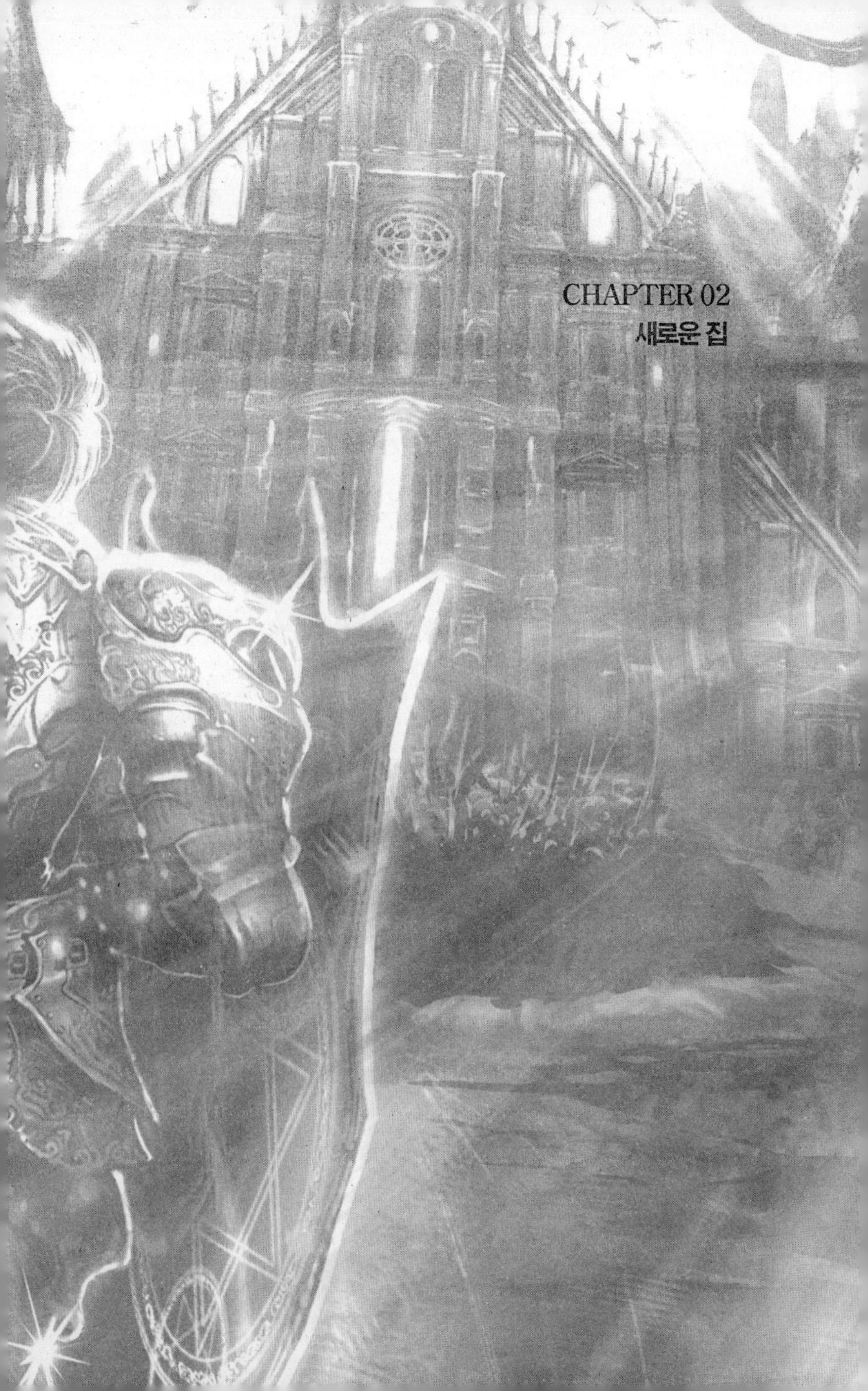
CHAPTER 02
새로운 집

WAR
LORD
워로드구오

　현대 사회의 직장인들에게 있어 가상공간은 갈수록 중요한 요소가 되어가고 있다.

　뇌가 육체의 제어로부터 해방될 경우 가상공간에서의 반응 속도, 즉 체감 시간이 몇 배나 빨라진다는 것은 가상공간 개발 초기에 이미 입증된 바 있다.

　그 후, 수많은 임상실험을 거쳐 가상공간과 현실의 괴리감을 가장 적게 하고, 또 뇌의 부담도 줄일 수 있는 효율적인 시간의 비율은 네 배라는 결론이 나왔다.

　이게 의미하는 바는 정말 크다. 공부를 하든 비즈니스를 하든 가상공간에서는 네 배의 시간을 쓸 수 있다는 소리가 된다.

가상공간은 그야말로 산업혁명의 계기가 된 증기기관의 발명 이후 인류 최대의 개혁적 발명이라고 평가되고 있다.

하지만 가상공간이 사람에게 좋은 것만은 아니다. 가장 큰 문제는 뇌가 육체의 제어를 하지 않는 동안 육체에 가해지는 부담이다.

육체가 아무런 움직임도 없이 장시간 방치될 경우, 아무리 편한 자세를 취하고 있다고 해도 뼈와 근육에 상당한 무리가 오게 된다.

가령 학생들이 많이 쓰는 저가형 헤드셋의 경우, 보통은 침대에 누워서 쓰게 된다.

하지만 그냥 침대에서 잠을 자는 것과는 달리 뒤척이지도 않고 그냥 누워 있는 상태가 지속되면 척추에 무리가 가는 것은 당연하다. 혈행에도 좋지 않다.

그래서 모든 가상공간 접속기에는 종합적으로 몸의 상태를 측정하는 장치가 붙어 있다.

이 장치는 뇌파와 바이오리듬, 혹은 뼈의 공밀도까지 종합적으로 측정하여 점수를 매기게 된다. 이것을 바이오 컨디션 포인트(BCP)라고 한다.

그리고 전 세계 공통 법안으로 책정된 가상공간 건강 유지법에 의하면 비씨피가 50점 이하로 떨어지면 자동으로 가상공간에서 현실로 돌아와야 한다.

또한 비씨피가 70점 이하일 때에는 접속 시도가 안 된다.

그러니까 가상공간에서 게임을 하든 업무를 보든 비씨피가 70점 이상일 때 접속을 해서 50점 이하가 되면 접속이 끊기는 것이다.

심한 감기나 복통 등의 신체 이상이 있을 때에는 당연히 안 되고, 몸이 허약한 사람은 쉽게 비씨피가 떨어지기 때문에 건강한 사람에 비해 접속 시간이 줄어들게 되는 것이다.

한마디로 몸이 좋아야 가상공간의 이용 시간도 늘어난다.

가상공간의 승자가 되려면?

먼저 몸짱이 되어라.

하지만 그게 다는 아니다. 사람들이 값비싼 고급 접속기를 원하는 이유가 있다.

최저가형인 헤드셋 접속기는 아무리 건장한 사람도 두 시간이면 비씨피가 50점 이하로 떨어진다.

그럼 열심히 운동을 하거나 해서 최소 70점 이상으로 몸 상태를 회복해야 하는데 그게 서두른다고 빨리 되는 게 아니다. 또 70점으로 맞추면 금세 다시 접속이 끊기기 때문에 보통은 90점 정도까지 끌어올려야 한다.

결론적으로 건강한 사람이 헤드셋 접속기를 쓰면 두 시간 접속하고 두 시간 몸 조절을 해야 한다. 수면 시간은 따로 계산해야 하니 최대 하루 열 시간 정도의 접속 시간을 한계로 여긴다.

물론 열 시간은 이론상 최대 시간이고, 보통 사람은 잘해야 여덟 시간, 몸이 좀 약한 사람은 여섯 시간 정도만 접속할 수 있다.

가상공간 속 시간이 네 배이니 이것만 해도 대단한 효율이다. 하지만 두 시간씩 끊어서 접속을 해야 한다는 것이 의외로 큰 패널티이다.

이에 반해 최고급 기기, 즉 준호가 욕심내는 '오메가 다이버 세븐'의 경우는 이야기가 다르다.

이건 몸 전체가 들어가 앉게 되는 캡슐 구조로 되어 있는데, 침대나 관 같은 구조가 아니라 커다란 구형으로 되어 있다.

여기에 장치된 자동 마사지 기능은 근육의 경직과 혈행의 저하를 막는다.

또 자세 변형 기능에 의해 눕는 자세와 앉는 자세를 비롯해 여러 가지 유동적인 움직임을 취하는데, 이건 중력의 영향에 의한 뼈의 무리를 줄이기 위한 것이다.

이들 주요 기능을 비롯해 뇌로부터 방치된 몸의 상태를 조금이라도 더 좋게 하기 위한 모든 장치가 붙어 있다.

이 기계를 이용할 경우 비씨피의 소모는 헤드셋과는 비교할 수 없을 정도로 줄어든다.

무려 네 시간!

건강한 사람이라면 헤드셋의 두 배에 해당하는 연속 접속 시간을 즐길 수 있는 것이다.

그 후엔 두 시간 동안 조절을 하고 다시 네 시간을 이용한다.

결론적으로 말해 하루 열두 시간의 가상공간 이용이 가능하다. 보통 열 시간 정도를 권장하고, 몸이 약한 사람이라도 여덟 시간 정도는 충분히 즐길 수 있다.

이용 가능 시간이 다르다!

그것도 연속성도 뛰어나 업무의 효율이 증대된다.

그래서 출세를 하려면 차보다 오메가 다이버 세븐을 먼저 사라는 선전이 무시할 수 없는 사회적 상식으로 자리 잡아가고 있는 중이다.

게임 세계에서도 마찬가지.

프로게이머가 되어 남들에게 주목을 받기 위해서는 보통 헤드셋으로는 아무래도 무리가 있다.

결국 게임의 기본은 시간 투자가 아니겠는가?

일류의 프로 게임단에서는 보조 선수들에게도 오메가 다이버 세븐을 쓰게 한다.

대기업에서도 과장급 이상이 된 사람들은 저축 통장을 깨서라도 오메가 다이버 세븐을 집에 설치한다. 그렇지 않으면 갈수록 차장이나 부장으로 승진하기 어려워지는 분위기다.

가상공간에서 승자가 되려면?

일단 현실 몸짱은 기본이고, 좋은 시설의 확보가 절대적으로 필요하다.

"좋아, 하려면 확실하게 하자. 오메가 다이버 세븐! 너로 정했다."

준호는 결심했다. 그러나 곧 그는 이 결정의 문제점을 깨달았다.

"그럼 집은 어떻게 구하지?"

오메가 다이버 세븐을 지르면 통장에 남는 잔고는 삼만 엔 정도.

이걸로는 가장 허름한 집의 한 달 월세도 빠듯하다. 그런데 이사를 가려면 보증금과 복덕방 소개비, 그리고 예의금(일본의 풍습으로 한 달이나 두 달 집세를 집주인에게 그냥 주는 것) 등도 필요하다.

최소 넉 달 치 집세가 필요한 것이다.

"으음, 가장 싼 집이라도 십만 엔은 필요한 거군."

겨우 몇 만엔 때문에 오메가 다이버 세븐을 포기해야 하는가? 준호는 생각해 보지도 않고 고개를 저었다.

"이쯤 되면 근성이다. 삼만 엔으로 들어갈 방을 찾고야 말겠다. 찾으면 다 나온다!"

굳게 결심한 준호는 즉시 전자상가로 가서 오메가 다이버 세븐을 주문했다. 오메가 다이버 세븐은 맞춤형이기 때문에 신장을 비롯해 여러 가지 측정을 한 후 기계의 조정을 거쳐

삼 일 후에나 나온다.

준호는 배송할 곳을 삼 일 후에 알려주겠다고 서류에 쓴 후 선금을 지불했다.

이것으로 후회해도 소용없다. 통장엔 삼만 엔이 남았을 뿐이다.

"해보자."

준호는 서둘러 주변 공인중개사 사무실로 발걸음을 옮겼다.

＊　　＊　　＊

"혹시 삼만 엔으로 들어갈 수 있는 집 있습니까?"

"장난하나, 아니면 농담인가?"

이런 경우가 가장 많았다.

"혹시 삼만 엔으로……."

"저희 중개소에서는 기본적인 설비가 갖추어진 집만을 취급합니다."

이런 럭셔리한 중개업소도 있었다.

그 후로 여러 곳을 들렀다. 반응이야 제각각이었지만 결론은 하나다. 삼만 엔으로 집을 구하는 것은 도저히 불가능하다는 것이다. 하지만 준호는 포기하지 않고 다음 집으로 향했다.

"혹시 삼……."

"일단 복비부터 내고, 며칠 동안 막노동을 해서 돈을 구해 오지? 그사이에 집을 구해놓겠네."

독특한 반응이다. 준호는 콧수염을 얇게 기른 중개사 아저씨를 보았다.

요건 조금 당긴다. 삼 일의 여유가 있으니 그사이 밤 공사에 나가면 또 몇 만 엔을 벌 수 있다.

준호는 조금 고민하다 혹시나 하는 심정으로 다시 물었다.

"복비를 다음 달에 드리고 일단 일을 해서 삼 일 내로 보증금하고 한 달 치 월세만 구하면 안 될까요? 꼭 삼 일 내로 이사를 하고 싶어서 그러거든요."

"허허허, 개인적으로는 그러고 싶은데, 사무실 규정이 있어서 좀 힘들겠군."

"저, 이 사무실에 다른 분도 계시나요?"

"아니, 나 혼자 하는 사무실이라네. 혼자라도 규정은 지켜야 하지 않겠나?"

규정. 그건 정말 중요하다. 준호는 더 할 말이 없었다. 여기도 안 되는 건가? 준호는 반쯤 포기한 심정이 되어 마지막으로 확인했다.

"쩝, 정말 삼만 엔으로 들어갈 방은 없는 건가요?"

"없긴, 있기는 다 있지. 소개비까지 해서 이만 엔으로 들어갈 수 있는 방도 있다네."

"예? 그런 방을 제가 찾고 있거든요. 그거 소개해 주세요."

역시 찾으면 다 나온다. 준호는 이거다 하고 속으로 외쳤
다.

그러나 콧수염의 중개사 아저씨는 별로 내키지 않는지 손
가락으로 수염 끝을 살살 꼬며 말했다.

책상 앞에 놓인 명패를 보니 '다 있어 중개소 대표이사 쿠
라마'라고 쓰여 있었다.

쿠라마 씨는 진지하게 준호에게 충고를 했다.

"거긴 안 들어가는 게 좋아. 내 별로 소개를 해주고 싶지
않다네."

"뭔가 안 좋은 조건이 있나요? 혹시 집주인이 이상한 취향
이 있다거나……."

"그런 건 아니고, 그저 귀신이 좀 나와서 말이지."

"귀신이요?"

알고 보니 이만 엔으로 들어갈 수 있는 집은 귀신이 나와
아무도 살 수 없는 집이었다.

이미 세 사람이 거기 산다고 들어갔다가 하루도 못 버티고
입에 거품을 문 채 병원에 입원했다고 한다.

집 자체는 아주 훌륭한 집으로 소재지도 동경 한가운데의
요충지이니 원래 집값은 상상을 초월할 정도로 비싸다. 하지
만 지금은 귀신 소문 때문에 거의 오분의 일로 집값이 떨어진
상태인데도 아무도 사려 하지 않는다고 한다.

여기서 집주인이 원하는 것은 단 하나다.

누군가 들어가서 그 집에서 살 수만 있으면 된다. 한 이 년 정도 사람이 무사히 살게 되면 당연히 귀신 소문은 사라지고, 집값도 원래대로 돌아오는 것이다.

"그러니까 그 집은 집세도 보증금도 없네. 이 년 계약이고 말이야. 이만 엔은 소개비라네. 공짜로 소개해 주는 것은 규정에 어긋나는 일이거든."

쿠라마 씨는 설명을 끝내고는 진지한 표정으로 준호에게 충고했다.

"공짜라고 들어갔다가 쇼크로 병원 신세를 진 사람이 벌써 몇 사람인지 모르네. 그래서 지금은 아무도 안 들어가지. 괜히 들어갔다가 귀신한테 홀려서 죽기라도 하면 큰일 아닌가? 그래서 집주인도 이제는 거의 포기하고 집을 허물까 생각하는 중인 듯하더군."

집을 허물고 땅으로 팔면 그나마 반값이라도 건질 수 있을지도 모른다는 집주인의 소소한 바람이 정말 애절할 정도라고 쿠라마 씨는 설명했다.

"정말로 나옵니까?"

"그러니까 멀쩡한 집을 허물겠다는 소리가 나오겠지?"

"집세가 없다고요? 보증금도 없고요?"

"당연히 없지. 단, 귀신을 봐서 몸에 이상이 생겨도 집주인한테 책임을 묻지 않겠다는 각서는 써야 하네."

"그럼 됐네요. 제가 들어가죠."

"정말 들어갈 텐가? 내 다시 말하는데, 이런 일은 절대 객기로 결정해서는 안 되네. 큰일이 날 수 있다는 걸 꼭 명심하게."

"저는 귀신은 전혀 안 무서워합니다."

준호는 딱 잘라 대답했다.

사실 준호는 정말로 귀신을 무서워하지 않았다.

준호가 생각하기에 귀신을 만나는 것보다 산속에서 성질 있는 곰을 만나는 게 더 위험하다. 보통 사람이 그런 곰을 만나면 도망도 못 간다. 최하 사망이다.

그리고 그보다 열 배는 위험하고 무서운 일은 사부님을 만나는 것이다. 죽는 것보다 오히려 더 두려운 일이 있다면 바로 이것이다.

그러니까 준호가 세상에서 유일하게 두려워하는 것은 오직 사부님뿐이다. 열 살 이후 곰도 두려워하지 않게 된 그가 귀신을 두려워할 필요는 없는 것이다.

"정말인가?"

"예, 전 그 집에 들어가고 싶습니다."

쿠라마 씨는 허리를 펴서 소파에 등을 기대며 혀를 찼다.

"허참, 소개 의뢰를 받았으니 들어가겠다는 사람이 있으면 소개를 해주는 게 규정이긴 한데, 정말 내키진 않는군. 어쨌든 그럼 기다리게. 집주인한테 전화를 할 테니까."

쿠라마 씨의 손이 전화기를 향해 뻗어졌다.

순간, 준호는 머릿속에 핑 하고 떠오른 생각에 얼른 외쳤다.

"잠깐만요."

"뭔가? 생각이 바뀌었나?"

"아니요. 그게 아니라 말입니다."

일단 쿠라마 씨의 손을 멈추게 한 후, 준호는 머릿속에 떠오른 생각을 정리했다.

'귀신이 나오는 집에 공짜로 들어가 산다는 것은 당연한 일이지. 하지만 말이지, 이 거래는 아직 더 합의할 여지가 있어.'

지리산에서 무공을 수련하며 순수하게 자신의 꿈에 잠기던 준호는 이미 없다. 그는 이제 세상을 경험했고, 그 결과 숨겨져 있던 소질이 개화를 하기 시작했다.

준호는 쿠라마 씨의 눈을 직시하며 단호한 목소리로 말했다.

"제가 그 집에 들어가 이 년을 살면 십 수억 엔이나 되는 집의 가치가 회복되는 거 아닙니까? 그런데 어떻게 공짜로 그런 일을 할 수 있겠습니까?"

"허? 그럼?"

"이 년간 생활비를 주십시오. 매달 20만 엔씩."

"허어, 그게 말이 된다고 생각하나?"

"그럼 말이 안 됩니까? 다시 말씀드리는데, 전 귀신을 전혀 안 두려워합니다. 귀신이 나오면 때려잡을 자신도 있습니다. 말하자면 거의 귀신 잡는 전문가라 보시면 됩니다."

"퇴마를 할 수 있다고?"

"이래 봬도 제가 철들기 전부터 한국 최고의 도사 밑에서 십 년 이상 수련을 한 몸입니다."

준호는 그렇게 말하고는 앞에 놓은 유리 재떨이를 집어 들었다.

퍽!

"헛!"

준호의 손가락이 유리 재떨이 아래쪽에 박혔다.

쿠라마 씨의 눈이 휘둥그렇게 변했다.

이런 건 처음 볼 것이다. 그야말로 돌에 구멍을 내는 것과 마찬가지라 할 수 있다.

주먹으로 돌을 깰 수 있는 사람은 그래도 좀 있지만 손가락을 이 정도로 수련한 사람은 세상을 다 뒤져도 거의 없다.

"어떻습니까? 한 달에 20만 엔, 이 년 계약. 확실하게 귀신을 잡아 드리겠습니다."

"으음, 잠깐 기다려 보게. 결정하는 것은 집주인이니 말이야."

역시 실력을 보이니 쿠라마 씨도 무시를 하지 못했다. 곧 집주인과 전화가 연결되고, 쿠라마 씨는 상황을 설명했다.

"일단 나오신다는군. 기다리게."

일 단계는 성공이다. 준호는 살짝 고개를 숙인 채 미소를 지었다.

얼마 후, 집주인인 사이토 씨가 왔다. 오십대 후반의 정장을 한 신사였는데, 근엄한 표정을 보니 농담을 즐기거나 하는 성격은 아닌 듯했다.

사이토 씨는 쿠라마 씨에게 다시 설명을 듣고는 준호를 보았다.

"자네 말에도 일리는 있네만, 아무래도 그 조건은 승낙하기 어렵군."

"어째서입니까?"

"지금까지 내가 입은 손해가 결코 적은 게 아니네. 그래서 이제는 한 푼이라도 더 이상 손해를 보고 싶지 않단 말일세."

"이걸 손해라 생각하십니까?"

"아니지. 귀신만 쫓아내 준다면 결코 손해가 아니지. 그냥 이 년 동안 살아만 준다고 해도 생활비 정도야 아깝지 않네. 하지만 그건 아무도 장담할 수 없는 문제가 아닌가? 자네가 한두 달 살다가 도망가 버리면 그사이에 준 생활비는 손해가 되는 것이지. 한두 달이라도 살면 그나마 다행인데, 내일 들어갔다가 모래 사라지면 그것도 기분 나쁜 일이고."

"확실히 그건 그렇군요."

준호는 사이토 씨의 심정을 이해했다.

십억이 넘는 손해를 보느냐 마느냐 하는 일에 그깟 생활비가 대수냐고 생각할 수도 있다. 하지만 사람의 심리란 것이 그런 게 아니다.

준호는 잠시 생각을 하고는 다시 미소를 지으며 말했다.

"담보를 걸지요. 제가 이 년 이내에 이 집을 떠날 경우엔 최신식 가상공간 접속기인 오메가 다이버 세븐을 사이토 씨에게 넘기겠습니다."

"오메가 다이버 세븐을?"

"예, 그게 이백만 엔을 호가하는 건 아시죠? 중고로 파셔도 백만 엔은 받을 수 있습니다. 그러니 최소한 제가 6개월 이상 그 집에서 버티지 않으면 사이토 씨에겐 손해가 아닐 겁니다. 일 년 이상 버텨야 저한테 손해가 아닌 거고요."

"흠, 정말 그 기계가 있나?"

"그거 주문하느라 통장에 삼만 엔이 남은 겁니다. 허락만 하신다면 당장 전화해서 설치 장소를 그 집으로 하지요."

"으음, 좋아. 그렇게까지 하겠다면 내 이 거래, 하겠네!"

마침내 사이토 씨는 준호의 조건을 받아들였다. 그로서도 이 정도면 할 만한 거래인 것이다.

즉석에서 계약서가 마련되고, 두 사람은 각자 사인을 했다.

일이 일단락되자 쿠라마 씨는 손가락으로 콧수염을 다듬 으며 말했다.

"내가 받을 수고비는 삼만 엔이네."

"예? 이만 엔이라고 하지 않으셨나요?"

쿠라마 씨는 재떨이를 집어 들어 아래에 난 구멍을 준호에게 보였다.

"이거 크리스털 재떨이라네. 내가 만 엔 주고 구입한 거거든. 지금 영수증을 써줄 테니까 현금으로 주게."

역시 업자는 어떤 상황에서든 빈틈이 없다.

준호는 피식 웃으며 지갑에 있던 지폐 세 장을 모두 쿠라마 씨에게 건넸다.

*　　　*　　　*

생활비까지 받게 된 마당에 더 이상 아르바이트를 할 필요는 없다. 그 시간을 몸 관리와 가상공간에 투자해야 하는 것이다.

"그만두려고?"

공장의 관리인인 키무라 씨가 걱정스러운 표정으로 와서 물었다. 갑자기 목돈이 필요한 학생이 조금이라도 더 돈을 벌기 위해 심야 막노동 같은 험한 일을 하는 경우가 많다.

준호의 경우도 마찬가지가 아닌가 하고 그는 걱정하고 있었다.

"웬만하면 다른 일 하지 말고 계속 일을 하지 그래? 구 상은 성실하고 요령이 있으니 조금만 더 일하면 파트장이 될 수 있어. 돈이 급하면 이십만 엔 정도는 가불을 받을 수 있도록 내가 얘기해 볼 테니까.”

파트장이 되면 일단 준사원 대우를 받게 되어 보너스도 나온다. 심지어 신청만 하면 기숙사에 들어갈 수도 있다. 이십만 엔씩이나 가불도 해준다고 한다.

준호는 키무라 씨의 호의가 너무나 따뜻해서 계속 공장에 남아 일을 하고 싶다는 생각이 들었다.

하지만 그에게는 꿈이 있다.

“키무라 아저씨, 신경 써주셔서 감사합니다. 제가 여길 그만두는 이유는 일이 안 풀려서가 아니라 반대로 너무 잘 풀려서 그런 겁니다. 당분간은 생활비가 나오게 됐거든요.”

키무라는 환한 준호의 표정을 살짝 살피듯이 바라보더니 이내 미소를 지으며 고개를 끄덕였다.

“그래? 그건 정말 다행이군.”

“제가 일본에 온 이유는 돈을 벌기 위해서가 아니라 공부를 하고 꿈을 펼치기 위해서입니다. 이번에 여유가 생겼으니 본격적으로 하려던 일도 하고 공부도 더 하려 합니다. 그래서 그만두겠다는 겁니다.”

“오, 공부하려고? 그것 참 잘된 일이야. 사람은 누구나 공부를 해야지. 그런 이유라면 말릴 이유가 없겠군. 열심히 해보라고. 다른 나라까지 와서 뭔가를 하겠다면 꼭 이루어야지.”

“감사합니다.”

준호는 주머니에서 작은 종이를 꺼내 키무라에게 내밀었다. 그것은 손으로 쓴 명함이었다.

"제가 쓰는 이메일 주소하고 핸드폰 번호입니다. 핸드폰 번호는 몰라도 이메일은 절대 안 바꿀 테니 연락 주십시오. 혹시 제가 출세하면 꼭 아저씨를 찾아뵙겠습니다."

"출세하면 올 게 아니라 그냥 가끔씩은 놀러 오라고."

키무라 씨는 웃으면서 말했다. 그러면서 자신의 핸드폰에 준호의 이메일 주소를 추가로 기록했다. 그다음에는 메시지로 자신의 이메일 주소를 보냈다.

"뭔 일 생기면 연락하고. 내가 해줄 수 있는 일은 해줄 테니까."

"감사합니다."

준호는 다시 한 번 감사의 인사를 하고 공장을 나왔다.

*　　　*　　　*

이렇게 준호는 학교와 직장의 일을 처리하고 이사도 끝냈다. 집은 준호가 생각했던 것보다 훨씬 훌륭했다.

원래 이 집은 사이토 씨가 직접 살려고 지은 집이라고 한다. 그래서인지 넓이에 비해 집을 높게 짓지 않고 딱 2층의 구조로 되어 있었다.

또한 대문에서 건물 사이에 넓은 공간의 마당에는 잔디밭과 나무 몇 그루, 거기에 연못까지 있었다. 전체적으로 조화를 이루는 것이 잘 가꾼 정원이라는 느낌이 물씬 풍긴다.

전통식의 구조에 첨단 설비가 교묘하게 설치되어 멋도 있고 살기에도 편하니 건축비가 일반 주택의 몇 배나 들었다고 한다.

건물 안쪽에 들어가 보니 일층만 해도 방이 일곱 개였다. 화장실은 세 개. 다시 이층에 방이 다섯 개 있고 화장실도 하나 있다.

대박이다!

준호는 속으로 크게 웃었다. 전에 그가 살던 연립형 주택을 통째로 갖다 놔도 여유가 있을 만한 큰 집을 혼자 쓰게 된 것이다.

사이토 씨가 말했다.

"구 상만 좋다면 보름에 한 번씩 청소를 하는 사람을 보내도록 하지. 아무래도 혼자 이 집을 청소하는 것은 쉽지 않을 테니까."

귀신은 자정이 되어야 나온다고 한다. 그래서 사이토 씨는 빈집이라도 항상 낮에 청소할 사람을 보내 깨끗하게 관리를 해왔다.

이제 준호에게 집을 임대했지만 아무래도 관리 문제엔 신경이 쓰이는 것 같았다.

'이분께서 아직 이 집에 애착을 가지고 있군.'

곧 허문다고 했으면서도 이렇게 관리를 하려는 것을 보니 역시 미련을 버릴 수 없는 모양이다. 당연한 일이다.

"그래 주시면 저야 감사하죠. 저도 가능한 한 깨끗하게 쓰겠습니다."

"잘 부탁하네."

사이토 씨와 쿠라마 씨는 집을 한 번 살펴보고는 돌아가 버렸다.

혼자가 된 준호는 그중 가장 큰 방에 들어갔다. 이미 낮에 연락받은 가전 회사에서 준호의 오메가 다이버 세븐을 설치해 놓았다.

검은 금속 광택을 발하는 커다란 구형의 캡슐이 준호의 마음을 뿌듯하게 만들었다.

"당장 들어갈까? 아니지. 일단은 이삿짐 정리부터 하자."

이제 겨우 해가 질 무렵이 되어 하늘이 붉게 물들어 있었다. 당장 접속을 하고 싶지만 그러면 이삿짐은 언제까지나 이대로 널브러져 있게 될 것이다.

준호의 짐은 의외로 많았다.

키무라 아저씨가 보내준 냉장고, 구청에서 지원받은 침대를 비롯한 각종 가구들과 옷가지들, 학교에서 수업에 쓰다 교체한 옛날 컴퓨터 중 가장 상태가 양호한 것.

그 외에 집주인 사이토 씨에게 받은 첫 달 생활비로 산 생필품 등이 있다.

준호가 그걸 모두 정리하니 대충 방 두 개에 가구와 전기 기구가 들어갔다. 나머지 방은 그야말로 훤하니 비워둔 상태다.

"넓긴 넓구나!"

많다고 생각했던 짐이 정리하고 나니 별거 아니었다. 준호는 새삼 이 집이 넓다는 것을 깨달았다.

시원하게 샤워를 하고 난 후, 드디어 준호는 오메가 다이버 세븐 앞에 섰다.

시간을 보니 오후 열한 시. 귀신이 나온다는 자정까진 앞으로 한 시간이다.

"어떻게 할까?"

원칙대로라면 일단 정말 귀신이 나오는지 기다려 봐야 한다. 그런데 준호의 시선은 자신도 모르게 자꾸 오메가 다이버 세븐 쪽으로 갔다.

"가만, 그러고 보니 내가 접속을 해버리면 귀신이 나오든 말든 신경 쓸 게 없잖아?"

새로운 사실을 깨달은 준호의 입꼬리가 살짝 올라갔다.

"그래, 귀신도 먹고살아야지. 나만 안 건드리면 되니까 말이야. 따지고 보면 내가 굴러온 돌이니 굳이 박힌 돌을 건드릴 필요는 없잖아?"

준호는 귀신에게 들으라는 듯이 한쪽 벽에 대고 말했다.

"이보쇼, 난 얌전히 게임할 테니 그냥 나오든 말든 알아서 하쇼."

어차피 오메가 다이버 세븐의 평균 접속 시간은 네 시간이다. 귀신이 자정에 나온다고 했으니 세 시간 정도는 기다리게 하자. 그사이 그냥 사라지고 싶으면 사라지라고 하고.

조금이라도 빨리 게임에 접속하고 싶은 욕망은 귀신을 때려잡겠다는 투쟁심을 순식간에 그냥 더불어 살자는 이해심으로 바꾸었다.

"하하핫, 그럼 난 딴 세상으로 갈 테니 나중에 봅시다."

있지도 않은 귀신에게 작별 인사를 한 준호는 바로 오메가 다이버 세븐에 들어가 버렸다. 곧 그의 의식은 아스트랄 계, 아니, 가상공간 속으로 여행을 떠났다.

*　　　*　　　*

준호가 하려는 게임은 '더 지존(The ZiZon)' 이라는 게임인데 이번에 서비스를 시작하여 아직 이 개월밖에 안 되었다.

더 지존이야말로 준호가 지리산을 목숨 걸고 탈출하게 한 이유다.

한국, 미국, 일본, 중국, 러시아가 공동 개발에 참여하고 연이어 세계 각국이 대부분 참여하기로 결정한 사상 최대 규모의 범용 가상현실 게임.

가상현실 시스템의 세계 공용화를 목표로 만들어진 것이

바로 더 지존이다.

이게 처음 개발 발표가 났을 때부터 게임으로써 재미있는지 없는지는 아직 알 수 없지만 적어도 재미만 있으면 최고의 대박 게임이 될 것은 뻔하다는 소문이 자자했다.

지리산에서 운 좋게 그 소식을 접한 준호는 바위를 깨던 두 주먹을 꾸욱 쥐고 부르르 떨었다.

이것이야말로 내 야망을 이루기 위한 첫 무대로 어울리는 규모다!

그 결과 준호는 목숨을 걸고 세상에 나왔다.

며칠 전 뉴스에서 앵커이자 가수인 시대의 아이돌 에리 짱이 이미 삼억이 넘는 캐릭터가 생성되었다고 들뜬 목소리로 말했다.

앞으로 얼마나 더 많은 사람이 이 게임을 즐기게 될지는 예측할 수 없다.

"야망을 실현시키려면 큰물에서 시작해야지. 이제부터 시작이다."

준호는 오메가 다이버 세븐의 작동 스위치를 넣으며 중얼거렸다.

눈앞에 붉고 푸른 불빛이 몇 개 깜박이더니 맑은 여성의 목소리가 들려왔다.

[뇌파 동화 시작합니다. 어떤 서비스에 접속하시겠습니까?]

눈앞에 공간이 펼쳐지며 하나의 판에 여러 가지 작업과 게임의 리스트가 좌악 떴다.

그중 가장 위에 있는 것이 더 지존이었다.

오늘 가장 많이 접속한 게임이란 소리다.

준호는 손가락을 들어 더 지존을 찍었다. 그러자 더 지존이 란 글자가 하나의 문으로 바뀌며 준호의 몸이 그 안으로 빨려 들 듯 들어가졌다.

문을 통과하며 보이는 것은 세계 게임 협회인 페그(PEGW) 에서 제작한 가상현실 게임 규정에 의한 현실 인식 교육 영상.

게임 속의 모든 것은 폴리곤, 즉 결정화된 것으로 실제로 피가 흐르고 내장이 있는 생물과 게임 속의 생물은 전혀 다르 다는 것, 그리고 게임 속의 살생과 현실의 살생을 혼동해서는 안 된다는 내용 등이 파노라마처럼 좌악 펼쳐졌다.

준호는 그 내용을 별로 유심히 보진 않았다. 마음은 이미 더 지존에 가 있으니 공익선전 영상 따위는 건너뛰고 싶은 마 음이 굴뚝같았다.

하지만 신경을 쓰든 말든 이걸 접속할 때마다 반복해서 보 게 될 경우 가상공간 중독증에 걸릴 확률이 10분의 1 이하로 줄어든다는 것은 페그에서 지난 20년간의 임상실험 결과 입 증한 결과다.

그다음에 나타난 것은 또 하나의 준호였다.

"오, 드디어 시작인 거군."

기대심에 심장 박동이 살짝 빨라질 무렵, 옆에서 고대 그리스풍의 복장을 한 여성이 한 명 나타났다.

한쪽엔 하얀 날개, 다른 한쪽엔 검은 날개를 단 모습이 인간은 아닌 듯했고, 모습은 비너스 상을 닮았다.

"저는 파르시엘 파이폰, 당신의 이름은 무엇입니까?"

인터넷 정보에서 본 것과 같다. 처음은 이름이다.

준호는 미리 정해둔 이름으로 대답했다.

"구오, 구오 노포기."

"이름이 구오고 성이 노포기인가요? 미들 네임은 따로 없으신가요?"

"예."

"그럼 그렇게 기억하지요."

파르시엘이 손을 살짝 흔들자 또 하나의 준호 위에 구오 노포기라는 글자가 찍혔다.

"그럼 형태를 정하도록 하지요. 더 지존에서 여러분은 처음 인간으로 생활을 하셔야 합니다. 하지만 차후 전생을 하실 수 있게 되면 자격에 따라 다른 종족이 될 수도 있어요. 그렇다고 해서 기본 모습이 많이 바뀌지는 않습니다. 구오님의 본모습에서 크게 바뀔 수는 없으니 그 점을 잊지 말아주세요."

파르시엘은 두 손을 들어 올려 구오를 감싸듯 들어 올렸다. 그러자 요정의 가루처럼 반짝이는 기운이 구오 주변을 돌기 시작했다.

"지금의 형태를 바꾸시겠어요?"

파르시엘이 묻자 준호는 침을 꿀꺽 삼키며 고개를 끄덕였다.

준호가 들은 정보로는 더 지존에서 캐릭터 생성 시 외모 변형은 랜덤이라고 했다.

눈매가 이렇고 팔다리 길이가 저렇고 하는 식으로 일일이 지정을 할 수는 없는 것이다.

현실 체형과 너무 다를 경우 생기는 쇼크 현상은 초기 가상 공간 개발 당시의 가장 큰 문제 중 하나이다. 결국 원래의 체형에서 5퍼센트 이하의 변형만이 허용되는 것이 현재의 가상 공간 외형 변경 시스템이다.

보통은 그냥 자신의 얼굴과 체형을 사용하는 게 요즘 추세다.

하지만 준호는 일단 무조건 얼굴을 바꿔야 했다. 그것도 가능하면 본래의 모습과 달라서 누가 봐도 준호인지 모르는 게 좋았다.

그래야 나중에 유명해져서 매스컴을 타도 사부에게 걸리지 않을 수 있다.

파파팟, 빛 가루가 거세게 돌며 구오의 모습이 바뀌었다.

"이건 어때요?"

"다시."

"이건?"

"다시."

"그럼 이건?"

"다다다시."

외모 변환 시도 백만 스물한 번이라고 해도 확실하게 바꿔야 한다.

구오에게 포기는 없다. 그래서 성이 노포기 아닌가?

얼마나 바꿨는지 모른다.

캐릭터 생성 여신 파르시엘의 무감정하고 고결하던 표정에 지겨움이 나타난 지도 오래되었다.

개중에는 정말 대박 미남형으로 보정이 된 것도 있는데 준호는 고개를 저으며 다시를 외쳤다.

본모습을 알아볼 수 있으면 무조건 다시였다.

이제 파르시엘은 묻지도 않고 알아서 준호가 고개를 저으면 형태를 재구성했다. 둘의 작업엔 말이 필요없었다.

어느 순간,

"스톱!"

준호는 급히 외쳤다. 조금만 늦었어도 자동으로 넘어갔으리라.

"이거야. 후후훗, 이거라면 누가 봐도 나로 안 보일 거야."

허공에 떠 있는 구오는 확실히 원래의 준호와 전혀 다른 사람으로 보였다. 창백한 얼굴에 날카로운 눈매, 약간 얇은 입술과 냉정해 보이는 코. 전체적으로 나이가 들어 보여 20대중반 정도로 보이고, 성격도 차가워 보인다.

"그럼 이 모습으로 결정하실 건가요?"

파르시엘이 지겹다는 듯 한숨을 내쉬며 물었다.

"이걸로 정하겠습니다."

"안타깝군요. 세 번만 더 했으면 구오님이 이달의 형태 보정 시도 횟수 월드 일위가 되었을 거예요. 현재 구오님은 2위인데 3위와 두 배의 차이가 있으니 1, 2위는 이대로 굳어지겠네요. 제 생각에는 올해의 베스트도 안 바뀔 것 같군요."

"허걱! 나보다 더 돌린 놈이 있다고요? 누굽니까?"

"밝힐 수 없어요."

"그런데 혹시 이거 순위권에 들면 무슨 특별 보상 있나요?"

"있어요. 매력 보정 레어 아이템을 하나 주게 되어 있지요. 개인적으로는 특별 저주를 내리고 싶을 정돈데 위에서 시키니 어쩔 수 없군요."

"그, 그럼 이등은 뭐 없습니까?"

파르시엘은 준호의 뻔뻔스러움에 질리다 못해 화가 나는 듯 두 주먹을 부르르 떨었다. 그러나 그녀는 자신의 신분을 생각해서인지 끝까지 폭력을 쓰지 않고 점잖게 대화로 일을 진행했다.

"국물도 없어요. 만약 올해의 보정 순위에 뽑히면 하나 줄 거예요."

"윽, 이런. 이게 알려지면 앞으로는 정말 삼박사일 동안 캐릭 만드는 사람이 나올 텐데요."

"이걸 말해준 사람은 현재 일위인 분과 구오님뿐입니다. 만약 정보가 유출되면 이벤트 자체를 없애 버릴 테니 마음대로 하세요. 흥."

준호는 바로 입을 다물었다. 이번 달 일위가 아닌 게 억울하긴 하지만 연간 순위에 들면 상이 있다고 하지 않은가? 그러니 이걸 남에게 말할 수는 없다.

"그러고 보니 제가 캐릭을 한 달만 빨리 만들었으면 그 달의 우승이 제가 되는 거였군요?"

"그렇죠. 그건 좀 안타깝군요. 삼등과 차이가 두 배라니까요. 그 삼등이 지난달 우승자고요."

파르시엘은 말과는 다르게 고소하다는 표정을 짓고 있었다.

"크윽."

준호가 좌절하든 말든 파르시엘은 어느새 냉정하게 자신의 일을 진행했다.

"그럼 이제 구오님의 약점[Weak Point]을 세 군데 정할 차례예요."

"약점이요?"

"더 지존에서는 실물의 약점을 그대로 따르지 않아요. 현실에서 치명적인 부분을 공격당해도 일반적인 대미지 공식에 따라 생명력이 감소합니다. 부위에 따라서는 상태 이상 확률 보너스를 받는 곳도 있기는 하지만요.”

“음, 그럼 손가락으로 눈을 찔러도 대미지가 같다는 거군요?”

“그래요. 손가락에 특수한 기술이 없으면 무기로 가슴을 때린 것보다 오히려 대미지가 적겠죠?”

“이해했습니다.”

“하지만 지금부터 구오님이 지정하실 세 군데의 약점 포인트는 달라요. 적의 공격이 약점에 가깝게 적중되면 그만큼 크리티컬 확률이 올라갑니다. 정확하게 약점에 맞을 경우에는 기본 대미지가 두 배로 계산되고 상태 이상 효과에 걸릴 확률도 높아져요. 물론 크리티컬 확률도 가장 높아지고요.”

“그렇군요. 그럼 캐릭마다 약점이 모두 다르단 이야긴가요?”

“그래요. 자신의 약점을 숨기고, 상대의 약점을 간파하는 것이 더 지존의 기본적인 대전 테크닉이니 명심하세요. 물론 몬스터들도 약점이 있어요. 하지만 강력한 몬스터들일수록 약점의 숫자가 적을 수도 있어요.”

설명을 끝낸 파르시엘은 다시 두 팔을 벌렸다. 그녀의 양손으로부터 파란 전기 스파크가 일어나 부지직 하는 소리를 내며 춤추듯 움직였다.

“약점을 어디로 하실 건가요? 결정해 주세요.”

준호는 잠시 고민했다.

파르시엘의 말에 의하면 몸 어디든지 약점을 정할 수가 있는 모양이다. 그러니까 엄지발가락 끝이라든가, 오른쪽 어깨 위라든가, 심지어는 왼손 손바닥 가운데도 되는 것 같았다.

어디로 할까? 적이 예상하지 못하는 곳이 좋겠지?

'아니다. 중요한 게 있었어. 적에게 숨기는 것보다 내가 지키기 쉬운 곳이 더 좋아.'

준호는 철들기 전부터 무술 수련을 한 몸이다. 그의 깨어 있는 시간 중 팔 할이 수련이었다. 그 수련 중에는 적을 공격하는 것도 있지만 역시 자신을 지키는 방법도 포함되어 있다.

역시 원래 인간의 약점이 준호에겐 가장 지키기 쉽게 몸에 익어 있는 것이다.

"미간, 명치, 거시기."

"한 번 정하면 전생하기 전까진 다신 못 바꿔요. 괜찮나요?"

"이미 정했습니다."

뒤통수가 약점이 아닌 게 어디냐. 준호는 속으로 생각하며 씨익 웃었다.

"좋아요."

콰르릉!

파르시엘의 두 손으로부터 번개가 치솟아 준호가 말한 지점에 파고들었다. 그러면서 구오의 몸 주변에 원형의 마법진

이 형성되고, 구오의 몸이 마법진 안으로 서서히 빨려 들어갔다.

"끝났으니 그만 나가요."

파르시엘은 준호 하나 때문에 시간이 너무 소모된 것이 기분 나빴던 모양이다.

팟!

[생성 여신 파르시엘이 구오님을 강제 추방했습니다. 접속 종료됩니다.]

문에서 저절로 튕겨나며 처음 접속할 때 보였던 가상과 현실에 대한 구분 교육 영상이 다시 펼쳐졌다 사라졌다. 확실히 자꾸 반복하는 걸 보니 약간의 세뇌 기능이 있는 듯했다.

"으윽, 성격 안 좋은 아줌마였네."

준호는 투덜대면서 이번에야말로 더 지존의 세계로 들어가려 했다.

더 지존의 세계는 커다란 하나의 대륙과 몇 개의 섬으로 이루어져 있는데 대륙의 이름은 브룬이다.

일본에서 접속한 준호는 브룬의 남동쪽에 위치한 반 제국의 도시 중 하나를 골라 게임을 시작해야 한다.

그런데 막상 도시를 선택하려는 순간 귓가에 떵동 하는 벨소리와 함께 경고 메시지가 들려왔다.

[비씨피 수치가 50이 되었습니다. 현실 공간으로 돌아가셔서 컨디션을 회복한 후 다시 즐기세요.]

"얼라? 벌써 비씨피가 그렇게 빠졌나?"

준호는 놀라서 시간 확인창을 열었다. 팔다리 달린 앤티크 괘종시계가 나타나 준호에게 말했다.

"님아, 무리하셨네욤. 접속하신 지 여덟 시간 십육 분이 지나고 있어욤."

"윽, 이거 기본 설정이 초딩 괘종으로 되어 있었군."

준호는 얼른 설정창을 열어 천사의 속삭임으로 모드를 바꾸었다.

그러는 사이 자동 차단 카운터가 시작되고, 곧 준호는 접속이 끊겨 현실로 돌아왔다.

보통 사람은 네 시간의 접속 시간이 한계라는 게 정설인데, 준호는 무려 여덟 시간이나 버텼다. 그의 체력은 이미 사람의 경지를 넘어섰다고 봐야 한다.

캡슐에서 나와 창문을 보니 이미 동이 터서 날이 밝아오고 있었다.

캐릭 하나 만드는 데 꼬박 여덟 시간이 든 것이다. 가상공간 속에서의 시간으로 따지면 삼십이 시간이다.

그런데도 일등이 아니라고? 그럼 접속이 몇 번씩 끊겨도 포기하지 않고 캐릭만 만들었다는 소린데, 어떤 놈일까?

준호는 궁금했다. 하지만 그걸 알 방도는 없었다.

"아무튼 캐릭은 만들었으니 이제부턴 내 거대한 야망이 시작되는 거야. 크하하하핫!"

새벽 해를 보며 자신에 찬 웃음을 터뜨린 준호는 서둘러 등교 준비를 했다. 어쨌거나 그는 일본어 학교의 학생. 오전 중에는 수업을 해야 한다.

*　　　*　　　*

어제 준호가 가상공간에 접속을 한 사이, 시간은 착실하게 흘러 자정이 되었었다.

무(無)는 눈을 뜨자마자 누군가가 이 집에 왔다는 것을 알았다.

"아! 드디어 또 사람이 왔구나."

이번에야말로 놀라게 하지 말아야지. 무는 다짐에 다짐을 거듭했다.

"이번에도 놀라서 가버리면 정말 앞으로는 아무도 오지 않을 거야."

이제 혼자는 싫다. 의식이 돌아온 이후, 무는 항상 혼자였다. 대화를 할 상대도 없이 적막의 베일 속에 혼자 웅크리고 있어야 했다.

처음 이 집에 사람이 들어왔을 때에는 너무나 기뻐서 소리를 지르며 뛰어나갔다.

그러자 그 사람은 단말마 비명 소리와 함께 눈을 까뒤집으며 기절해 버렸다. 옆방에 있던 사람이 놀라 뛰어들어 왔다가 마찬가지로 기절했다.

그다음 날, 이사 온 사람들은 모두 떠났고, 무는 다시 혼자가 되었다.

한번 사람을 본 후엔 외로움이 더욱 심했다. 무는 어둠 속에서 계속 울었다.

그러다가 다시 사람이 들어왔다. 무는 이번에는 서두르지 않고 조심스럽게 그 사람에게로 다가갔다.

"저어……."

"끄아아아아악!"

뛰어들어 가나 조심스럽게 다가가나 결과는 마찬가지였다. 오히려 조용히 다가간 게 더 무서웠는지 이번 사람은 얼굴 전체가 파랗게 변하고 입에 거품까지 뽀글뽀글 올라왔다.

그 뒤로 온 사람들에게도 무는 궁리에 궁리를 거듭해 가능한 한 놀라지 않는 접근법으로 접근했다.

하지만 결과는 계속되는 고독과 절망뿐이었다.

그리고 한참 동안 아무도 오지 않았다. 무는 이제 영원히 자신이 이런 외로움 속에서 살아야 하는가 보다 하고 생각하게 되었다.

그런데 하늘이 그녀를 가엽게 여겼는지 또다시 사람이 왔다.

"이번이 마지막 기회일 거야. 절대 조심해야 해."

그런데 어떻게?

"모습을 보이면 안 돼. 그럼 그걸로 끝이니까. 일단 방문 뒤에 서서 대화를 하고, 사정을 잘 설명하면서 분위기가 무르익은 후에 나타나는 거야. 좋아, 이걸로 완벽해."

이렇게 하면 정말로 먹힐 것 같았다. 지금까지 왜 이 방법을 생각하지 못했는지 안타까울 정도다.

무는 계획대로 인기척이 있는 방으로 갔다. 방문은 살짝 열려 있었는데 무는 안쪽을 들여다보지도 못하고 혹시나 옷자락이라도 보일까 봐 문 뒤쪽에 바짝 붙어 섰다.

"저기요, 오라버니."

대답이 없다. 질려서 대답을 못하나?

"저… 긴장 푸시고 잠시만 기절하지 말아주실래요? 제가요, 절대 나쁜 유령이 아니거든요."

아차, 실수다. 유령이란 걸 밝혔으니 이를 어쩌나?

무는 손바닥으로 입술을 툭 치며 자신의 경솔함을 후회했다. 그러나 다행히도 방 안에서 비명 소리가 들리진 않았다.

무는 다시 희망을 가지고 대화를 시도했다.

"오라버니, 괜찮으시면 대답 좀 해주세요. 진짜예요. 악의는 눈곱만큼도 없어요."

여전히 대답이 없다.

무는 불안과 기대로 터질 것 같은 가슴을 억지로 진정시키며 참을성있게 계속해서 불렀다. 하지만 몇 번을 불러도 대답이 없자 점점 불안 쪽이 더 커졌다.

‘혹시 비명도 못 지르고 기절한 건가? 이러다가 저 사람이 심장마비로 죽으면 정말 두 번 다시 이 집에는 사람이 안 들어올 거야.’

생각만 해도 끔찍한 일이다. 무는 결국 참지 못하고 살짝 얼굴을 내밀어 문틈으로 방 안을 보았다.

“저건 뭐지?”

커다란 구형의 물체에 사람이 들어가 있는 게 느껴졌다.

“새로운 침대인가?”

상대가 아직 자고 있다는 것을 안 무는 살금살금 안으로 들어갔다.

“이상하네. 내가 접근하면 웬만한 사람은 잠에서 깨어나야 하는데.”

무가 알고 있는 상식으로 보면 유령이 살아 있는 사람한테 접근하면 그 사람의 무의식이 유령을 감지한다. 그러면 무의식이 육체에 경고를 하게 된다.

그쪽 감각이 둔한 사람도 있고 예민한 사람도 있는데 이렇게 가까이 붙을 경우 아무리 둔한 사람도 가위에 눌리다 깨는 것이다.

그런데 오메가 다이버 세븐 안에 누워 있는 준호는 전혀 깰 생각을 안 했다. 신음 소리도 안 내는 것을 보니 아예 느끼질 못하는 게 틀림없다.

무는 잠시 준호의 얼굴을 보았다. 생각보다 젊은 사람으로 몸을 보니 상당한 단련을 한 것을 알 수 있었다.

이런 사람은 의지력이 강하니 나를 봐도 의식을 잃거나 하지는 않을 거야. 무는 점점 희망이 강해지는 것을 느꼈다.

"저기요, 오라버니."

캡슐 위쪽은 강화 투명 플라스틱으로 된 뚜껑으로 덮여 있다. 안쪽에 설치된 습도, 온도 조절 장치와 산소 발생기 때문이다.

무는 손을 뻗어 뚜껑 쪽으로 뻗었다. 영체인 그녀의 손은 뚜껑을 통과하여 준호의 목에 닿았다. 물론 준호의 목도 통과해 버렸다.

무는 휘휘 손을 젓고는 고개를 갸웃했다.

"정말 이상한데? 이렇게 하면 정말 둔한 사람도 목이 서늘해져서 바로 깰 텐데? 마치 의식 불명 상태에 든 사람 같잖아!"

기절한 사람만이 유령의 존재를 무시할 수 있다. 그런데 준호는 기절한 것처럼 무의 손길을 무시했다.

"저기요, 오라버니."

이렇게 가까이서 사람을, 그것도 자기보다 얼마 나이 안 많은 젊은 오라버니를 본 무는 더 이상 외로움을 참기 힘들었다. 어떻게든 한마디라도 말을 나누고 싶었다.

무는 정말 필사적으로 준호를 깨우려 했다.

그러나 이미 의식이 아스트랄 세계, 아니, 가상공간 속으로 가버린 준호는 깨어나질 않았다.

"오라버니, 제발 눈 뜨고 저 좀 봐요. 네? 기절해도 좋으니까 일단 일어나 보라고요."

새벽이 다가옴을 느낀 무는 조급함에 처음의 조심스러움 따위는 잊었다. 죽어도 안 일어나는 준호에게서 무정함까지 느꼈다.

"야, 좀 일어나 봐. 무슨 남자가 이렇게 둔하니? 완전 곰 아냐!"

동녘이 환하게 터올 때쯤 무는 드디어 이성을 잃었다.

그래도 준호는 일어나지 않았다.

드디어 해가 담벼락 위로 모습을 드러내기 시작했다. 무의 모습이 서서히 흐려져 갔다.

무는 울었다.

"흑흑, 두고 보자. 너 내일까지 가지 마. 내 꼭 너를 깨워서 기절시킬 테니까!"

잠시 후, 아무것도 모르는 준호는 캡슐에서 나와 등교를 했다. 그렇게 새로운 집에서의 첫날이 지나갔다.

자신도 모르는 사이 한 소녀의 가슴에 상처를 준 준호였다.

CHAPTER 03
게임과 현실

WAR
LORD
워로드구오

준호의 하루 생활 계획은 이렇다.

아침 8시에 간단히 식사를 하고 8시 30분에 등교.

9시부터 12시까지 학교 수업.

오후 1시까지 점심 식사와 하교.

오후 4시까지 가상공간에 접속. 이 시간에는 게임을 하는 게 아니라 일본어 공부와 일본의 사회 체계, 혹은 역사 등을 공부하는 시간이다. 신문도 본다.

오후 5시까지 저녁 식사.

오후 9시까지 취침.

오후 11시까지 최대한의 비씨피 확보를 위한 운동.

오후 11시부터 다음날 7시까지 더 지존 접속.

준호는 이 계획을 철저하게 지켰다.

효율적인 비씨피 관리는 철저한 자기관리에서 나온다. 특히 다른 건 몰라도 저녁 이후의 취침과 운동, 그리고 더 지존의 접속 시간만큼은 칼같이 지켰다. 부득이한 일이 있으면 점심시간 이후를 유용했다.

수련 시절부터 엄격한 사부 밑에서 지낸 준호였다. 그가 일단 맘 잡고 생활을 돌리자 정말 몸 안의 비씨피가 일정한 곡선을 그렸다.

이제는 사람이 아닌 기계와도 같은 정확함이 몸에 배어갔다.

하지만 더 지존 내에서의 준호인 구오는 처음 계획했던 것처럼 이상적인 성장을 할 수 없었다.

게임 접속 첫날.

파앗!

그다지 눈에 부담이 되지 않는 녹색의 섬광이 일어났다 사라지니 어느새 새로운 세상이 눈앞에 열렸다.

이제 구오가 된 준호는 자신의 몸을 이리저리 살펴보았다. 원래의 체형과 거의 비슷해서 그런지 큰 위화감은 느껴지지 않았다.

유일하게 조절이 가능한 머리 스타일은 시원스럽게 쳐서 올린 상태인데 바람이 머리카락 속을 파고들어 상쾌한 느낌이 들었다.

"그런데 복장이 좀 추레하군."

당연하다. 시작할 때 주는 옷에 무얼 바랄까? 주변을 보니 구오처럼 처음 시작한 것으로 보이는 사람들이 몇 있었다. 그들이 입고 있는 옷도 구오와 똑같은 두꺼운 헝겊 조각 갑옷이다.

여성 캐릭터는 그나마 좀 볼만하고, 또 복장도 바지, 롱 스커트, 숏 스커트의 세 종류였다.

그러나 남성 캐릭터는 그야말로 몸에 딱 붙는 헝겊 조각 갑옷으로 통일이다. 색도 누리끼리한 것이 정말 입고 싶지 않은 비호감 순위권 옷이다.

"꺄, 오빠. 그 옷은 뭐야? 푸후훗."

"윽, 이거 완전 내복이네. 일단 상점 가서 옷부터 사자."

"응. 나도 청바지로 바꿀래."

옆에서 한 쌍의 바퀴벌레와도 같은 커플 캐릭이 지나가며 떠드는 소리가 들려왔다.

"쩝, 그러고 보니 정말 내복처럼 생겼네."

뭐 시작부터 이런 옷을 주나. 기왕이면 좀 예쁜 옷을 주면 좋잖아. 게임 디자이너가 센스 꽝이네.

온갖 생각이 머릿속에서 교차할 때 맑은 벨소리가 들렸다.

"오, 첫 접속 선물."

"일 번 선택."

구오의 선택은 영점 일 초도 걸리지 않았다. 무기야 주먹으로 대체하면 되고, 생명약은 안 맞으면 안 써도 된다.

현재 가장 중요한 건 옷이다.

"오호, 맞아. 아공간 택배 서비스도 있었지?"

더 지존.넷에서 본 기억이 난다. 가격이 비싸긴 한데 급할 때에는 유용하게 쓸 수 있는 서비스라고 했다.

단지 던전 안까지 물건을 배달하려면 기본적으로 가격이 세 배이고, 아래층으로 내려갈수록 위험수당이 더 붙는다고 했다.

구오는 일단 상품권을 꺼내 아까 커플 캐릭들이 간 방향으로 걸어갔다.

잠시 후, 구오는 청바지에 가죽점퍼를 입고 의류점을 나섰다. 가죽점퍼는 검은색인데 등 뒤에 화려한 색의 용 문양이 그려져 있었다.

"일단 이 정도면 패션은 됐고, 그럼 슬슬 사냥을 나가볼까?"

마을 안을 조금 더 살피는 것도 나쁘진 않다. 하지만 구오는 일단 자신의 실력이 가상공간에서 어느 정도 적용되는가를 확인하고 싶었다.

초보자 사냥터는 마을 입구를 나서자마자 있었는데, 1레벨부터 4레벨까지의 하급 마물들이 돌아다닌다고 했다. 이놈들은 마물이라기보다는 거의 공격성도 없는 초식동물 수준인데, 그래도 분류는 마물이니 잡을 수 있을 때 잡아야 한다는 설정이다.

입구의 자경단원들이 초보자 사냥터에 있는 마물들의 사냥 퀘스트를 주고 있었다.

구오는 관련 사냥 퀘스트를 네 개 받아서 마을을 나섰다.

첫 번째 표적은 1레벨 초식 마물 토깽이.

고대의 성수 토끼가 마기의 영향에 의해 저주받은 마물이

다. 몸보다 커다란 귀는 근육질로 이루어져 있어 그걸로 얻어
맞으면 몽둥이찜질을 당한 것과 같은 느낌이 든다.

"그래 봐야 1렙. 너로 정했다!"

구오는 선빵용 기초 마법 얼음구슬을 시전했다.

초보자 마을 근처에서는 기본적으로 수호상의 영향을 받
는데, 초보자 마을의 수호상은 각종 기초 기술과 마법을 사용
할 수 있게 해준다.

더 지존은 10레벨이 되어야 비로소 직업을 정하게 되어 있
기 때문에 1레벨부터 9레벨까지는 초보자 수호상의 힘을 이
용해 싸우게 되는 것이다.

초보자 수호상이 지원하는 기초 기술은 기초강격, 화살명
중강화, 웅크리고 잔디와 동화하기, 얼음구슬, 벼룩의 눈곱만
큼 회복이다.

각 직업의 대표적인 기술을 초보화 시킨 것으로 이걸 쓰면서
자신의 적성에 맞는 직업을 찾으라는 서버 측의 배려라고 했다.

아무튼 선빵엔 장거리 마법인 얼음구슬이 최고다.

슈웅, 딱.

구오가 손가락 끝으로 던진 청백색의 구슬은 토깽이의 머
리에 정통으로 맞았다.

"까울."

머리에 파란 혹이 난 토깽이는 비명을 지르더니 눈이 벌겋
게 변했다. 동시에 토깽이의 머리 위로 하나의 녹색 바가 생

겨났다.

끝이 약간 하얗게 달아 있는 녹색 바는 바로 토깽이의 생명력이다. 일단 공격을 가하면 공격자의 눈에는 속칭 '피'라고 불리는 생명력이 표시되는 것이다.

토깽이는 화난 표정으로 달려와 구오에게 필살기인 더블 이어 메이스 크러쉬를 시전했다.

"흥, 느려."

토깽이는 이동은 빠른데 귀가 무거워서 그런지 공격이 느렸다. 이런 거에 맞을 정도면 구오는 무도가가 아닌 운동치다.

휘휙!

이단 공격을 가뿐하게 피한 구오는 토깽이의 턱을 주먹으로 올려쳐 몸을 허공으로 띄운 후 다리를 뒤쪽으로부터 크게 한 바퀴 돌려 귀 사이를 정확하게 내려찍기로 찍었다.

픽!

"까우울!"

충격이 큰지 토깽이의 피가 주욱 빠졌다. 단숨에 삼분의 일이 빠져 이제는 절반이 살짝 넘을 정도로 남았다.

"좋았어!"

된다. 평소 실력이 가상공간에서도 적용되는 것이다. 구오는 자신감을 얻었다.

'이놈을 잡고 이번엔 2레벨 마물에 도전해 봐야지.'

구오는 그렇게 생각하며 연속타로 마무리를 하려 했다.

그런데 그 순간, 옆쪽에서 붉은빛이 나타나 구오가 잡던 토깽이를 때렸다.

"깍!"

토깽이는 최후의 비명도 제대로 지르지 못하고 그대로 회색이 되었다.

"아싸, 한 마리 잡았고."

전신에 검게 물들인 가죽 갑옷을 입은 사람이 달려와 회색이 된 토깽이에 손을 댔다. 그러자 토깽이의 몸이 팡 하며 깨져 가루가 되어 흩어졌다.

일단 자신이 잡은 마물의 몸에 손을 대고 습득이라고 외치면 마물의 몸은 미세 결정으로 돌아가고 안에 있는 아이템은 자동으로 유저의 보관 공간으로 들어간다.

그 아공간 보관 공간을 인벤토리라 부르는데 보통은 줄여서 인벤이라 한다.

"이보쇼."

구오는 순간적으로 머리끝까지 열이 오르는 것을 느꼈다.

남이 다 잡아놓은 토깽이를 스틸하다니? 스틸은 다른 사람이 잡던 마물을 도중에 끼어들어 새치기하는 것을 의미하는 게임 용어다.

비매너 행위 중에서도 윗줄에 들어가는 것이 바로 스틸이 아닌가!

그런데 상대는 구오를 거들떠보지도 않고 그냥 가려 했다.

정말로 화가 난 구오는 손으로 상대의 어깨를 잡았다.

그러자 상대는 신경질적으로 되돌아보며 말했다.

"뭐야? 사람 바쁜 거 안 보여?"

"뭐? 지금 스틸을 해놓고 그딴 소릴 하는 거요?"

"카, 너 완전 생초보구나?"

"반말하냐?"

구오는 더 이상 참기 힘들었다.

하지만 상대는 같잖다는 듯이 피식 한 번 웃고는 바닥에 침을 찍 하고 뱉었다.

"꼬면 받아봐. 아니면 찌그러지고."

"이노무 시끼."

구오의 눈이 날카롭게 변했다. 눈앞의 상대는 고 렙이다. 적어도 1레벨인 구오보다는 고 렙임에 틀림없다. 아까 토깽이의 피 절반 이상을 한 번에 날리는 기술만 해도 상당히 위협적이다.

그러나 구오는 물러날 마음이 없었다. 한번 죽으면 죽었지 여기서 비굴해질 수는 없다.

어차피 1레벨엔 죽음에 대한 패널티도 없다.

구오가 승낙하자 막까는 기가 막힌다는 표정을 지으며 썩소를 흘렸다.

"컬, 받으란다고 정말 받네. 그럼 죽어봐라."

휙!

철제 롱소드가 구오의 머리를 노렸다. 그러나 구오는 여유 있게 살짝 고개만 숙여 그것을 피했다.

"레벨이 높으면 다냐? 피하면 다 땡이다."

막까의 공격이 빗나가면서 전신에 빈틈이 수십 개나 드러났다. 구오는 이때다 하고 숨도 쉬지 않고 연속 공격을 퍼부었다.

퍼퍼퍼퍼퍼퍼퍼퍽!

공격이 모두 적중되자 막까의 머리 위로 하얀 숫자가 연속으로 떠올랐다.

2, 3, 2, 4, 5, 1, 3, 2…….

막가는 의외로 놀란 표정이 되어 외쳤다.

"이야, 이놈 봐라? 너 평소 운동 좀 했구나? 1렙 주제에 댐지가 5까지 뜨네!"

"이익!"

분명히 토깽이한테는 20점 이상 들어갔는데 아무래도 상대의 장비가 좋은가 보다.

구오는 왼발로 강하게 땅을 차며 전신을 비틀어 양쪽 손바닥 끝에 힘을 집중시켰다. 현실이라면 곰도 잡을 만한 쌍첩장을 펼친 것이다.

퍽!

12.

“웃, 12? 우와, 1렙이 10렙을 12나 친다. 사람 잡을 기술이네.”

막까는 웃으며 외치더니 손에 쥔 검을 대충 휘둘렀다.

구오가 보기에 그것은 검 수련은커녕 제대로 된 운동도 한번 안 한 사람의 동작이었다.

그러나 막까의 입에서 스킬 명이 튀어 나오자 검에서 파란 불똥이 생겨나 자동적으로 구오의 몸에 명중되었다.

사람이 아무리 빠른 반사 신경을 지니고 있어도 시스템의 속도를 넘어설 수는 없다. 시스템의 속도란 바로 빛의 속도를 의미하기 때문이다.

“맹타.”

퍽!

324.

그걸로 끝이다.

구오는 눈앞이 환하게 변하는 것을 느꼈다. 어디선가 아기천사가 나팔을 들고 나타나 맑은 보이소프라노로 진혼곡을 불렀다.

다시 배경이 바뀌어 보니 처음 시작한 마을 안이었다.

"뭣!"

의외의 메시지에 놀라 몸을 보니 과연 바지는 입고 있는데 위에는 처음 시작할 때 입고 있던 누더기 성 쫄쫄이 천 갑옷이다. 특정 장소 이외에는 알몸이 허용되지 않는 게임 규칙상 마지막 옷 부위가 떨어지면 자동으로 이 옷을 입게 되는 듯했다.

"아, 젠장."

막까에 대한 분노도 분노지만 당장 급한 것은 떨어진 옷을 주우러 가는 것이다. 구오는 달렸다.

가격도 없는 초급 이벤트 아이템이니까 아무도 주워가지 않았을 가능성이 높다. 직접 입을 목적이 아니면 인벤 자리만 차지하는 물건이다.

그런데 막상 구오가 마을 밖으로 나가려 하니 눈에 보이지 않는 막이 쳐진 것처럼 앞이 막혔다.

"어? 아!"

그러고 보니 결투 조건에 그런 게 있었다.

필드 분쟁 시에 깔끔하게 결투로 해결을 하는 제도가 있는데, 여기서 지면 게임 시간으로 3일간 해당 필드에 들어가지 못하는 것이다.

문제는 구오가 진입 금지에 걸린 필드가 바로 초보자 필드라는 데에 있다. 초보자 필드는 바로 마을 주변을 둘러싼 구역을 의미한다. 즉, 구오는 꼼짝없이 마을에 갇힌 셈이다.

어차피 다른 곳에 가려고 해도 1레벨인 구오에게 다른 지역은 넘을 수 없는 벽이라 하겠지만, 갇혔다는 느낌은 정말 사람 기분을 더럽게 했다.

"그 새끼, 일부러 한 거군. 젠장, 또 몰라서 당한 거야."

팍!

구오는 마을의 방벽을 주먹으로 쳤다.

방벽에 3이란 대미지 숫자가 뜨고 구오의 주먹에도 40이란 붉은 숫자가 떴다. 방벽엔 흠집도 나지 않고 주먹엔 상당한 충격이 왔다. 방벽까지 구오를 놀리는 듯했다.

분이 풀리지 않아 숨이 거칠어졌다. 현실이었다면 바위 하나를 자갈돌로 만들어도 성에 차지 않았으리라.

"후우! 후우!"

구오는 잠시 숨을 몰아쉬며 필사적으로 화를 삭였다.

남을 욕할 때가 아니다. 내가 이 게임에 대해 제대로 알지 못해서 1렙인데 고 렙과 결투를 했고, 마을에도 갇혔다.

성질을 이기지 못해 상대의 도발에 바로 넘어간 게 가장 크다.

이건 막까를 원망하기 전에 먼저 반성을 할 문제다.

구오는 한숨을 내쉬며 고개를 절레절레 저었다.

"내 잘못을 먼저 고치고, 그다음엔 남의 죄를 따진다."

대신 남의 잘못을 따질 때에는 인정사정없다.

내가 1렙, 그놈이 10렙, 내가 10렙 되면 그놈은 기껏해야 12렙? 아니면 13렙. 그 정도면 할 만하다.

구오는 속으로 견적을 내며 손가락으로 위에 입은 천 갑옷을 만져 보았다.

촉감도 별로다. 한숨이 절로 나왔다.

구오는 일단 더 지존.넷에 접속하여 관련 정보를 찾았다.

일단 레벨에 대한 기본 정보를 다시 보니 자신이 얼마나 뻘짓을 했는지를 알 수 있었다.

더 지존은 유저의 실제 능력, 즉 근력과 민첩성을 어느 정도 적용시킨다. 하지만 그것은 게임 내의 강약에 있어 그렇게까지 큰 비중은 아니다.

더 지존에서 강약을 판가름하는 가장 중요한 요소는 레벨이다. 그리고 그다음은 아이템과 스킬이라 할 수 있다.

하지만 유저의 능력 또한 결코 무시할 수는 없다. 실제로 동레벨에 비슷한 아이템을 장착했을 때에는 유저의 능력에 따라 강약이 나뉜다.

10렙, 50렙, 100렙, 200렙엔 전업을 할 수 있다. 전업은 무엇보다 우선해서 꼭 해라. 이전과는 비교도 할 수 없게 강해진 자신을 느낄 것이다.

특히 1렙부터 9렙까지는 초보 레벨이라고 해서 어떤 직업도 가지지 못한 상태이다.

10렙이 되었을 때 비로소 더 지존의 세계에서 자신이 어떤 직업을 가지고 살아갈지를 정하게 되는 것이다.

초보 레벨은 죽었을 때 패널티도 없지만 그만큼 약하다. 그러니 10렙이 되면 꼭 직업을 얻어라.

잊지 마라! 전업 안 한 10렙 셋이 전업한 10렙 하나를 이기지 못할 수 있다.

"흠, 레벨과 장비, 직업이 깡패란 소리군."

설명 아래쪽에 있는 유저들의 리플 중 눈에 들어오는 것이 있었다.

전업 안 하고 50렙까지 키워봤습니다. 길드원들이 도와줘서 항상 파티플로 묻어가기만 했고요.

—쇼부.

오옷, 그래서 어떻게 됐어요? 혹시 히든 직업 나오나요? 아니면 히든 스킬이라도?

　　　　　　　　　　　　　　　　　　　　　　　　　　—후지마루.

암것도 없습니다. ㅜ_ㅜ. 님들은 이런 짓 하지 마십시오. 저도 여기서 포기하고 10렙에 하는 1차 전직하러 갑니다.

　　　　　　　　　　　　　　　　　　　　　　　　　　　　　—쇼부.

아직도 게임에서 히든 찾는 무개념도 있네? ㅋㅋㅋ.

　　　　　　　　　　　　　　　　　　　　　　　　　　—놈놈놈.

게임사에서 100렙 3차 전직까지 직업 테이블하고 스킬들 다 공개한 지가 언젠데 헛소린지? 아스트랄계에서 겜하다 왔삼

　　　　　　　　　　　　　　　　　　　　　　　　—비사문천칸.

"역시, 실험정신도 좋지만 뻘짓은 대부분 뻘짓으로 끝나는군."

구오는 혹시나 했던 자신의 머리를 톡톡 두드렸다.

"검색, 초보자 존."

님들아! 좋은 거 알려 드릴게요. 초보자 존에 있는 몹들 말인데요, 1렙 토깽이가 가끔씩 확실하게 부은 토깽이 간을 떨어뜨리죠? 그거 모으세요. 상당히 비싸게 팔려요.

　　　　　　　　　　　　　　　　　　　　　　　　　—앵벌지존.

후훗, 토깽이 간을 지금 아셨다니. 그거 말고도 4렙 초원 뱀장어를 잡으면 주는 부드러운 뱀장어 가죽도 모으면 돈입니다.

　　　　　　　　　　　　　　　　　　　　　　　　　　—싹모아.

초보자 존에 나오는 몹들은 버릴 게 하나도 없어요. 10렙 몹 잡는 거보다 시간당 벌이가 두 배는 돼요. 이거 버근가요?

—에리짱사랑해요.

제 경험에 의하면 10렙 찍자마자 기본으로 주는 기술 하나 있죠? 그거 중에 강격 말고 맹타라고 있어요. 전사나 순찰자가 받을 수 있고요. 무조건 명중에 댐지 300점 정도 주는 기술인데요. 대신 사용 후에 십 초간 방어력 절반 패널티 있는 거요. 그거 얻어서 초보자 존 가세요. 초원 뱀장어 빼고는 무조건 한 방에 잡을 수 있어요. 초뱀은 맹타에 평타 한 방으로 되고요, 이삼 일만 작업하면 십 렙 스킬북 다 구하고 장비도 맞출 수 있거든요.

—오빠만믿어라.

오빠만믿어라님의 글을 베스트 팁란으로 보내죠. 저도 그렇게 작업했어요. 마법사는 화염창으로 작업하시면 돼.

— 쌍쌍바.

아시죠? 11렙 되면 1렙 몹 잡아도 템 안 나오는 거. 꼭 십 렙 찍자마자 가셔서 작업을 해야 최대한 벌 수 있어요.

—논스톱준.

치유사는요? 한 방에 잡는 기술 없나요?

—힐만해.

치유사는 맹타 없으니 맘 비우삼. 걍 강격 두 방씩 쳐서 잡음 됨.

붐업!

붐업 투!

……

"이렇게 된 거군."

구오는 씁쓸한 미소를 지었다.

초기 게시판에 있는 글들 중 상당수가 초보자 존이 얼마나 맛있는 사냥터인지를 말해주고 있었다.

원래 초보자들이 성장하면서 자연스럽게 장비를 맞출 최소한의 자금을 마련하도록 서버 측에서 디자인을 한 모양인데, 이게 10렙들의 앵벌이 장소로 변한 것이다.

더 지존의 시스템은 유저보다 10렙이 낮은 몹부터는 잡아도 아이템이 안 떨어지게 되어 있다. 그러니 10렙이 1렙을 잡으면 딱 아이템이 떨어지는 것이다.

구오는 다시 게시판을 보았다.

그 아래쪽으로 가끔씩 저 렙들의 불만이 올라와 있었다.

초보자 필드에서 몹 뜨면 3초 내에 고 렙이 와서 잡네요. ㅜㅜ. 그럼 우린 뭐 잡아요?

―해피보이.

그냥 심부름 퀘나 수집 퀘 하면서 5렙까지 키우세요. 5렙 이후엔 연못가로 가면 거기 있는 낚시꾼들이 퀘스트 줘요. 연못 퀘 다 하면서 거기서부터 사냥해서 9렙 만들고 전직한 후에 초보자

존 가세요.

—더 지존지식왕.

내참, 원래 5렙까지 키우는 데 하루면 된다고 들었는데 사냥을 못하니 3일은 걸리는군요. 이거 패치 해줘야 하는 거 아닌가요?

—일자무식.

대세임. 대신 10렙 장비 쉽게 맞추니 그런가 보다 하삼. 꼭 사냥 하고 싶으면 사람 적은 시간대에 얼른 사냥 퀘만 하는 걸 추천함. 안 그럼 정신건강에 심히 안 좋을 거임.

—스마일킬러.

그래도 스틸까지 하는 건 너무해요.

—요요.

비매너 만나셨나 보네요. 보통 저 렙이 먼저 치면 놔두는데, 그냥 똥 밟았다 생각하세요. 비매너는 차단하시고요.

—공주전설.

나오는 족족 치는 건데 비매너고 뭐고 따질 겨를이 있나요? 걍 사냥은 포기하시는 게 정신건강에 좋다니까요.

—공중도덕.

"음."

대세란다. 하기야 1렙이 토깽이를 잡으려면 보통 공격을 열 번 정도 해야 하는데 10렙은 한 방 킬이 되는 스킬로 사냥을 하니 이건 손쓸 방도가 없다.

그러니까 1렙이 먼저 쳐도 다섯 방 이상을 친 후에야 비로소 10렙이 쳐도 아이템 획득 권한을 얻게 되는 것이다.

마음 좋은 10렙은 저 렙 선빵을 인정해 주는 거고, 막까처럼 성질 더러운 놈은 오히려 사람 기분 나쁘게 만들며 저 렙을 가지고 노는 거다.

"결국 5렙까진 마을 안에서 해결하란 말이지?"

구오는 고개를 끄덕이며 발걸음을 돌렸다. 사냥 퀘를 하면 하루면 5렙을 찍는데 지금 상황에선 3일이 걸린단다.

"어차피 3일간 마을을 못 나가니 차라리 잘된 셈 치자."

구오는 일단 낙천적인 사고를 하기로 했다. 그러나 곧 구오는 자신이 다른 사람들보다 훨씬 열악한 환경에 처했다는 것을 깨달았다.

사냥 퀘는 물론이고 바닥에 떨어진 조개 화석이나 약초 뿌리들을 캐는 수집 퀘 역시 구오는 할 수 없었다. 필드에 아예 나갈 수 없기 때문이다.

기본적으로 수집 퀘는 반복이 가능해서 이걸로 대부분 렙업을 하는 형편인데 그것조차 허용되지 않으니 레벨 업을 할 방도가 없다.

기껏해야 하루 서너 번 발생하는 심부름 퀘를 해도 획득 경험치는 정말 적었다.

결국 구오는 삼 일간 1렙으로 살았다. 막까에 대한 원한이 골수에 사무칠 무렵, 겨우 필드 제한이 풀렸다.

구오는 필드로 나와 크게 숨을 쉬었다. 갇혀 있다가 나오니 좀 살 만했다.

"가만, 이거 좀 심한 거 아니야?"

보통 초보 유저가 이런 꼴을 당하면 게임에 대한 흥미를 잃어버릴 수도 있는 문제 아닌가?

"버그 신고."

구오는 일단 버그 신고 모드를 켰다.

띠링.

"안녕하세요. 저는 버그 처리 요정 '말씀만 하세요' 예요. 세요라고 불러주세요."

시스템 벨 소리와 함께 눈앞에서 금광이 번뜩이더니 작고 귀여운 요정이 잠자리 날개를 파르르 떨며 나타났다.

"구오님, 무슨 버그를 발견하셨나요? 혹시 불편한 사항이 있으신가요? 만약 구오님의 지적이 정당한 것이라면 최선을 다해 도와 드릴게요"

"그게 말입니다."

구오는 자초지종을 설명했다.

"조건 대결 모드가 있는지 모르고 받은 저도 잘못한 거지만, 여기는 초보 필드 아닙니까? 마을을 둘러싸고 있는 초보 필드에서 밀려나면 그동안 마을에 갇혀 지내라는 건데 이건 좀 너무한 거 아닐까요?"

"우웅, 정말 그러네요. 잠시만 기다리세요."

요정 세요는 허공에 멈추어 서서 몸을 쭈욱 펴고 눈을 감았다. 그러자 그녀의 몸 주변에서 흘러나오는 황금색의 빛이 얇은 광선으로 변해 하늘로 솟았다.

잠시 후, 세요는 눈을 뜨더니 등 뒤로부터 그녀의 몸만 한 원뿔형의 통을 꺼냈다. 그리고는 뿔 부분에 있는 끈을 확 잡아당겼다.

펑!

그것은 폭죽이었다. 작지만 화려한 형형색색의 불꽃들이 구오의 주변에 나타났다가 서서히 사라졌다.

"당첨을 축하드려요! 구오님의 신고는 정식으로 접수되었어요. 첫 신고자 맞고요. 다음 달에 패치에 적용될 거예요. 더 즐거운 더 지존을 위한 구오님의 협조에 감사드립니다."

"오옷, 그럼 이거 아직 아무도 신고 안 한 거였군요."

막까는 이걸 알고 있었다. 그런데 신고를 안 했다. 남을 괴롭히는 수단으로 쓰려고 하다 보니 신고할 생각을 못 한 모양이다.

"그러네요. 재수가 좋으셨어요. 잠시만 기다려 주세요. 일단 필드 접근 금지부터 풀어 드릴게요."

"아, 그건 이미 풀렸는데요."

"예?"

"여기가 초보자 필드거든요."

세요는 눈을 깜박이며 주변을 돌아보다가 다시 구오를 보왔다.

"아! 그럼 지금까지 마을에 갇혀 계셨던 거예요?"

"네."

"어머나, 기왕이면 일찍 신고하시지. 고생하셨네요."

세요는 커다란 두 눈에 눈물을 글썽이며 구오를 보았다.

구오는 그 자리에 쭈그리고 앉아 손가락으로 땅에 원을 그렸다.

내가 이 생각을 왜 먼저 못했을까? 괜히 갇혀 지내느라 아무것도 못하고.

여러 가지 상념이 머리를 스쳐 지나갔다. 왠지 모르게 서글픈 기분도 들었다.

세요는 그런 구오의 어깨에 내려앉아 손으로 툭툭 두드려 위로하며 말했다.

"너무 낙담하지 마시고 일단 선물부터 고르세요."

"맞다, 선물!"

구오는 벌떡 일어났다. 애초에 버그 신고를 한 이유가 바로 선물 때문이 아닌가.

"뭐 주나요?"

"세 가지 중에서 고르세요. 첫 번째는 랜덤 마법 상자예요. 이걸 여시면 구오님의 레벨에 맞는 하급 마법 아이템이 하나 나와요. 단, 5%의 확률로 레어 아이템도 나온답니다."

"오호, 레어까지!"

세요는 살짝 몸을 날려 구오의 귓가로 날아와 속삭이듯 말했다.

"이건 팁인데요, 이거 받으신 후 지금 열지 마시고 창고 구석에 놔두셨다가요, 나중에 고 레벨 되면 여세요."

"옷, 그럼 200레벨에 열면 200레벨 템이 나오는 겁니까?"

"그럼요. 재수 좋아서 200레벨 레어 나오면 꺄~"

세요의 속삭임은 정말 유혹적이었다.

구오는 더 이상 설명을 들을 것도 없이 마법 상자를 선택하고 싶은 충동을 느꼈다. 그러나 사람 말과 요정 말은 끝까지 들어봐야 한다.

"다른 건 뭔가요?"

세요는 다시 구오의 앞으로 날아와서 설명을 계속했다.

"두 번째는요, 완전회복 물약 다섯 개에요. 이걸 마시면 생명력하고 마나가 단숨에 꽉 차거든요. 이건 이벤트로밖에 못 구하는 거니까 희귀성이 더 하죠."

"음, 그것도 좋네요."

"세 번째는요, 순간부활석 한 개예요. 이걸 지니고 있으면 죽었을 때 그 자리에서 완전 회복 상태로 부활할 수 있어요. 단, 한 번 쓰면 사라져요."

"순간부활이라……. 이것도 나쁘진 않은데."

"버그 신고 당첨자한테 드리는 선물인데 당연히 좋은 것만 있죠. 10분 드릴 테니 고르세요."

세요는 더 이상 말을 하지 않고 두 손을 허리에 걸친 채 기다렸다.

구오는 잠시 고민을 하다가 마침내 결심을 하고 세요에게 말했다.

"이번 주세요. 일번이나 삼번도 좋은데 일단 다섯 개 주는 걸로 받을게요."

"잘 생각하셨어요. 위기를 다섯 번 넘길 수 있는 거니까요."

세요는 다시 한 번 축하한다는 말을 하고는 하늘로 날아가 버렸다.

곧 구오에게 아공간 택배가 도착했다. 상자를 열어보니 고급스러운 문양이 그려진 보라색의 물약이 다섯 개 들어 있었다.

구오는 인벤 가장 안쪽에 그걸 넣었다. 뜻밖에 이벤트 물약을 얻으니 기분이 나쁘지 않았다.

"그럼 이제 레벨을 올리자."

아직 그는 1레벨이다. 그 뒤로 구오는 사냥은 못하고 수집 퀘만 반복해서 겨우 5렙을 만들었다.

그사이 구오는 심부름해서 받은 돈으로 작은 조각칼을 하나 샀다.

조각 스킬 중 가장 처음에 나오는 것 중에 목검 조각이 있다.

구오는 시간이 날 때마다 쓸 만한 나뭇가지를 구해 목검을 깎았다.

대미지 보정도 형편없고 마법템도 아니라 금방 부러져 버리는 최하급 무기. 하지만 조각칼 하나만 있으면 언제든지 만들 수 있다는 게 장점이다.

"나중에 막까 그놈을 만나면 이게 다 부러질 때까지 두들겨 패주지. 으드득."

구오의 분노 진정용 목검 조각은 하루하루 착실하게 수를 더해 어느새 인벤의 태반이나 차지하게 되었다.

그 외에 구오는 연못가에서 나오는 민물 킹크랩의 껍데기를 모았다. 민물 킹크랩은 포획을 해서 산 채로 마을로 가져오는 퀘가 있는데, 그걸 마을 음식점에서 상당한 가격으로 사 준다.

당연히 요리 재료로 쓰이는데, 요리를 하면 껍데기만 남게 되는 것이다.

보통 이 껍데기는 거의 버리다시피 하는 물건인데, 의외로 갑옷 제조의 가장 처음에 만드는 게 껍데기 갑옷의 재료이기도 하다.

단지 치명적으로 모양과 색이 안 좋아 이걸 입을 바엔 차라리 내복을 입겠다는 사람들이 있을 정도다.

원래 갑옷 제조는 대장장이 기술의 일종이니 금속만 다루는 연습을 해도 충분히 기초는 넘길 수 있다.

중급부터는 그 금속판으로 직접 갑옷을 만들어야 하니 자금이 무척 많이 들어갈 뿐이다. 그러니 굳이 아무도 안 입는 게 껍데기 갑옷을 만드는 사람은 없다.

하지만 구오는 갑옷 제조를 올릴 생각은 없었다. 단지 당장 입을 갑옷이 필요할 뿐이다.

그는 당분간 겉모습에 신경을 쓰지 않기로 결심했다. 누가 뭐라고 하든, 식당에서 버린 킹크랩 조각을 모아 만든 게 껍데기 갑옷을 풀 세트로 만들어서 입었다.

재료는 얼마든지 나왔다. 부서질 경우를 대비해서 이것도 시간이 날 때마다 지속적으로 만들기로 했다.

일단 입고 나니 정말로 모양이 처음 자동으로 입었던 천 갑옷보다 더 비호감이었다.

색도 천연 똥색이라 냄새도 나지 않는데 코를 막고 싶어질 것 같았다.

하지만 의외로 가벼워서 활동을 하는 데에 거의 지장이 없었다. 가죽 갑옷보다 방어력도 높았다.

"패션만 포기하면 숨은 명품이군."

구오는 냉정하게 평가했다. 단지 그놈의 패션이 문제이긴 했다.

양손에 목검을 들고, 전신에는 게 껍데기 갑옷을 걸친 구오의 모습은 그로테스크한 멋이 있다고 주장해도 될 만했다.

어쨌든 구오는 그 장비로 연못가에서 열심히 퀘스트와 사냥을 해서 겨우 9렙을 찍을 수 있었다.

*　　*　　*

스스슥.

티슈 상자에 있던 티슈가 살짝 움직였다. 약한 바람이라도 분 것일까? 하지만 창문과 문은 닫혀 있다.

"됐다! 드디어 움직였어!"

무는 기쁨을 이기지 못하고 폴짝폴짝 뛰었다. 처음으로 손가락으로 티슈를 움직이는 데 성공했다. 아주 작은 움직임이지만 분명히 무가 움직인 것이다.

"다시 한 번."

무는 정신을 집중해서 손가락으로 티슈 끝을 잡았다. 그러나 이번에는 손가락이 티슈를 통과해 버렸다. 티슈는 전혀 움직이지 않았다.

"아, 안 돼."

무는 안타까운 표정을 지었다. 하지만 곧 심호흡을 하고는 다시 시도했다.

어느 순간 무는 고개를 돌려 옆에 있는 캡슐을 노려보았다. 그 안에는 준호가 있었다.

기계가 서서히 움직여 준호의 자세를 바꾸거나 좌우로 기울여 무게가 한쪽으로 쏠린 채 오래 있지 않게 했다.

어떻게 보면 꼭 깨어 있는 것처럼 계속해서 움직이는 것이다. 하지만 준호는 절대 눈을 뜨지 않았다.

"두고 봐. 내 한 달 이내로 꼭 너를 두들겨 깨워줄 테니까."

무의 눈은 집념으로 불타고 있었다.

준호의 뺨을 왕복으로 후려쳐서 깨운 후에 다시 기절을 시키는 것이 현재 무의 유일한 목표였다.

아직 무는 준호의 이름도 모르고, 준호 역시 무의 존재도 모른다. 하지만 이들은 이미 며칠간 같은 집에서 동거하는 중이었다.

CHAPTER 04
달콤한 죽음

WAR 워로드구오
LORD

사연 많은 초보 레벨 시절을 드디어 끝낸 구오는 초보자 마을을 떠나 가장 가까운 도시인 오오문으로 갔다.

오오문은 반 제국 전체를 놓고 볼 땐 가장 작은 도시인 소도시에 해당한다. 하지만 초보자들이 첫 전직을 할 수 있는 전업의 신전이 있기에 제법 중요시되어 남작령이나 자작령이 아닌 백작령에 속해 있다.

10레벨 전업 퀘스트는 아주 간단했다. 원하는 직업에 걸맞은 장비를 장착한 채 담당신관 앞으로 나가 직업 종사에 대한 맹세를 하면 된다.

구오의 경우 선택한 직업이 전사이고 현재 장비하고 있는 목검과 게 껍데기 갑옷은 누가 뭐래도 전사의 장비이니 이미 퀘스트른 해결된 것이나 마찬가지이다.

전사의 신관은 구오의 평균을 훨씬 밑도는 패션 감각 장비에 살짝 눈살을 찌푸렸지만 곧 별것 아니라는 표정으로 말했다.

"육체의 힘으로 마물과 맞서려 하는가? 동료를 보호하고 적 앞에 당당하게 버티고 설 각오가 되어 있는가?"

"있습니다."

"전사가 되겠는가?"

"되겠습니다."

"그럼 신성한 전사의 신 불로스잭의 이름으로 그대에게 전사의 능력을 부여한다."

띠링, 전사가 되셨습니다. 능력치 상승이 있습니다.
힘 30, 민첩 10, 체력 30, 의지 10이 각각 올랐습니다.
보너스 포인트 100점을 얻었습니다. 원하시는 능력치에 부여하실 수 있습니다.
불로스잭의 가호를 받았습니다.
모든 공격력이 10% 상승합니다.
방어력이 20% 상승합니다.
생명력이 20% 상승합니다.
모든 저항력이 10씩 상승합니다.

역시 전업이 좋긴 하다.

구오는 단숨에 피가 두 배나 늘어난 것을 알고 미소를 지었다. 공격력 역시 전업 전보다 1.5배는 오른 듯했다. 여기에 전사 특수기까지 익히면 시간당 대미지인 디피에스(DPS—Damage Per Sec)가 두 배 가까이 된다는 소리다.

이제 보너스 포인트를 어디에 넣는가에 따라 공격형 전사냐 방어형 전사냐가 갈린다.

힘에 넣으면 공격형 전사인 공특전사가 되는 것이고, 체력에 넣으면 방어형인 방특전사라 할 수 있다. 밸런스 형이라고 해서 절반씩 넣어도 된다. 이건 보통 잡전사라 부른다.

구오가 더 지존.넷에서 본 바에 의하면 요즘 대세는 공특전사라고 했다. 아무래도 공특전사가 사냥 속도가 빠르니 답답하지 않다.

하지만 구오는 모든 수치를 체력에 넣었다. 방특전사를 택한 것이다.

"수비가 곧 공격이지."

전업을 한 구오는 그 길로 10레벨 이후 사람들이 많이 가는 사냥터로 나갔다. 사냥을 하러 간 것이 아니다.

복수 목록에 올라 있는 막까를 찾아야 했다.

구오는 주변 몹들을 상대로 그가 계획한 것들이 틀림없는가를 확인하며 필드를 이리저리 돌아다녔다.

"있군."

막까도 상당한 헤비 유저임이 틀림없다. 구오의 접속 시간이 일정한데, 그 역시 일정한 모양인지 찾으면 거의 있다. 시간을 봐도 헤드셋 유저는 아니다.

두둑!

구오는 각오를 다지며 손가락을 꺾었다. 그리고는 서서히 막까가 사냥을 하는 곳으로 다가갔다.

"이봐."

구오는 별말없이 일단 결투 신청을 했다.

실전 결투 모드는 상대가 죽을 때까지 하고 아이템도 떨어뜨린다. 얼마 전 막까가 구오에게 신청한 결투도 이거다.

"뭐야?"

당연하다. 갑자기 결투 신청을 한다고 받으면 바보다.

"나 기억 안 나냐? 초보자 필드에서 너한테 당한 멍청이다."

"아하, 그 생초보! 근데 왜 왔냐? 복수하려고?"

"응."

구오는 다시 결투 신청을 했다. 그러자 막까는 피식 웃고는 땅에 찍 하고 침을 뱉었다. 거절의 메시지가 다시 들려왔다.

"나 바쁘거든? 겜 접기 싫으면 걍 가라."

"겜은 니가 접어야지."

구오는 포기하지 않고 계속 결투 신청을 했다. 그러나 막까는 신경도 쓰고 싶지 않은지 자동 결투 거부 모드를 켜버렸다.

그때 몹 한 마리가 나타났다. 막까가 사냥하는 몹이었다.

"비켜!"

막까는 구오를 무시하고 몹을 잡으려 했다.

"어딜?"

"이 자식, 이거 안 놔!"

보라색의 오라가 구오의 몸을 감쌌다. 준 카오스의 표식이다.

일반적으로 일반 유저는 몹한테 죽을 경우 경험치 손실은 물론이고 아이템을 떨어뜨릴 확률이 발생한다.

하지만 같은 유저에게 공격당해 죽으면 경험치는 떨어지지만 아이템은 떨어뜨리지 않는다. 단, 반격을 하지 않고 그냥 얌전히 맞아 죽어야 한다는 조건이 붙는다.

반면 함부로 유저를 공격한 유저는 준 카오스 상태가 된다. 공격당했을 때 반격을 해도 마찬가지로 준 카오스다. 준 카오스를 죽여도 역시 준 카오스다.

이때에 죽으면 일반 몹에게 죽은 것처럼 경험치 손실과 아이템 드랍을 하게 된다.

준 카오스는 한 번 죽으면 정상 상태로 돌아오고 신전에서 기부금을 내고 속죄를 하거나 일정 이상 시간이 흐르면 그냥 풀린다.

이것이 속칭 보라돌이라 불리는 성향 등급 상태다. 줄여서 준 카오라고도 한다.

한편 일반 상태인 유저나 엔피씨를 죽인 사람은 카오스 상태로 변한다. 카오스 상태에 빠지면 전신을 붉은 오러가 감싸게 되어 누구라도 알아보고 경계를 한다.

이건 준 카오스보다 훨씬 안 좋은 건데, 죽었을 때 아이템 드랍률이 세 배나 된다. 자칫 잘못하면 한 번 죽어서 입고 있는 템을 우수수 떨어뜨릴 수도 있다.

뿐만 아니라 죽은 사람이 도시 관청에 신고를 하면 수배가 될 수도 있다. 또한 카오스 상태의 유저는 죽여도 패널티가 없고, 오히려 현상금을 받을 수 있다.

카오스 수치 정도에 따라 몇 번은 죽어야 비로소 풀리고, 아니면 상당한 액수의 배상을 하거나 감옥에 갇힌다. 그렇지 않으면 다른 보상이 전혀 없고 까다롭기로 유명한 속죄 퀘스트를 해결해야 한다.

구오는 지금 막까를 공격했다. 정식 대결이 아니니 제대로 준 카오스 상태가 되었다.

그러나 구오가 막까에게 한 공격은 발로 차거나 주먹으로 때리는 등 대미지를 주는 것이 아니었다.

"이거 놓으란 말이다!"

구오는 막까를 꼬옥 껴안았다. 이것이야말로 전사의 사대
스킬 중 하나인 껴안기 스킬 클런치였다.

Skill

스킬명 : 클런치

죽일 놈의 마물이 당신을 무시하고 동료 힐러를 때리려 하는가?
마법사가 마물의 기습을 받고 비명을 지르는 중인가?
걱정하지 마라. 사랑과 애정이 담긴 껴안기 한 방이면 당신의 동료를 구할
수 있다.
파티 플레이를 하려면, 팀의 몸빵이 되려면 먼저 껴안기를 배워라. 마물의
가슴 근육 촉감도 즐기고 동료도 구할 수 있다.

보통 처음엔 빠른 사냥을 위해 맹타나 강격을 얻는 게 일반
적인 선택이고, 클런치는 사냥을 해서 돈을 모은 후에 추가로
배운다.

하지만 구오는 전업 선물로 주는 전사 스킬 한 가지를 클런

치로 선택했다.

이유는? 바로 진정한 꼬장을 위해서이다.

"놔라! 놓으란 말이다!"

"그냥 갈 생각은 버리라니까. 그냥 나랑 이렇게 껴안은 채 살자고."

구오는 막까의 어깨에 머리를 댄 채 고개를 살짝 옆으로 돌리며 씨익 웃었다.

대미지는 전혀 주지 않았지만 상대는 열 받아 미치는 것이다.

"이 쉐끼!"

퍽!

행복한 메시지다. 이것으로 막까도 보라돌이가 되었다. 거기에 막까의 공격은 구오에게 그다지 큰 타격을 주지 못했다.

일단 클린치에 걸린 상대는 공격력이 감소되고 필살기도 실패할 확률이 확 늘어난다.

"맹타!"

막까의 악에 받친 목소리가 들려왔다. 그러나 구오에겐 아무런 대미지도 없었다. 스킬 실패다.

"카카카카, 뻑사리 났니? 아깝네. 맹타는 좀 아픈 거라 이를 악물고 있었는데 말이야."

"이 자식!"

맹타는 한 번 쓰면 15초 후에나 다시 쓸 수 있다. 그걸 스킬 쿨 타임이라고 하는데, 강력한 스킬이나 마법일수록 쿨 타임이 긴 것이 일반 상식이다.

또한 맹타를 쓰면 10초간은 방어력이 떨어지는 패널티도 있기에 절호의 반격 기회다. 하지만 구오는 반격을 하지 않고 여전히 껴안는 데만 주력했다.

15초 후, 막까는 다시 맹타를 시전했다. 이번에는 제대로 발동을 해서 구오의 몸에 박혔다.

"윽! 너, 무기 좋은 거 들었구나. 예상보다 강한데? 카카카카!"

"좋아, 그렇게 죽고 싶으면 죽여주지!"

막까는 어차피 보라돌이가 된 이상 구오를 확실히 죽이기로 결심했다.

쿨 타임이 돌아올 때마다 계속해서 맹타를 쓰니 과연 실패를 할 때에는 해도 성공을 하면 확실하게 구오의 피가 줄었다.

그러나 구오의 피는 10렙치고는 정말 많았다. 괜히 모든 보너스 수치를 체력에 박은 게 아니다.

피가 다른 10렙 전사의 1.5배는 된다.

다른 직업에 비해 가뜩이나 피 많고 방어력 좋은 전사가 다시 방어 특성에 올인했다. 그리고 미리 준비한 하급 생명 물약을 마시니 맹타가 다섯 방 박혔는데에도 아직 살아 있다.

하지만 이제 구오의 피는 거의 바닥이다.

"이 자식, 마지막이다! 죽어버렷! 맹타!"

스킬 쿨 타임이 돌아오자 막까는 의기양양하게 소리치며 지체없이 맹타를 시전했다.

바로 지금이다!

구오는 속으로 외치며 순식간에 클린치를 풀고 막까의 앞에 의연한 자세로 섰다. 두 팔을 살짝 벌리고 당당하게 막까를 노려보는데 이상하게 입꼬리가 올라가 사악한 미소를 짓고 있었다.

순간 막까는 한 가지 사실을 깨달았다. 구오의 몸에는 더 이상 보라색의 오러가 없었다.

서로 껴안고 있을 때에는 미처 몰랐는데 어느새 구오는 일반 상태로 돌아온 것이다.

"이로오온!"

퍽!

깨달았을 때에는 이미 늦었다. 맹타가 발동하여 구오에게 제대로 적중했다.

구오의 몸이 회색으로 변했다.

죽음이 이렇게 달콤한 줄은 미처 몰랐다. 구오의 귀에 메시지 소리가 음악처럼 들렸다.

원래 클린치란 기술은 방어를 위한 것으로 상대에게 어떤 대미지도 주지 않는다. 그렇기 때문에 준 카오스 상태도 아주 약하게 걸린다.

구오는 이 사실을 알고 오늘의 계획을 짰다.

클린치 한 번 걸어서 생긴 준 카오스 상태가 사라지는 시간은 약 2분. 그사이 구오는 막까의 공격을 얻어맞기만 했다.

여기서 구오가 발견한 것은 바로 클린치 기술의 버그성 유지 시간이다.

일단 클린치가 걸리면 그다음부터는 시전자의 마나가 소모되면서 계속 유지를 할 수 있다.

물론 그사이 시전자는 거의 공격을 할 수가 없고 상대는 그나마 공격이 되니 잘못하면 맞아 죽는다.

중요한 것은 걸릴 때에 준 카오스가 되기는 해도 유지를 하는 동안에는 카오스 수치가 다시 올라가지 않는다는 데에 있다.

그러니까 처음 클린치를 시도한 이후, 구오는 2분 동안 막까에게 어떤 적대 행위도 안 한 셈이 된다.

구오는 게시판 한구석에서 이걸 발견하고 환호성을 질렀다.

머릿속의 흩어져 있던 복수의 구상이 완벽하게 조립되는 순간은 정말 쾌감이 느껴졌다.

이제 복수는 시작되었다. 아직 끝난 것이 아니다.

도시에서 재시작한 구오는 즉시 관청으로 달려갔다. 그리고는 그가 10렙이 될 때까지 목검과 게 껍데기 갑옷만 써가며 모은 돈을 모두 꺼내 들었다.

"카오스 유저를 현상수배 해주십시오. 제가 피해잡니다. 제 개인 돈 5,700골드를 걸겠습니다."

관청의 담당직원은 무척 안됐다는 표정을 지으며 얼른 서류를 작성했다.

"험한 일을 당하셨네요. 여기에 사인하시면 됩니다."

이것으로 막까는 오오문 도시의 수배자가 되었다.

의뢰를 받은 현상금 사냥꾼이 막까를 잡아 죽이면 자동으로 막까는 관청에서 재시작하여 재판을 받게 되는데, 그럴 경우 카오스가 풀릴 때까지 감방엘 갇히거나 피해자에게 손해배상을 해야 한다.

손해배상액은 피해자가 건 현상금의 네 배이니 막까가 감옥 생활을 안 하려면 22,800골드를 변상해야 하는 것이다. 이때 배상금은 피해자에게 주게 된다.

몸으로 때워도 되긴 한다. 그러나 카오스 상태를 죽지 않고 풀려면 상당히 오랜 시간이 필요하다. 적어도 이삼 주 동안은 아무것도 못하고 감방에 갇혀 있어야 한다.

도망갈 데도 없다. 이제 13렙인 놈이 첫 도시인 오오문을 떠나서 어디로 가겠는가?

"좋았어. 가자!"

수속을 마친 구오는 새롭게 걸린 막까의 현상수배서 중 가장 첫 장을 집어 들고 관청을 나갔다.

막까의 사냥을 다른 현상금 사냥꾼에게 맡길 생각은 없다.

직접 잡아 죽이고, 재판도 받게 한다. 그러면 구오가 건 현상금을 구오가 받게 되니 손실도 거의 없다.

오히려 막까가 죽을 때 떨어뜨리는 아이템을 얻어 이익을 볼 가능성이 높다.

구오는 먼저 막까가 자신을 죽인 장소로 달려왔다. 이미 막까는 없었다.

"바로 접속을 끊은 모양이지? 흠, 그렇다면 두세 시간 후에 들어오겠군."

유저들이 가장 적은 시간을 꼽으라면 일단 새벽 여섯 시에서 일곱 시 사이다.

아마 막까는 그 시간에 들어와 아이템을 모두 벗으려 할 것이다. 안 그러면 죽었을 때 떨어뜨릴 수 있으니까.

"친구가 있다면 불러서 건넬 것이고 말이야."

카오스에 걸린 사람이 가장 많이 취하는 방법이 바로 이것이다.

친구를 불러 장비를 모두 맡긴 후, 카오스가 풀릴 때까지 친구한테 맞아 죽는 것이다. 그러면 경험치 손실만 있을 뿐 템은 건진다.

단지 죽었을 때에 부활 장소로 지정한 곳은 보나마나 오오문일 테니 일단 다른 곳으로 부활 장소를 옮겨야 제대로 작업을 할 수 있다.

친구들이 있어도 그사이를 노리면 충분히 막까를 잡을 수 있는 것이다.

구오는 잠시 생각했다. 일단 나갔다가 두 시간 후에 다시 접속하는 것이 좋을까, 아니면 그냥 이대로 기다려 볼까?

"그냥 기다리자. 막까 이놈이 성질이 급하니 오래 나가 있지는 못하겠지."

구오는 한쪽에 있는 나무 위로 기어 올라가 몸을 숨겼다.

막까가 접속하기만 하면 바로 뛰어내리며 깔아뭉갤 수 있는 위치였다.

구오는 인벤에서 목검을 세 개 꺼내 들어 두 개는 등에 매달고 하나는 허리에 찼다.

인벤에서 물건을 꺼내는 데에는 시간이 들기 때문에 만약을 위해 예비 목검 세 개를 바로 쓸 수 있게 준비한 것이다.

시간이 흘렀다. 과연 한 시간도 못 되어 몇몇 유저들이 나타났다.

"내참, 막까 녀석, 그런 초보적인 사기에 당하다니 말이야."

"초보적이진 않지. 나름 참신하지 않아?"

"그렇지? 나중에 우리도 해볼까? 카카카카!"

전사 캐릭으로 보이는 놈이 말하자 다른 놈도 맞장구를 쳤다.

"그러게, 애들 삥 뜯는 것보다 재미있을 거 같은데?"

구오는 막까보다 하나도 나을 게 없는 그 친구 일행을 보며 속으로 한숨을 내쉬었다.

"양아치들이었군."

양아치, 일본 전문 용어로는 찐피라라고 한다.

그 밥에 그 나물이라는 말처럼 하나같이 건들건들하게 걷는 모양부터가 영락없는 양아치다. 그야말로 막까의 친구처럼 생겼다.

구오는 목검을 두 손으로 꾸욱 잡고 마음의 준비를 했다.

슈욱!

공간이 일그러지며 사람의 형상이 나타났다. 실루엣만 봐도 알 수 있었다.

막까다.

생각과 동시에 몸이 먼저 움직였다. 목검을 든 구오는 그야말로 바람처럼 몸을 날려 뛰어내림과 동시에 그 힘을 모아 막까의 머리를 내려쳤다.

휘익, 빡!

"앗! 이놈 뭐야?"

막까가 나타난 것을 보고 막 다가가려던 양아치 일당이 놀라 멈춰 섰다.

"저놈이 그놈 아냐?"

"저, 저거, 사람이냐? 뭐가 저렇게 빨라?"

주변 놈들이 뭐라고 하든 구오는 죽어라고 막까만 깠다.

막까는 자기 이름처럼 맞았다.

막까의 직업은 순찰자. 나중에 암살자나 궁수가 되기 위한 1차직이다. 공격력은 강하지만 방어력이 낮고 피도 적다.

접속을 하자마자 머리부터 발끝까지 휘몰아치는 공격. 필살기는 없었지만 피가 파파팟 빠지니 막까는 제대로 정신을 차리지도 못했다.

특히 처음 머리를 얻어맞았을 때 치명타가 터졌다.

스턴 효과가 자동으로 걸려 주변에 별이 핑핑 돌며 몸을 움직일 수 없게 되었다. 알고 보면 막까의 급소 중 하나가 머리 꼭대기였던 것이다.

"이 쉐끼, 그만 하지 못해!"

퍽!

뒤늦게 정신을 차린 막까의 친구들 중 하나가 검으로 구오의 등을 찍었다. 그러나 구오는 피하려 하지 않고 그냥 몸으로 버텼다.

"나 죽이면 너도 카오다. 알지?"

구오의 외침에 다시 공격을 하려던 놈이 흠칫 놀라 뒤로 물러섰다.

구오는 카오가 된 막까만 공격했기에 아직 일반 상태이다.

그런 구오를 공격해서 이미 보라돌이가 된 막까 친구는 카오스 얘기가 나오니 공격할 엄두가 나지 않는 모양이다.

그사이 구오는 목검이 부러져라 휘둘렀다. 현실에서 수련을 한 사람의 장점이 이럴 때 나왔다. 스킬은 몰라도 평타의 속도가 남다른 것이다.

뿌직!

얼마나 때렸는지 정말로 목검이 부러졌다.

그러나 구오는 당황하지 않고 바로 등에 걸고 있던 목검을 꺼내며 그 동작 그대로 막까의 정강이뼈를 찍었다. 그야말로 물 흐르듯 자연스러운 공격이었다.

그렇게 구오는 숨 쉴 틈도 주지 않고 두들겨 팼다.

"이게 막타다!"

뻑!

구오가 아래에서 위로 목검을 올려치자 검끝이 막까의 턱에 걸렸다. 막까의 몸이 그 힘에 의해 뒤로 넘어갔다. 막까의 몸은 회색으로 변해 있었다.

투투툭 하는 소리와 함께 막까의 검과 흉부 갑옷, 그리고 팔뚝 보호대가 떨어졌다.

"아싸, 세 개!"

구오는 번개처럼 바닥에 주저앉아 떨어진 템들을 챙겼다.

막까를 죽인 것이 구오이기 때문에 아이템 획득 권한도 당연히 그에게 있다.

'뭐 굳이 서두를 필요는 없지만, 저놈들이 마음이 변해 달려들 수도 있으니 조심해서 나쁠 건 없겠지.'

　사실 졸지에 당한 일이라 대응을 못했을 뿐이다. 잘 생각해 보면 처음 구오가 나타나 막까를 죽이기 시작했을 때, 막까의 친구들이 대신 죽이면 해결이 되었을지도 모른다.

　지금이라도 카오스 상태를 각오하고 구오를 죽인 후 구오가 부활하는 사이에 템을 맡기고 카오스 상태 해지 작업을 할 수도 있다. 구오가 템을 줍기 전이라면 막까가 떨어뜨린 아이템을 지킬 수 있는 유일한 방법이다.

　물론 그러려면 그들 중 하나가 경험치 손실과 카오스의 부담을 져야 한다.

　하지만, 너무 급작스러워서인지 그럴 만한 의리가 없는 것인지 구오가 템을 다 챙길 때까지 달려드는 사람은 없었다.

　템을 다 챙긴 구오는 서서히 자리에서 일어나 씨익 하고 웃었다.

　나 건드리면 어떻게 되는지 봤지? 하는 눈빛에 막까의 친구들은 자신도 모르게 움찔하며 시선을 피했다.

　구오는 당당한 걸음으로 오오문 도시로 돌아갔다. 아까 그가 건 현상금을 도로 되찾으러 가는 길이었기에 발걸음이 한결 가벼웠다.

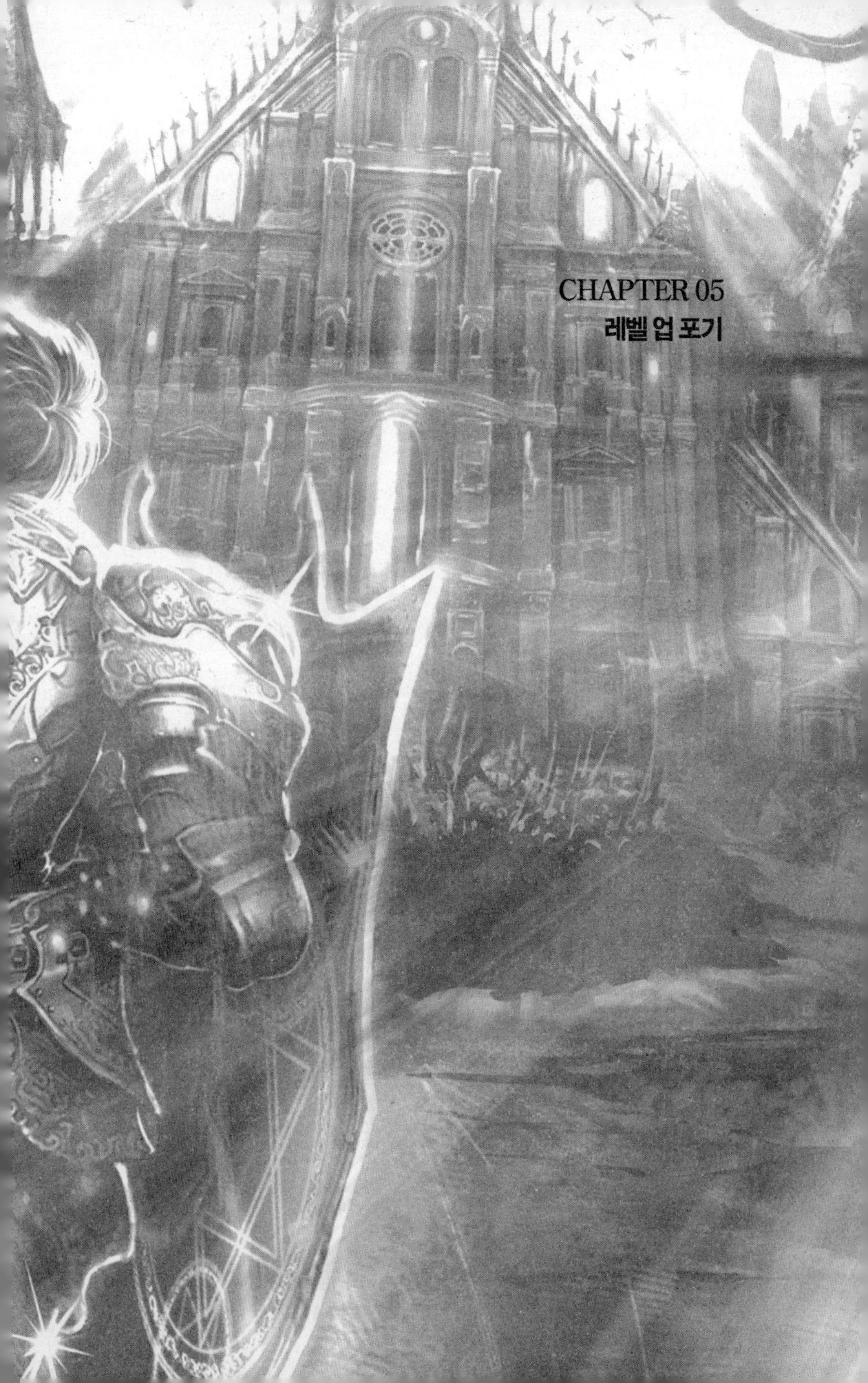
CHAPTER 05
레벨 업 포기

WAR
LORD
워로드구오

막까는 의외로 돈이 많은 놈이었나 보다. 바로 배상금을 물고 풀려나 버렸다.

그 덕분에 구오는 자신이 건 현상금을 자기가 탔을 뿐 아니라, 다시 네 배에 해당하는 배상금도 받았다.

참으로 쏠쏠한 수입이다.

그러나 진정한 희열은 막까가 죽으면서 떨어뜨린 검과 흉부 갑옷, 그리고 팔뚝 보호대를 감정했을 때 느꼈다.

Item

무인양품 소드

등급:레어
형태:오리엔트 롱소드

제한:10레벨 이상, 전사, 순찰자, 반 제국에서 생성한 캐릭이거나 오리엔트 소드 사용 기술 습득.
기본 대미지:30—50
기본 치명도:70
부가 옵션:대미지 20 증가, 치명도 20증가

설명:예로부터 반 제국의 병기 제조술은 대륙에서 손꼽히는 수준을 자랑한다. 특히 오리엔트 소드라 불리는 검들은 반 제국에서만 생산되는데 마법적인 능력과 비전의 제조술이 필요하다.
이 검은 유명한 장인에 의해 만들어진 것은 아니지만 품질만큼은 누가 봐도 명품의 반열에 들어갈 만해 무인양품(無印良品)이란 이름으로 불린다.

"오옷, 역시 레어!"

모양을 보고 혹시나 했는데 정말로 10레벨 최고 무기라 불리는 무인양품 검이다.

원래 레어템은 바닥에 떨어지면 파란 빛을 내기 때문에 쉽게 알아볼 수 있다. 하지만 구오는 레어템을 처음 보는지라 주우면서도 이게 정말 레어템인지 확신할 수가 없었다.

감정을 해보니 역시 레어템이 맞았다. 이보다 더 기쁠 수는 없다.

기본적으로 초보 레벨 때 낄 수 있는 아이템은 일반 등급뿐이다. 부가 옵션도 안 붙고, 내구성이 없어서 잘 깨진다.

그러나 일단 10레벨이 되면 마법 등급의 아이템을 장착할 수 있는데 마법 등급 아이템은 부가 옵션도 있고 또 내구성이 무한이라서 한 번 구입하면 특별한 이유가 없는 한 부서지지 않는다.

하지만 마법 등급도 다 같은 게 아니라 위아래가 있다.

하급, 레어, 유니크, 에픽.

하급은 단 하나의 부가 옵션이 붙은 아이템으로 일반 잡템 다음으로 쉽게 구할 수 있다.

레어 아이템은 일단 두 개의 부가 옵션이 붙고, 기본 수치 자체도 하급이나 일반보다 뛰어나다.

그만큼 이름처럼 희귀하고 가격도 비싸다. 제조를 하는 장인들이 하급 템을 만들다가 열 번에 한 번 정도 레어 아이템을 만들게 되는데, 그걸 바로 대박이라고 부른다.

무인양품 시리즈는 10레벨에 처음으로 나오는 레어템이다.

20렙 제한 템, 30렙 제한 템, 40렙 제한 템이 있긴 하지만 레어템의 기본 수치는 10렙 높은 아이템과 비슷하고 또 부가 옵션도 두 개 붙으니 30렙제 하급 템에도 뒤떨어지지 않는다.

그것도 치명율이 높아 인기가 최고인 오리엔트 소드 레어다. 이건 50렙까지 무리없이 쓸 만한 무기인 것이다.

"훗, 막까 이놈이 무리했군."

갑옷과 팔목 보호대도 레어는 아니지만 하급 템이었다. 하지만 막까가 순찰자여서 금속 갑옷을 못 입기 때문에 가죽 갑옷이다.

구오는 무기만 빼고 다른 템들은 모두 팔았다.

그러고 나니 주머니가 두둑했다. 스킬북을 사고도 갑옷을 모두 맞출 수 있을 만한 돈이다.

"잘됐군. 이걸로 난 1레벨 필드에서 닥사를 안 해도 되는 거지. 후후훗."

막까 때문에 손해 본 3일이 순식간에 보상받는 기분이었다.

"참, 일단 클린치도 버그 신고는 해야지."

클린치가 처음 걸린 이후 효과가 지속되어도 카오 성향에는 전혀 영향을 안 미친다는 것도 버그라 볼 수 있다. 왜냐하면 다른 지속성 대미지 마법은 그렇지 않기 때문이다.

구오는 버그 처리 요정인 세요를 소환해 이 사실을 물었다. 그러나 세요는 웃으며 말했다.

"신고해 주셔서 정말 감사해요. 그런데 안타깝게도 그건 보름 전에 이미 신고한 분이 계시네요. 다음 패치에서 수정되니 참고하세요."

"윽, 역시 늦었군요."

하기야 이 사실을 안 것도 게시판에 올라왔기 때문이 아닌가. 게시판에 글을 올린 사람이 버그 신고를 했을 것이다.

어쨌든 복수는 끝나고 달콤한 수익도 얻었다.

그러나 문제가 끝난 것은 아니다. 복수는 복수를 부른다. 이제는 막까가 구오를 노릴 것이다.

"막까, 지금쯤 이놈이 나 죽인다고 찾아다니겠지? 그놈 혼자면 상관없는데 안타깝게도 혼자가 아니란 말이야."

그때 모인 사람만 해도 다섯 명이다. 어쩌면 더 있을지도 모른다.

"어떻게 할까?"

그냥 얼굴에 철판을 깔고 필드에 나가? 죽이면 그냥 순순히 맞아 죽은 후에 신고를 하는 게 상수다.

하지만 꼭 그게 좋지만은 않다. 일단 구오의 성격상 그러고 싶지도 않았다.

"음, 당분간 그놈들, 피해 다녀야 하나?"

사실 구오가 막까에게 한 짓은 악질적인 피케이 유도다. 구오는 원한을 갚은 거라 생각하지만 막까 쪽은 정말 이를 갈고 있을 것이다.

끝까지 싸운다? 그것도 나쁘진 않다.

"그래, 한번 시작된 싸움인데 끝을 봐야지."

두두둑!

구오는 손가락을 꺾으며 마을 입구 쪽으로 발걸음을 옮기려 했다.

그런데 그 순간, 구오의 머릿속에 번개처럼 스치고 지나가는 생각이 하나 있었다.

"아니지. 이게 아니란 말이야."

구오는 머리를 세차게 흔들었다.

"난 그런 양아치들하고 비비려고 게임을 하려는 게 아니거든. 나에겐 그레이트한 야망이 있는데 저 렙부터 쓸데없이 싸움만 하면서 시간을 소비할 수는 없어."

구오는 초심을 되새겼다.

그가 목숨 걸고 사부에게서 도망친 이유가 무엇인가?

바로 가상공간에서 월드스타가 되겠다는 꿈 때문이다.

그레이트 게이머 구오(Great Gamer Guo)!

나는 더 지존에서 랭커가 되어 수많은 유저들의 선망의 대상이 될 것이다. 뉴스의 가상공간 레저란에 일번 화제로 나오고, 더 지존.넷의 대문에 기사가 실릴 것이다.

유명 연예인들과 쇼프로에 초대되어 게임에 대한 이야기를 하고 각종 선전에도 출연한다.

세계가 나 구오란 캐릭을 주목하게 만들 것이다!

"그래, 막까는 이제 무시하자. 그놈은 내 야망의 여정에 잠시 스쳐 지나간 길거리의 자갈돌인 거야."

문제는 어떻게 무시를 하는가에 있다. 지금 10레벨 사냥터에 나가면 틀림없이 막까와 마주치게 될 것이다.

반대로 10레벨 사냥터에 안 나가면 레벨 업을 할 수가 없다.

그럼 또 고 레벨이 되어 유명해지겠다는 꿈과는 멀어진다.

결국 막까와의 일은 어떤 식으로든 매듭을 지어야 하는 건지
도 모른다.

　"아니지. 꼭 고 렙이 되어야 유명해지는 것은 아니거든."

　갑자기 구오의 머릿속에 한 가지 그림이 그려졌다.

　유명해지기 위해 고 레벨이 되는 것이다. 그러나 꼭 고 레
벨이 되었다고 해서 유명해지는 것은 아니다.

　반대로 고 레벨이 아니라고 절대로 유명해질 수 없다는 법
은 없다.

　"그래, 한 달 정도는 투자해 볼 가치가 있어."

　구오의 입가에 미소가 지어졌다. 생각대로만 된다면 나름
인망과 명성을 얻을 수 있다는 확신이 점점 커져 갔다.

　"가자."

　결심을 한 구오는 그 길로 전사학교로 가서 관련 스킬북을
모두 샀다.

　확실히 10레벨 유저들이 1레벨 필드로 앵벌이를 올 만큼
스킬북은 비쌌다. 이걸 정상적으로 다 사려면 15레벨 정도까
지는 거의 여유없게 살아야 한다고 게시판에 쓰여 있었다.

　준비가 끝난 구오는 도시 뒷문으로 조용히 빠져나갔다.

＊　　＊　　＊

　한편, 구오가 오오문 도시를 떠난 줄 모르는 막까는 동료들

을 모두 동원하여 10레벨 필드 전체에 감시망을 깔아놓았다.

"내 그놈을 게임 접을 때까지 죽인다!"

막까는 이를 갈며 말했다.

"조심해. 또 그러다 카오 될라."

"상관없어. 어차피 암살자로 갈 거니까."

막까는 턱에 걸고 있는 복면을 손가락으로 가리키며 말했다. 피케이를 할 때 얼굴을 가린 상태면 죽은 유저는 관청에 신고를 할 수 없다. 관청에 신고하려면 최소한 복면을 벗겨야 하는 것이다.

몸에서 풍기는 오러는 카오스의 표식을 나타내지만 순찰자의 기술인 은신을 쓰면 숨을 수 있다. 또 동료들이 보호를 해주니 웬만하면 죽지도 않을 것이다.

장비도 비싼 거는 다 벗었다. 완벽하게 피케이 세팅을 한 셈이다.

"그래 봐야 그놈이 저항을 안 하면 별로 잃는 게 없잖아?"

옆에 있는 또 다른 동료가 말했다.

"저항할걸. 그놈이 싸움을 좀 한 놈이었어. 그냥 맞다가 죽을 놈은 아니지."

막까는 웃었다.

"흐흐흐, 만약 그놈이 저항을 안 한다고 해도 난 얻는 게 있지. 피케이 포인트가 올라가니까 말이야."

피케이 포인트는 피케이를 얼마나 많이 했는가를 말해주

는 수치다. 한 명 죽이면 1포인트를 얻는데, 50레벨에 암살자가 되려면 최하 100포인트가 되어야 한다.

또 암살자가 되면 피케이 포인트가 명성 포인트로 직결되기 때문에 높으면 높을수록 좋다.

막까는 구오를 백 번 죽일 생각이었다.

카오스 상태가 되면 정말 나쁜 일만 있는 것은 아니다. 일단 카오스 상태가 되면 유저를 죽였을 때 경험치가 들어온다.

자신보다 10레벨 아래의 유저는 죽여도 소용없지만 구오는 지금 10레벨이니 막까가 19레벨이 될 때까지 죽이면 포인트와 경험치가 들어온다.

"그놈은 절대 10레벨에서 못 벗어난다. 내가 백 번 죽일 때까지 말이야. 그러니 협조 좀 하라고."

"알았다. 어차피 우리도 15렙까지는 여기서 사냥을 해야 하니까 그놈 나오면 바로 알려주지."

"흠, 그럼 나도 막까하고 같이 그놈이나 죽일까? 어차피 나도 암살자로 갈 거니까 말이야."

"그것도 나쁘진 않겠는데? 하하하하!"

막까 일파는 구오 백 번 죽이기 계획을 세우고 필드에 구오가 나타나기만을 기다렸다.

그러나 구오는 게임을 접었는지 아무리 기다려도 10렙 필드에 모습을 드러내지 않았다.

막까 일파는 모두 물먹었다.

　　　　　*　　　　*　　　　*

　“여전하군.”

　구오는 눈앞에 펼쳐진 익숙한 필드 광경에 그리움을 느꼈다.

　1렙 때는 그렇게 여기서 사냥을 하고 싶었다. 그러나 10렙들의 닥사에 밀려 결국 몹 한 마리 제대로 잡아보지 못하고 연못가로 가야 했다.

　그렇다. 구오가 온 곳은 바로 초보자 사냥터였다. 하지만 저 렙은 거의 없고 10렙들만 뛰어다니며 몹이 생성되자마자 한 방에 죽이고 있었다.

　“아, 드디어 여기서 몹 잡네. 어서 잡자.”

　“정말 여기서 앵벌이하면 스킬북하고 장비 빨리 맞출 수 있어?”

　“그렇다잖아.”

　옆에서 일단의 무리가 지나갔다. 그들 역시 갓 10레벨이 되어 이곳에 앵벌이를 하러 온 유저들인 듯하다.

　구오는 크게 심호흡을 한 번 하고는 마을로 들어갔다. 그리고는 목재소에서 적당한 나무판을 하나 샀다.

　구오는 거기다 검은 잉크로 큼지막하게 글을 썼다.

초보자 사냥터를 초보자에게 돌려줍시다.

우리가 여기서 사냥하면 초보자들은 갈 데가 없습니다.

나무판에 막대기를 하나 다니 표지판 완성이다. 구오는 그 것을 들고 필드로 나갔다.

두 손에 표지판을 든 구오는 목청껏 외쳤다. 내용은 표지판에 쓴 바로 그대로였다.

"초보자 사냥터를 초보자에게 돌려줍시다! 우리가 여기서 사냥하면 초보자들은 갈 데가 없습니다!"

사람들이 힐끗힐끗 구오를 쳐다보았다. 구오는 주변의 시선을 아랑곳하지 않고 필드 전체를 돌아다니며 계속 외쳤다.

몇 시간이나 필드를 돌아다니며 계몽운동에 몸을 바친 구오는 슬슬 2차 계획을 시작했다.

그건 바로 각개격파!

구오는 사냥을 하는 10렙들 중 개중 마음이 약해 보이는 사람에게 갔다.

그리고 표지판을 들고 그 사람 앞을 얼쩡거렸다.

그러자 그 사람은 움찔하며 사냥을 멈추고 구오에게서 살살 멀어져 갔다.

"저기요."

"앗! 저, 죄송해요. 제가 꼭 여기서 사냥을 하려 했던 건 아니고요, 그냥 남들이 다 해서요. 안 할게요."

말만 걸었는데 알아서 사과한다. 착한 사람이다.

구오는 웃으면서 말했다.

"저야말로 죄송합니다. 전직하면 여기서 앵벌이를 하는 게 좋다는 것은 저도 알거든요. 하지만 제가 저 렙 때 너무 고생을 해서요. 가능하면 다른 초보 분들에게는 좀 편하게 레벨을 올렸으면 하거든요."

"예, 저도 그때 고생했어요. 그래요. 조금 느리더라도 그냥 10레벨 사냥터에서 사냥을 하는 게 옳지요."

그는 순순히 필드를 떠났다.

"개시가 좋군."

구오는 일이 잘될 것 같은 기분이 들었다.

그 뒤로도 구오는 사냥을 하는 사람들을 하나씩 공략해 나갔다.

일본의 유저들은 기본적으로 예의를 중시하고 마음이 약한 편이었다. 열 명에게 말을 걸면 일고여덟 명은 미안하다고 말하고 필드를 떠났다.

구오는 다시 크게 외쳤다.

"우리는 모두 초보 레벨 때 고생을 했습니다. 그렇다고 해서 지금 초보 레벨에게도 고생을 하게 하시겠습니까? 불과 며칠 전에는 여러분이 피해자였습니다. 그걸 보상받기를 원하십니까, 가해자가 되시렵니까? 누군가는 손해를 각오하고 악순환을 끊어야 합니다. 죄송합니다. 제발 여러분께서 악순환

을 끊는 용기를 내주십시오. 우리는 고생했지만, 우리 이후의
초보들은 조금이라도 편하게 게임하게 해줍시다!"

접속 시간 내내 돌아다니며 외치고 각개격파를 하니 이제
는 제법 사람이 줄었다.

남은 10레벨 유저 중 대부분들도 구오를 살살 피해서 구석
쪽으로 이동했다.

필드에 몹이 하나씩 생겨났다. 나오자마자 사라지던 토깽
이가 오랜만에 동료들의 얼굴을 확인하고는 앞발로 인사를
하게 되었다.

그러자 저 레벨 유저들이 하나둘 나와 필드에서 사냥을 하
기 시작했다. 그들은 구오 근처로 와서 고맙다고 인사를 했
다.

아직까진 몹이 충분히 많지는 않지만 이제는 퀘스트 정도
는 쉽게 수행할 정도다.

"오늘은 여기까지인가."

구오는 게임을 끝낼 시간이 다가옴을 느끼고 마을 입구 쪽
으로 걸어갔다.

그런데 구오의 등 뒤에서 한 사람이 말을 걸었다.

"저기, 구오님은 레벨 업 안 하십니까? 보아하니 오늘 하루
종일 그러고 다니신 거 같은데요."

구오가 보니 전사로 보이는 남자였다. 키는 약간 작은 편이
지만 어깨가 떡 벌어진 것이 다부진 인상이었다.

머리 위를 보니 당삼이라는 이름이 반투명하게 나타났다.

"예, 당분간 렙 업은 포기하려고 합니다."

"그럼 그걸 계속하시려는 겁니까?"

"예. 한 달 정도 렙 업 안 한다고 큰일 나는 건 아니니까요."

"흠, 한 달이라……."

당삼은 잠시 고민하다 손을 내밀었다.

"지금 나가시려고 마을 가는 거죠? 그럼 그 표지판 좀 빌려주십시오."

"예?"

"전 아직 두 시간쯤 더 할 수 있으니 그동안 제가 하죠. 제 친구들이 좀 있는데 어떻게든 구오님이 다시 접속하실 때까지 이어지도록 해보겠습니다."

"아, 그러실 필요는 없는데요."

구오는 조금 당황했다. 그가 생각한 변수 중에 이런 건 없었다. 그러면서도 속으로는 역시 세상엔 아직 좋은 사람이 많다는 생각이 들었다.

당삼은 의지에 찬 눈빛으로 구오를 정면으로 바라보며 정중하게 다시 말해왔다.

"아니요. 제가 부탁드리는 겁니다. 사실 저도 아까 앵벌이 하러 왔었는데, 구오님 말씀이 옳은 것 같아서 동참하려는 겁니다."

“에고, 안 그러셔도 되는데…….”

“아뇨. 이것도 나름 재미있을 것 같으니 동참하게 해주십
시오.”

당삼이 재차 부탁하니 구오는 거절하기가 애매했다. 결국
구오는 그가 든 표지판을 당삼에게 넘겼다.

“그럼 저는 이만 가보겠습니다. 표지판은 또 만들면 되니
무리하지 마시고 조금 하다가 들어가세요.”

“하하, 그렇게 하겠습니다.”

메시지가 들리자 구오는 웃으며 승낙을 했다.

이걸로 구오가 접속을 하면 당삼은 바로 알게 된다. 반대로
당삼이 접속해도 마찬가지로 구오에게 메시지가 뜬다.

구오에겐 첫 친구다.

“그럼 수고하세요.”

구오는 인사를 하고 마을로 돌아갔다.

*　　　*　　　*

슉, 슉, 슉!

티슈가 상자로부터 뽑혀 허공으로 날아올랐다. 이제는 백

발백중. 집중만 하면 휴지 정도는 얼마든지 뽑을 수 있게 되었다..

"후후훗, 이제 곧 넌 죽음이야."

무는 휙 하고 고개를 돌려 준호를 보았다. 티슈 수련을 끝낸 무는 방바닥에 떨어진 티슈를 집어 모두 쓰레기통에 넣었다.

원래 깨끗한 것을 좋아하는 무는 방 안이 어질러진 것을 그냥 볼 수 없었다. 거기에 티슈를 쓰레기통에 넣는 것도 하나의 수련이 된다.

다시 깨끗해진 방 안을 둘러보며 무는 만족한 듯 미소를 지었다. 이 훈련은 더 이상 할 필요가 없다. 그녀는 미리 계획해놓은 다음 단계를 실행하기로 했다.

"이제 드디어 벽치기를 연습할 수 있겠다!"

무는 벽의 모서리 쪽에 가서 섰다. 그리고는 손을 들어 손바닥으로 벽을 때렸다.

휘익!

"아, 어렵네."

무는 곧 생각처럼 쉽지 않다는 것을 깨달았다. 티슈를 뽑는 것과 손바닥으로 벽을 때리는 것과는 하늘과 땅처럼 큰 난이도의 차이가 있다.

무는 일단 차분하게 집중을 하고는 손바닥으로 벽을 밀었다.

탁!

벽에 손이 닿았다. 그러나 조금 힘을 주려고 시도하니 곧

숙 하고 손이 벽 속으로 들어가 버렸다.

"힘이 없어. 힘을 너무 주면 오히려 안 돼. 휴지나 겨우 들 정도의 힘 가지고는 암것도 못하잖아!"

문제는 그것만이 아니다. 벽을 때리려면 손바닥이 벽에 부딪치는 순간 집중을 해야 하는데, 이게 정말 어렵다.

차분하게 정신집중을 해도 될까 말까 한 상황에 순간 집중이라니. 어쩌면 불가능한 게 아닌가 하고 생각될 정도다.

"어떻게 하지?"

이런 식으로는 한 달은커녕 두세 달이 지나도 원하는 목표에 도달할 수 없다. 차라리 준호가 깨어나는 것을 기다리는 게 빠를지도 모른다.

"아니야. 꼭 내 힘으로 깨우고 말 거야."

무는 다시 한 번 다짐했다. 뭔가 처음에 준호를 만나려 했던 심정과는 점점 멀어져 가고 있었지만 이제는 아무래도 좋았다.

무는 곰곰이 생각해 보았다. 아무래도 두들겨 패서 깨우는 건 좀 무리다. 일 년쯤 뒤에는 가능할지도 모르지만 그사이 이 사람이 딴 데로 가버리거나 그냥 깨어날 가능성이 더 크다.

"아웅, 수가 없나?"

무는 다시 준호가 들어가 있는 캡슐을 보았다. 저 캡슐이 문제다. 아무리 봐도 저 캡슐이 안에 들어간 사람을 깨어나지 않게 하는 것 같다.

"귀신 방지용 상자인가?"

어쩌면 귀신을 느끼지 못하게 하는 장치일지도 모른다. 어쨌든 간에 캡슐이 문제다.

"그렇지! 저게 전기 기기니까 스위치를 끄면 되잖아."

드디어 무는 해결책을 생각해 내었다. 캡슐 한쪽에 붙어 있는 전원 스위치가 그녀의 눈에 들어온 것이다.

"저거 켜고 끌 정도까지만 힘을 키우면 되는 거야. 그러면 이 인간을 깨울 수 있어."

새로운 목표! 그것도 근시일 내에 달성 가능한 목표가 생겼다. 무의 눈이 투지로 불타올랐다.

"꼭 깨워서 확실하게 기절시켜 주겠어."

무는 두 주먹을 꾸욱 쥐고 부르르 떨었다. 그러다가 생각이 났다는 듯이 한쪽에 있는 거울로 가서 자신의 모습을 확인했다.

"역시 이 모습은 너무 귀신같지 않아."

당연하다. 준호가 오기 전까지 무는 어떻게 하면 사람이 자신을 보고 조금이라도 덜 놀랄게 할 수 있을까를 생각했다. 그런 만큼 최선을 다해 귀신답지 않은 귀여운 모습을 하려고 애썼다.

하지만 이제는 아니다. 무섭게 보여야 한다.

슉!

어느새 무의 손에는 반투명한 머리끈이 들려 있었다. 무는 그 끈을 머리에 질끈 묶었다.

손으로 머리도 약간 흐트러뜨렸다.

"으음, 약간 모자라. 앗! 맞아! 이거다!"

무는 얼른 머리카락 한 가닥을 입에 물었다. 얼굴을 살짝 가리며 내려진 머리카락이 입에 물려 아래쪽으로 뻗은 것이 훨씬 귀신답다.

"자아, 이제 이렇게 하면……."

동그랗고 큰 눈을 애써 가늘게 뜨고 살짝 옆쪽을 향해 째려본다. 나름 효과가 있어 제법 매섭게 보였다.

다음에는 두 손을 살짝 들어 어깨 높이에서 손가락만 늘어뜨린 자세를 취했다.

"이히히히히히."

무는 내친김에 입을 옆으로 길게 벌려 웃어보았다. 거울을 보니 자신이 보기에도 섬뜩한 모습을 한 처녀귀신이 이쪽을 보며 웃는다.

"에헷, 이거야! 이 정도면 됐어."

활짝 웃는 바람에 귀신 표정이 망가져 버렸다. 무는 정색을 하고 다시 한 번 똑같은 표정을 지어보았다.

"이히히히, 이거면 확실히 기절이다!"

어차피 몇 초면 끝날 일, 저 괘씸한 남자가 기절할 때까지는 얼마 걸리지 않을 것이다.

"그래도 혹시 모르니까 몇 번 더 연습하자."

무는 원래의 표정으로 돌아왔다가 다시 무서운 귀신의 표정 만들기를 몇 번이나 더 시도했다. 나중에는 거울을 보지 않고 표정을 지은 후 휙 돌아보았다.

"엄마얏! 나 진짜 무섭다!"

거울에 비친 자신의 모습에 깜짝 놀라 비명까지 질렀다. 그러고 나니 성공을 확신할 수 있었다. 스스로의 표정 연기에 합격점을 준 무는 곧 다시 특훈에 임했다.

스위치, 그것을 움직이는 날 이 남자는 지옥을 보게 될 것이다.

무의 집념은 거의 원령 수준이었다.

준호가 온 뒤로 그녀는 정말 조금도 쉬지 않았다.

무는 아직 깨닫지 못하고 있지만 요즘 그녀는 외롭거나 심심하다고 느낀 적이 없었다. 나름 바빴다.

* * *

다음날 구오가 다시 접속을 하니 필드에서 웬 여자가 표지판을 든 채 계몽운동을 계속하고 있었다.

"당삼님의 친구인가? 정말 계속 이어서 하고 있었나 본데."

구오가 다가가니 상대도 구오를 알아보고 다가왔다. 머리 위를 보니 링링이라는 이름이 나타났다.

검은 머리를 길게 땋아서 양쪽으로 둥글게 말아 올렸는데 상당히 귀여운 얼굴이었다. 얼굴뿐 아니라 약간 마른 체형이 거의 모델 같고, 또 종아리가 무척 가늘고 길었다.

"안녕하세요. 구오 오빠죠? 전 당삼 오빠 여동생인 링링이 에요."

"아, 안녕하세요. 그런데 정말 계속하고 있었나 보네요?"

구오가 묻자 링링은 당연하다는 듯이 손을 허리에 얹은 채 당차게 말했다.

"그럼요. 당삼 오빠가 약속을 했잖아요."

"정말 감사합니다."

구오는 허리를 굽혀 정중하게 인사를 했다. 그 모습에 링링 은 당황한 표정으로 고개를 붕붕 저으면서 그런 구오를 말렸 다.

"아니에요. 구오 오빠는 정말 훌륭해요. 참, 말 놓으세요. 저 열여섯밖에 안 돼요."

"으응, 그럴까?"

링링은 그녀가 말한 것처럼 아직 소녀티가 묻어나는 모습 이었다. 웃는 얼굴을 보니 상당히 귀여운 게 아니라 진짜 최 고로 귀엽다. 연예계로 진출하면 국민여동생이라고 불릴지 도 모른다.

"링링도 전사인가 보네?"

"예, 제가 권법을 좀 배웠거든요. 그래서 나중에 무도가로 전직하려고요."

전사가 50레벨이 되면 기사나 무도가, 혹은 검투사로 승급을 할 수 있다.

현실에서 무술을 한 사람들은 아무래도 무도가로 전직하는 것이 유리하다는 것이 현재 더 지존.넷의 정설이다.

"그럼 당삼님도 무술을 했니?"

생각해 보니 당삼의 몸놀림도 범상치 않았다. 구오는 살짝 물어보았다.

"예, 오빠는 팔극권 사범 자격도 있어요."

"음, 그렇구나."

"구오 오빠도 무술 했지요?"

"응, 조금 했어."

"조금이 아닌 것 같아요. 헤헤헤."

고수는 고수를 알아본다. 구오가 보기에 링링 역시 상당한 수련을 한 것으로 보였다.

"아무튼 수고했어. 이제는 내가 할게. 링링 넌 가서 놀아."

"그럴게요. 하다가 심심하면 귓말 주세요."

띠링, 링링님이 친구 등록 신청을 하셨습니다. 승낙하시겠습니까?

"승낙."

두 번째 친구가 생겼다. 링링은 손을 두어 번 흔들어 작별 인사를 하고 필드 밖을 나갔다.

구오는 피식 웃고는 계속해서 어제 했던 일을 했다.

그렇게 며칠이 지나니 당삼의 친구들과도 모두 친구 등록을 하게 되었다.

구오는 당삼을 형으로 부르기로 했다.

당삼의 나이는 삼십이었는데 알고 보니 요코하마에 사는 화교—중국이 아닌 외국에서 사는 중국인—였다. 요코하마에는 차이나타운이 있는데, 그곳에서 요리사를 하고 있다고 한다.

"한번 먹으러 와라. 내 한턱 낼 테니까."

"오옷, 정말요? 꼭 갈게요."

구오는 다음 달 생활비가 나오면 가겠다고 약속했다. 당삼은 공짜라고 했지만 선물이라도 사가야 한다고 생각했다.

당삼 일행 말고도 아는 사람이 제법 많이 생겼다. 특히 1레벨 유저들이 5레벨쯤 되어 초보자 필드에서 연못가로 갈 때에는 대부분 구오에게 고맙다는 인사를 했다.

그들은 구오가 레벨 업을 포기하고 이곳에서 상주하는 걸 직접 보았다.

처음엔 모르고 그냥 갔다가 나중에 게시판에서 원래 이곳이 어떤 식으로 돌아갔는지를 안 후에 다시 찾아와 인사를 하는 사람도 있었다.

그러면서 친구 등록 신청을 하는 사람이 꽤 있었다. 며칠이 지나자 구오의 친구 리스트에 수십 명이나 되는 캐릭이 등록

되었다.

"후훗, 나쁘지 않아."

구오는 그가 생각했던 대로 일이 진행되자 혼자 웃었다.

사람들은 초보 때에 받은 작은 도움을 잊지 못한다. 반대로 초보 때에 짜증나는 일을 겪으면 그 기분 나쁜 기억이 상당히 오래간다.

레벨은 좀 나중에 올려도 된다. 구오는 자신의 체력이 남들보다 몇 배나 된다는 것을 이미 알았다. 연속 여덟 시간의 접속 시간을 자랑하는 초인 체력!

레벨 업은 한번 마음먹고 집중해서 돌리면 순식간이다.

중요한 것은 인망!

최고의 유니크 아이템은 친구란 말이 있다. 며칠 시간을 투자해서 많은 친구를 사귀었으니 이건 확실한 대박이다.

"좋아, 내 한 달을 채운다."

구오는 결심을 굳혔다.

CHAPTER 06
10레벨의 영웅

WAR
LORD
워로드구오

　　며칠이 더 지났다. 구오가 초보자 필드의 계몽운동을 시작한 지 거의 2주가 지날 무렵, 드디어 더 지존.넷에 구오에 대한 기사가 떴다.

　　이런 사람을 국회로 보내야 합니다.

　　이것이 게시 글 제목이다.
　　내용은 구오가 처음 나타나 활동을 시작한 이후 초보 유저들이 얼마나 편해졌는지에 대해 상세한 설명과 과거 비교를 곁들여 자세히 서술해 놓았다.

몇 시간 지나지 않아 수백 개의 리플이 달렸다.

오옷, 그런 용자가 있었다고?

　　　　　　　　　　　　　　　　　　　　　　　　　　　—준지.
짱이다. 정말 국회로 보내고 싶다.

　　　　　　　　　　　　　　　　　　　　　　　　—내사랑연아.
참, 오지랖도 넓네. 걍 대충 살면 되잖아. 그 시간에 렙 업을 하
겠다.

　　　　　　　　　　　　　　　　　　　　　　　　　—폭주기사.
위에 폭주기사님, 남이 렙 업도 포기하고 착한 일 하는 게 바
보 같아 보여요? 세상 그렇게 삐뚤어진 시선으로 보지 마요.

　　　　　　　　　　　　　　　　　　　　　　　　　　—세리스.
맞아요. 구오님처럼 행동하는 게 쉬운 일은 아니죠.

　　　　　　　　　　　　　　　　　　　　　　　　　　　—돈돈.
멋지다 ♥_♥

　　　　　　　　　　　　　　　　　　　　　　　　　—나이쁘.

"반응이 장난 아니네. 흐."
이건 정말 생각외다. 예상한 것보다 훨씬 대박이라는 기분
이 들었다. 레벨 10에 더 지존.넷의 오늘의 베스트 게시물의 주
인공이 되었으니 이미 약간은 유명인이 되었다고 할 수 있다.
구오는 야망에 한 걸음 더 다가간 기분이 되었다. 잠시 쉬

면서 인터넷 검색을 끝낸 구오는 다시 표지판을 들고 계몽운
동을 계속했다.

그런데 얼마 지나지 않아 일단의 무리가 초보자 필드로 들
어왔다.

"구오, 이놈의 자식. 여기 숨어 있었구나!"

"어, 너 왔냐?"

막까와 그의 친구였다. 게시판을 보자마자 뛰어온 듯하다.
유명인이 되는 것이 좋은 일만은 아닌 모양이다.

이미 기억 속에서 막까와의 은원 관계를 지운 지 오래인 구
오는 손으로 뒷머리를 긁으며 말했다.

"너도 꽤 질긴 성격이구나."

역시 가해자는 쉽게 잊어도 당한 자는 절대 못 잊는 것일
까? 구오는 이 일을 어떻게 해결할까 잠시 고민했다.

그러나 막까는 구오가 고민할 여유도 주지 않고 바로 공격
을 가해왔다.

휙!

구오는 살짝 공격을 피하고 물었다.

"싸울 거냐?"

"죽일 거다. 크흐흣."

번쩍, 퍽!

맹타 스킬은 피할 수 없다. 파란 불꽃이 구오의 몸에 박혔다.

221.

확실히 게 껍데기 갑옷의 방어력은 나쁘지 않다. 구오는 맞으면서 갑옷의 위력을 새삼 느꼈다.

"덤벼, 이 새끼야!"

막까가 외쳤다.

"싫다."

구오는 도망을 가려 했다.

일단 마을에 들어가서 그다음에 대충 대화로 해결하고 싶었다. 사랑과 평화를 부르짖는 계몽운동을 오래해서 그런지 이곳에선 싸우고 싶지 않은 것이다.

그러나 구오가 몸을 빼려는 것을 막까의 동료들이 그냥 보고만 있지는 않았다.

"속박."

마법사의 발 묶기 마법이 시전되자 땅에서부터 덩굴 같은 것이 올라와 구오의 다리를 꽁꽁 휘감았다.

"윽."

"맹타!"

퍽, 243.

아까보다 더 대미지가 들어왔다. 그래도 구오는 씨익 웃으며 두 팔을 넓게 벌렸다.

"죽이고 싶으면 죽이든가. 카오의 쓴맛을 아직 덜 봤나 보지?"

"흥, 그렇게 나온단 말이지?"

막까는 예상외로 구오가 반항을 하지 않고 순순히 죽으려 하자 약간 당황했지만 이런 경우도 다 생각해 두었다.

퍽퍽퍽!

역시 맹타 러쉬에 버티는 장사는 없다. 구오는 죽었다.

하지만 그것으로 구오는 마을로 돌아올 수 있었다. 구오는 마을 입구로 가서 막까에게 외쳤다.

"이젠 어떻게 할 건데?"

"나와! 이 새끼야!"

"싫거든."

아무리 패널티가 없어도 죽는 건 별로 기분이 좋지 않다. 그리고 카오가 된 사람은 일반 유저를 죽였을 때 경험치를 받게 된다는 것도 알고 있다.

그리고 지금 막까는 복면을 쓰고 있다. 신고도 못하게 작정하고 온 게 뻔하다.

괜히 나가서 죽어줄 이유가 없는 것이다.

구오는 마을 입구에 주저앉아서 경비병이 피워놓은 모닥불에 말린 고기를 굽기 시작했다.

"천천히 고기나 좀 구워 먹다가 너희들 가면 나갈게. 계속 기다릴 거면 기다리든가."

나는 한 명, 저쪽은 열 명.

나는 렙 업 포기파, 저쪽은 열렙파.

구오는 작은 목소리로 흥얼거렸다. 2주 전이었다면 이렇게 여유롭게 대처하지 못했을 것이다. 그는 원래 성격이 급하고 지는 걸 못 참는 성격인 것이다.

하지만 일단 레벨 업을 포기한 채 이곳에서 2주 정도 지내다 보니 자신도 모르게 세상을 여유롭게 보는 시각이 생겼다.

구오의 여유로움은 막까파에겐 곧 도발 행위라 할 수 있었다.

이미 카오가 된 막까는 인상을 팍 쓰며 이를 갈았다.

"그렇게 나온단 말이지?"

막까는 동료들에게 눈짓을 했다. 그러자 동료들 중 몇 명이 일제히 주변에 있는 초급 몹들을 때려잡기 시작했다.

"뭐 하는 거지?"

"흥, 네놈이 여기서 헛소리를 한다고? 어딜 그런 씨알도 안 먹히는 소리를 다 하면서 착한 척하는 거냐!"

"윽, 착한 척한 거 들켰나?"

고수는 고수를 알아보듯이 악당은 악당을 알아보는 걸까? 구오는 찔끔한 기분이 되어 작은 목소리로 중얼거렸다.

그러는 사이 막까의 동료들은 계속해서 필드의 몹들을 죽여 나갔다. 초보자 필드에서 몹들이 빠른 속도로 사라져 갔다.

"이봐, 너희들은 그거 죽여도 템 안 나오잖아? 무슨 그런 쓸데없는 짓을 하는 거냐?"

"흥, 상관없다. 네놈이 나올 때까지 여기선 아무도 사냥 못 한다!"

"흠, 그럼 나한테 손 못 대는 화풀이를 초보 유저들에게 하는 거냐?”

“그렇다. 우리가 괜히 악당인 줄 아냐!”

“어휴, 찌질한 놈들.”

이놈들은 즐초딩이다. 그런 식으로 행동하면 자신들에게 어떤 결과가 온다는 걸 전혀 생각 못하는 걸까?

준호는 고개를 절레절레 저으며 자리에서 일어났다. 그리고는 검을 손에 쥔 채 밖으로 걸어나갔다.

“나 나왔다. 됐지?”

막까는 이를 드러내며 웃었다.

“흐, 죽으러 나왔군.”

“아니, 이제는 순순히 안 죽을 거다. 공짜 경험치 먹을 생각은 버리고 덤벼봐라.”

“이 자식, 아직도 정신을 못 차렸군. 내가 지금 몇 렙인지 아냐? 나 17렙이다.”

“꽤 올렸네? 난 10렙이다. 그러니 쫄지 말고 덤벼봐라.”

“죽어랏!”

막까는 분노로 눈이 뒤집혀 다시 맹타를 사용하려 했다. 그런데 구오가 약간 먼저 스킬을 사용했다.

적이 스킬을 사용하려는 순간을 포착하고 먼저 기술을 거는 것. 그건 구오가 현실 공간에서 익힌 무술의 요령이다.

“클린치.”

꼬옥!

일단 클린치가 성공하자 막까가 쓴 맹타가 실패해 버렸다. 순간 구오는 막까로부터 떨어지며 위로 뛰어올라 검으로 막까의 정수리를 내려쳤다.

파악!

"컥!"

"역시 머리 위가 약점이지? 내 저번에 너 잡을 때 한눈에 알아봤다."

일반적으로 정수리는 공격하기 참 힘든 지점이다. 하늘 위에서만 공격이 가능하니 막까도 신경 써서 지정을 한 셈이다.

그러나 구오의 도약력은 일반인의 상상을 벗어난 수준이다. 마음만 먹으면 정수리가 아니라 막까를 뛰어넘어 엉치뼈도 공격할 수 있다.

파파파팍!

막까가 약점에 치명타를 맞고 스턴에 걸리자 구오는 다시 몸을 날리며 연속적으로 막까의 정수리를 네 번이나 공격했다. 그러다가 땅에 착지하며 발로 막까의 배를 차니 상대는 힘의 작용에 의해 허리를 앞으로 굽혔다.

"강격!"

빡!

"커어억!"

구오의 무기는 치명타율 높기로 유명한 오리엔트 롱소드이다. 옵션에도 치명타 업이 붙어 있다.

그걸로 약점을 때리니 다섯 번 치면 한 번은 치명타가 터졌다.

막까는 충격으로 그 자리에 주저앉았다. 그의 피가 녹아내리듯이 좌아악 빠졌다.

막까는 카오 상태에서 죽었을 때를 대비해서 그렇게 좋은 장비를 끼지 않았다.

반면에 구오는 어쨌거나 게 껍데기 갑옷을 풀 세트로 입고, 무기는 오히려 30렙 수준이다.

"1렙일 때 10렙은 넘사벽이지만, 10렙은 17렙 잡을 수 있거든? 그리고 내가 든 무기가 무려 무인양품이다, 이놈아!"

"으으으, 이 쉐끼!"

구오가 든 검이 무엇인지 막까가 모를 리가 없다. 꽤 무리를 해서 구입한 자신의 검이니까. 막까는 거의 죽기 직전이 되어 구오를 노려보았다.

그러거나 말거나 구오는 마지막 일격을 화려하게 장식하기 위해 맹타를 사용했다.

"맹타!"

파삿!

구오의 검에서 파란 불꽃이 나갔다. 그런데 그보다 약간 먼저 막까의 피가 쑥 하고 차올랐다.

막까의 동료 중 치유사 하나가 급히 하급 치유 마법을 건 것이다.

그 결과 막까는 죽지 않았다.

"칫."

구오는 얼른 몸을 뒤로 뺐다. 좌우로부터 막까의 동료들이 달려들고 있었다.

그러나 역시 더 지존에선 아무리 몸이 빨라도 필살기까진 피할 수 없었다.

"속박."

발이 묶였다.

"몸통박치기!"

퍽!

구오는 넘어졌다. 몸통박치기는 위력은 강격보다 좀 약한 대신 상대를 넘어뜨리는 부가 효과가 있다.

그래도 넘어지는 바람에 속박이 풀렸다. 구오는 얼른 땅에 몸을 굴리며 자리에서 일어났다.

그사이 막까의 피는 거의 절반이 넘게 차버렸다.

카오스에게 치유나 강화 마법을 걸면 상당히 진한 준 카오가 된다. 하지만 그들은 이곳에서 자신들을 죽일 만한 레벨이 없다고 확신하고 있기에 별로 신경 쓰지 않았다.

"막까! 계속 싸워! 뒤는 염려하지 말라고!"

"음냐, 나보고 죽으란 거냐?"

구오는 이 싸움이 이기기 어렵다는 것을 깨달았다. 막까를 이기려면 동료들도 같이 잡아야 하는데 15렙 이상 캐릭이 하나 둘도 아니고 열이다.

그리고 결정적인 건 동료들을 공격하면 구오도 준 카오가 된다. 카오인 막까와 싸우는 것과는 다른 이야기다.

구오는 일단 막까와의 싸움에 전념했다. 도망을 가려 해도 마법사가 속박을 걸면 발이 묶이니 곤란하다.

역시 다굴엔 장사가 없는 것일까? 이럴 땐 현실 공간이 그리운 구오였다.

현실이라면 열 명 정도는 닭싸움 자세로도 한 대도 안 맞고 다 처리할 자신이 있는데, 이놈의 필살기가 뭔지 여기선 둘도 힘들다.

싸움이 계속되니 확실히 구오에게 불리했다. 피가 모두 회복된 막까는 구오의 공격을 피하려 하지도 않고 마냥 맹타를 써댔다. 완전 힐러 있다고 유세를 하는 듯했다.

구오는 필사적으로 순간 클린치로 맹타를 봉쇄하고 반격을 가했지만 역시 하나도 안 맞을 수는 없다. 클린치 기술 자체도 실패 확률이 있기 때문에 그러면 아주 제대로 맞는다.

이제 구오의 피는 오분의 일밖에 남지 않았다. 이번 아니면 다음번 공격에 죽을 것 같았다.

"기분 더럽네."

아이템은 떨어뜨리지 않아도 경험치 손실은 있다. 또 막까는 오히려 경험치를 벌 테니 두 배로 기분이 나쁘다.

반대로 막까는 기분이 좋다 못해 흥분을 한 모양이다.

"크하하하, 이 쉐끼. 내가 네놈 게임 접게 한댔지!"

"아니. 좀 죽는다고 게임 안 접어."

애들이 왜 이리 유치할까? 이것이 양아치의 한계인가? 구오는 이제 막까에게 동정심까지 느꼈다.

퍽 하는 소리와 함께 구오의 피가 거의 바닥까지 빠졌다. 다시 맹타가 터진 것이다.

그런데 그때, 마을 쪽에서 링링이 달려나오며 외쳤다.

"이봐, 너희들! 왜 구오 오빠를 괴롭히고 지랄이야!"

"넌 뭐야!"

링링의 목소리에 소리치며 고개를 돌리던 막까 일당 중 하나의 눈이 확 커졌다.

"휘유, 예쁜데?"

"엉? 정말이네!"

"어디어디! 으흐흐흐, 정말이잖아!"

처음 링링을 발견한 놈은 어느새 그녀 앞에 서 있었다. 링링의 얼굴을 확인한 다른 동료들도 얼른 링링 앞을 막아섰다. 순식간에 구오를 둘러쌌던 사람들이 링링 쪽으로 우르르 몰렸다.

"어이, 저쪽은 신경 쓰지 말고 우리랑 놀자. 우리가 여왕님 대우해 줄게."

처음 발견한 놈이 건들거리는 모습으로 링링에게 말을 걸며 한 걸음 다가섰다. 여성을 희롱하는 불량배의 전형적인 모습이다.

"저리 안 비켜!"

퍽!

링링은 두려워하는 기색 없이 오히려 발로 앞을 가로막은 녀석을 찼다. 제대로 된 앞차기였지만 레벨 차이 때문인 듯 그리 큰 대미지를 주지는 못했다.

오히려 먼저 공격한 대가로 링링의 몸에 보라색 오러가 생겨났다.

링링에게 한 대 맞은 놈은 의외의 반응에 놀란 듯했으나 곧 다시 능글맞게 웃으며 가깝게 다가섰다.

"엇, 사람 치네? 야, 너, 성깔있구나?"

"일단 도망 못 가게 막아. 보라돌이니까 템 떨어뜨리잖아."

"키키키! 너, 우리랑 놀래, 아니면 죽어서 템 떨어뜨릴래."

아주 가관이다. 뒷골목 불량배와 거의 다를 바 없다.

"이것들이!"

링링은 화가 머리끝까지 치솟은 표정으로 주변 놈들을 노려보았다. 현실에서 실력을 가지고 있기에 그녀는 이런 양아치를 겁내지 않았다.

타다다닥!

순식간에 몇 번의 발길질이 막까 일당을 치고 지나갔다. 이것이 정말 현실이라면 강력한 일격에 최소 반은 쓰러졌을 것이다.

"훗, 귀엽군. 너도 무술 했냐?"

"그래도 대미지 나오는 걸 보니 전업은 했나 본데?"

"아서라. 그러다 다칠라."

막까 일당 중 넘어진 이는 하나도 없었다. 오히려 가소롭다는 듯 링링을 향한 포위망을 점점 좁혀왔다.

"치잇."

링링은 짜증스런 소리를 냈지만 속으로는 당황했다. 여기는 게임 속이다. 현실과는 다르다.

'렙 차이를 깜박했어. 한 명 정도는 어떻게 할 수 있을 것 같지만 그 이상은 무리야!'

그 한 명도 치유사가 없을 때의 이야기다. 저쪽엔 치유사에 마법사까지 있다. 한마디로 제대로 된 고 렙 파티다. 아무리 링링이 무술에 뛰어나다고 해도 저 렙의 전사 혼자 감당할 수 있는 파워가 아니다.

"크크크, 쟤가 네 여친이냐? 넌 일단 죽어라. 나도 쟤랑 얘기 좀 해야겠다."

구오 앞에 남아 있던 단 한 명, 막까가 웃으며 말했다.

순간 구오의 눈에서 감정이 사라졌다. 사람의 눈이 아닌 괴물의 그것처럼 묘한 기운을 날카롭게 흘렸다.

막까는 움찔하며 스킬을 쓰려다 멈췄다.

"결국 끝을 봐야 하는 거군. 네놈들이 접든가, 내가 접든가."

소란이 벌어지면서 주변에는 초보 유저들이 모여들어 웅성거리고 있었다. 막까는 구경꾼들이 자신이 물러선 것을 보았다는 사실에 자존심이 확 상했다.

"이런 개 쉐끼, 사람 놀라게 하고 난리야!"

욕설을 섞어 외치고는 화를 내며 다시 맹타를 쓰려 했다.

그때 주변에서 상황을 보던 초보 유저들 중 한 명이 외쳤다.

"벼룩의 눈곱만큼 회복!"

팟 하는 소리와 함께 구오의 머리 위로 녹색 숫자가 떠올랐다.

10.

그걸 본 다른 초보 유저들도 모두 외쳤다.

"벼룩의 눈곱만큼 회복!"

"벼룩의 눈곱만큼 회복!"

"벼룩의 눈곱만큼 회복!"

10, 10, 10, 10, 10, 10, 10……

이곳은 초보자 필드, 마을 수호상의 영향을 받는 곳. 초보자 마을의 수호상이 주는 혜택은 유저들에게 다섯 가지 기초 기술을 쓰게 하는 것이다.

기초강격, 화살명중강화, 웅크리고 잔디와 동화하기, 얼음구슬, 벼룩의 눈곱만큼 회복.

하급 회복 마법의 맛보기 버전인 벼룩의 눈곱만큼 회복은 10점의 생명력을 회복시켜 준다. 참으로 별볼일없는 치유 마

법이지만 둘러싼 모든 사람이 계속해서 사용하니 이야기가
달라졌다.

구오의 생명력이 주욱 차올랐다.

"구오님, 그 양아치를 잡아요!"

처음 치유 마법을 쓴 사람이 외쳤다. 이십대 후반 정도로
보이는 누님 캐릭이었다. 구오는 얼른 그녀의 머리 위에 떠오
른 이름을 기억했다.

상큼청춘.

'누님, 나중에 이 신세 갚을게요.'

마음속은 은혜를 기억하고, 손은 원한을 푼다. 구오는 한결
여유로운 마음으로 다시 공격 자세를 잡았다.

코앞에서 구오의 생명력이 회복되자 막까는 이를 갈며 외
쳤다.

"이익, 이건 또 뭐야! 야, 니들, 뭐 해?"

상황이 심상치 않음을 알았는지 링링 쪽을 막아섰던 막까
일당이 다시 방향을 틀어 뒤쪽으로 합류했다.

구오는 무인양품 소드를 두 손으로 쥐고 크게 외쳤다.

"강격!"

파각!

강격은 맹타보단 대미지가 약하고 무조건 명중도 아니지
만 일단 성공하면 10초간 상대의 방어력을 약화시킨다. 구오
는 강격으로 시작해서 상대의 방어력을 깎고 그 뒤에 평타로

연속 공격을 먹이는 전법을 썼다.

그사이에도 필드 곳곳에서 더 많은 사람들이 몰려들고 있었다. 바글바글한 숫자의 초보 유저들이 구오와 막까 일행을 중심으로 일정한 공간을 가득 채웠다.

구오는 화려한 몸놀림으로 막까를 연신 공격했다. 가끔 필살기를 맞아도 피가 닳는 것과 동시에 사방에서 힐이 들어온다.

문제는 막까도 힐러를 달고 있다는 점이다. 구오가 깎은 피가 허무할 정도로 금세 복구되었다.

이대로라면 도저히 끝이 나지 않는다. 구오는 큰 타격을 주고 살짝 물러서면서 크게 외쳤다.

"저를 도와주실 거면 힐러부터 따세요! 저 힐러, 보라돌이라서 죽으면 템 떨어뜨립니다!"

"앗, 정말!"

"저 힐러, 준 카오네?"

"그 옆에도 준 카오들이야!"

초보 유저들의 눈빛이 변했다. 안 그래도 울컥하는 마음이 있었는데, 운이 좋으면 대박 보상도 생길 가능성이 있단다.

"웃기지 마라! 1렙들이 감히 개길 거냐!"

"뭐야, 님아. 1렙 무시하남요?"

때를 맞춘 막까의 실언이 초보 유저들의 분노에 불을 질렀다. 그들은 일제히 손가락을 총 모양으로 만들어 치유사를 겨

냥했다.

"얼음구슬!" ×30

따따따따따따따따딱!

8, 9, 6, 3, 7, 9, 5, 8, 7……

"어어억!"

비록 10점짜리 공격 마법이지만 군중의 힘은 무서웠다. 마법이라 다가가서 칠 필요도 없으니 더욱 몰아치기 좋았다.

치유사의 전신에 파란 구슬이 기관총처럼 가서 박히니 정말 어어 하는 사이에 치유사가 죽어버렸다.

툭!

"템 떨어뜨렸다!"

유저 중 한 명이 앞으로 달려나와 치유사의 몸에 손을 댔다. 재수 좋게 구슬 한 방을 더 시전해서 그에게 획득 권한이 돌아간 모양이다.

"이놈들이! 죽으려고 환장했나!"

그때야 막까의 동료들이 화난 표정으로 주변의 초보 유저들을 공격하기 시작했다. 치유사를 공격한 초보 유저들은 모두 몸에서 보라색 오러를 뿜고 있었다.

그러나 성난 군중의 힘은 꺼지질 않았다.

"너야말로 죽으려고 환장했냐!"

"얼음구슬!" ×50

그사이 초보 유저들이 더 모여들었다. 죽은 유저들도 바로 달려나왔다.

얼마 못 가 필드 안의 유저들이 대부분 이쪽으로 달려왔다. 대부분 4렙 이하의 초보 유저들이고, 태반이 기본 장비인 내복만 입고 있지만 그 수가 수백 명에 달했다.

"아, 씨발! 뭐 이리 많아!"

"어디서 욕하고 난리야? 구슬에 맞아 죽어봐라."

그렇게 막까의 동료들은 하나하나 얼음구슬에 파묻혀 회색이 되었다.

개중에는 흥분해서 아무나 공격하다 아직 보라색이 안 된 유저를 때린 놈도 있었다.

초보 유저답게 한 방만 제대로 맞으면 죽으니 실수는 곧 카오를 부른다. 그러면 또 죽으면서 아이템을 우수수 떨어뜨렸었다.

"봤냐? 저게 초보 유저의 힘이다."

구오는 웃으면서 막까에게 말했다.

초보 유저들은 아무도 막까를 건드리지 않았다. 막까는 구오의 몫이라고 생각하는 듯했다.

막까는 이미 기가 죽어서 더 이상 공격을 하지 못하고 뒤로 조금씩 물러났다.

"으으으."

"도망 못 갈걸. 지금 주변에 사람이 몇인데. 하하하!"

맑은 목소리로 한 번 웃어준 구오는 무인양품 소드를 머리 위로 치켜들었다.

"강격!"

5분도 안 돼서 모든 상황이 정리됐다. 막까의 친구들은 한 명도 남김없이 회색이 되어 사라졌다.

아마 그들의 영혼 귀환 장소는 오오문 도시일 텐데, 그쪽에서 부활해도 감히 다시 올 생각은 못하리라.

"짜식들, 초보라고 우습게 보더니 꼴좋다!"

"그럼 수고하세요."

"자, 다들 득템하세염~"

힘을 합쳐 고 렙을 해치웠다는 사실에 초보 유저들은 모두 환하게 웃는 얼굴로 서로 인사를 나누었다. 무언가 보람있는 일을 했다는 듯 살짝 흥분한 사람도 있었다.

그렇게 인사를 나누며 하나둘 자리를 떠나니 어느덧 바글바글하던 주변이 한산해졌다.

'우와, 그 많은 유저들이 순식간에 없어졌네!

마을을 둘러싼 초보자 필드의 넓이가 실감되는 순간이다. 구오는 흐뭇한 얼굴로 주위를 둘러본 후 다시 팻말을 손에 들었다. 그리고는 아무 일도 없었다는 듯 평소와 같이 계몽운동을 위해 움직이기 시작했다.

"아까는 감사했습니다."

"뭘요. 구오님 덕에 우리가 얼마나 편해졌는데요."

어차피 필드를 돌아다니며 외치는 일인지라 초보 유저들

을 만나게 된다. 구오는 그들을 그냥 지나치지 않고 꼬박 감사의 말을 건넸다.

구오의 인사를 받은 초보 유저들은 더욱 기쁜 표정으로 답례를 해왔다.

만약 저들이 엔피씨라면 곧바로 이런 시스템 메시지가 나타났을 것이다.

사람의 심리란 게 묘해서 도움을 받았을 때보다 도움을 주었을 때 더 큰 기쁨을 느끼게 된다. 동시에 친밀감도 급격히 상승하니 구오는 그 자리에서 열 명이 넘는 친구 등록 요청을 받았다.

거기에 구오가 어느 정도 유명인사라는 점도 한몫을 했다. 이미 게시판에서 잘 알려진 인물이 웃으면서 인사를 하니 무언가 더 뿌듯하다.

'그 누님 아이디가 상큼청춘이었지?

구오가 처음 계몽운동을 이끌었듯이 초보 유저들의 단합을 이끌어낸 것은 상큼청춘이다. 이런 일을 그냥 지나치면 예의가 아닌 법. 구오는 상큼청춘에게 귓말을 보냈다.

[아까는 정말 감사했습니다. 덕분에 살았어요.]

그러자 마치 기다렸다는 듯 곧바로 답변이 왔다. 아니, 사실 기다렸는지도 모른다. 굳이 대가를 바라지 않더라도 원래 사람의 심리란 게 비슷하지 않은가?

[그놈들이 또 오면 말씀하세요. 아예 수색대를 조직해서 무한 척살해 버리죠.]

헉, 내용이 걸작이다. 겉모습과 전혀 달리 상큼청춘은 상당히 과격한 성품의 소유자인 듯했다.

'이거야 완전 열혈 협객풍의 누님이시네!'

구오는 등에 식은땀이 약간 흐르는 느낌을 받으며 즉시 답글을 보냈다.

[하하하, 그렇게까지 할 필요는 없을 것 같습니다.]

'다들 망설이는 상황에서 과감하게 나설 수 있는 사람은 드물지. 좀 과격하신 것 같긴 하지만 참 호탕한 누님이니 친해져도 좋을 것 같군.'

구오는 상큼청춘을 높게 평가했다.

이후 몇 번의 귓말이 오간 후 구오가 신청하여 친구 등록을 했다. 사실 구오로서는 스스로 친구 신청을 한 건 처음 있는 일이다.

필드 전체를 한 번 돌면서 계몽운동과 함께 감사 인사를 주욱 돌린 구오는 일단 마을로 돌아왔다.

마을에 도착하자 링링이 기다렸다는 듯이 달려왔다. 얼굴이 발그레하게 상기된 것이 꽤나 흥분한 표정이다. 구오 앞에 도착한 링링은 살짝 주위를 살피더니 작은 목소리로 말했다.

“구오 오빠, 나 대박 났어요.”

“응? 너도 뭐 먹었어?”

링링은 고개를 끄덕이더니 사람들이 없는 곳으로 구오의 손을 잡아끌다시피 하며 움직이기 시작했다. 아무래도 꽤 좋은 템을 주운 듯, 다른 사람들의 시선을 꺼리는 태도였다.

일단 유저들이 없는 곳에 이르러서야 구오는 링링의 손에서 벗어날 수 있었다.

“뭔지 모르지만 축하한다.”

구오는 일단 웃으면서 인사를 건넸다.

“헤헤헤, 오빠, 제가요, 오늘 세 명이나 잡았거든요?”

“아, 맞다. 넌 10렙이지?”

이런 식으로 난타를 치게 되면 가장 많은 대미지를 준 사람에게 획득 권한이 간다. 초보 유저들 사이에 10렙 한 명이 끼어 있으니 당연히 획득 권한이 그쪽으로 몰릴 수밖에.

“근데요, 글쎄, 이런 걸 떨어뜨리잖아요. 푸히히힛.”

“윽! 뭐냐, 그 괴상한 웃음소리는?”

“일단 보라니까요. 내가 이렇게 안 웃게 생겼나.”

링링이 양손에 하나씩 내민 아이템은 커다란 할버드와 체인메일이었다. 그런데 이게 파란색으로 빛나고 있었다.

“허걱, 레어?”

“그렇다니까요. 걔네들 부잣집 아들내민가 봐요.”

“이야, 너 이제 보니 축캐구나?”

축캐란 축복받은 캐릭터의 준말이다. 반대로 저주캐도 있다.

구오는 허리에 찬 무인양품 소드를 보았다가 다시 링링의 손에 든 아이템들을 보았다. 그는 막까를 잡아 검을 하나 얻었는데, 링링은 셋을 잡아 두 개를 얻은 셈이다.

링링은 얼른 체인메일을 입고 손에 할버드를 들어 자세를 취해 보였다. 과연 레어답게 디자인이 좋았다.

"어때요? 어울려요?"

"할버드가 네 키보다 큰데, 쓰는 데 불편하지 않을까?"

"청룡도 쓰는 요령으로 쓰면 되죠, 뭐. 전사학교 가서 기본 동작 좀 배우고요."

"그래, 그게 낫겠다."

오오문의 전사학교에서는 교관들이 각종 무기의 기본 사용 동작을 가르친다.

그걸 몰라도 스킬을 쓰는 데에는 지장이 없지만 평타엔 영향을 미치기 때문에 새로운 형태의 무기를 쓰려면 아무래도 며칠간 동작을 연습하는 것이 좋다.

말을 타거나 마차를 모는 것도 다 가르치는 사람이 있어서 배울 수 있다. 특히 승마는 상당한 시간이 걸린다고 한다.

그나마 다행인 게 어느 정도는 시스템적으로 쉽게 보정이 되고, 또 승마에서 가장 무서운 사고인 낙마를 당해도 유저는 죽거나 다치지를 않는다.

현실에서보다는 훨씬 대담하고 빠르게 배울 수 있다.

링링이 오오문으로 떠나고, 구오도 비씨피가 떨어질 때까지 초보자 필드를 돌아다니다가 현실로 돌아와 학교에 갔다.

그런데 그날 오후, 더 지존.넷에 이번 사건에 대한 기사가 실렸다.

제목은 1레벨의 반란.

(전략) 이렇게 구오님을 괴롭히던 나쁜 유저들이 괜히 초보자 필드의 몹을 죽이니 참다못한 구오님이 죽을 걸 각오하고 그들 앞에 섰습니다. 자기가 죽는 것은 참아도 애꿎은 초보 유저들에게 피해가 가는 것은 못 참겠다는 것이죠.

그런 구오님을 그들은 조롱하듯 죽이려 했습니다.

하지만 이들의 만행은 결국 초보 유저들의 분노를 사고야 말았습니다.

순식간에 내복만 입은 유저 수백 명이 모여(사진 1 참고), 단합된 모습으로 구오님을 치료하고 또 십여 명의 고 렙 침입자들을 처리하는 모습은 그야말로 필자가 게임을 시작한 이후 최고로 감동적인 광경이었죠.

(중략)

이제 우리 초보 유저들은 더 이상 10렙의 횡포에 시달리지 않아도 됩니다. 우리는 우리가 충분히 싸울 수 있는 힘이 있다는 것을 알았거든요.

아시겠죠? 초보자 필드에 10렙이 들어와 사냥을 하면 그냥 둘러싸서 얼음구슬 던지세요. 반격하면 더 좋지요. 템도 떨어뜨릴 테니까요. 이쪽은 죽어도 별거 없어요. 기껏해야 초보자 옷이나 떨어뜨릴까? 그거 싫으시면 걍 옷 벗고 내복만 입은 채 싸우시면 되는 거예요.

(후략)

—게시자 상큼청춘.

"어, 상큼청춘 누님이 글 올렸네."

준호는 일단 예의상 추천을 한 방 눌러줬다. 이런 자유 게시물에 추천이 많이 찍히면 게시자에게 여러 가지 상품이 전달된다.

또 인기 게시물을 많이 올려 이름이 알려진 사람은 정기 기고자가 되어 훨씬 더 많은 혜택을 받게 된다.

가상공간 게임 사이트의 정기 기고자가 되면 웬만한 잡지사나 신문사의 기자 시험엔 거의 통과할 정도의 부가 가산점을 얻게 된다는 소문도 있다.

준호가 보기에 상큼청춘 누님이 찍은 사진이나 글 솜씨가 보통이 아니다.

중요한 장면은 대부분 다 찍혀 있었고 내용도 긴박감을 유지하며 사건의 요점을 제대로 콕콕 찍어서 재미있게 써놓았다.

특히 마지막에 초보 유저들이 힘을 합쳐 10레벨 닥사들을 처리하자고 선동한 것은 참신한 아이디어였다.

얼마 지나지 않아 꽤 많은 댓글이 달렸다.

그중에는 구오를 공격한 개념없는 놈들이 누구냐는 질문도 꽤 있었다.

그리고 그 아래쪽에 답글이 달렸다.

제가 그 자리에 있었는데요, 구오 오빠를 공격한 분은 순찰자인 막까고요, 같이 온 놈들은 치유사 암사만세, 전사 몸빵대세, 마법사 싹쓸이법사…….

—링링.

"허걱, 링링! 뒤끝있는 성격이었군."

정말로 링링은 한 명도 안 빼놓고 같이 온 놈까지 이름을 싹 적어놓았다. 그리고 그 뒤에 말리려는 자신을 희롱하려고 했고, 거절하자 자기도 때렸다고 눈물 표시를 섞어가며 애절하게 써놓았다.

링링의 글발 또한 장난이 아니었다.

당시 상황을 본 구오조차도 청순가련, 귀여운 소녀가 불량배들에게 핍박을 당하는 장면이 환상처럼 떠오를 정도였으니.

실제 상황에서의 당찬 대꾸는 상상도 할 수 없게 미화시켜놨는데 그게 전혀 그런 티가 안 났다.

글 자체도 제가 이렇게 했는데, 저들이 저렇게 했거든요.

아무리 생각해도 전 이런 일을 당할 이유가 없는데 정말 속상해요. 대충 이런 투이다.

그리고 결정적인 것은 링링 캐릭터의 프로필 공개 사항 중 얼굴이 나타나 있다는 점이다. 구오가 보고 감탄한 초절정 귀여운 미소를 지은 미소녀의 모습이 캐릭터 이름과 나란히 공개되어 있다.

상황 끝.

누가 보더라도 링링의 얼굴을 보고 불량한 놈들이 수작을 부린 것이 당연해 보인다. 거기에 그 당사자들은 초보자 필드에서 봉사 중인 구오를 죽이려 한 나쁜 놈들이 확실하니 그저 여죄가 하나 추가되는 데는 이의가 있을 리 없다.

링링의 글을 필두로 당시에 참여했던 초보 유저들의 리플이 달리기 시작했다. 그리고 곧바로 글을 읽은 일반 유저들의 리플이 순식간에 불어났다.

아니, 이렇게 예쁜 애를 때렸다고요? 그것도 착한 애를!

—여신만세.

개눔들이네.

—솔로일등병.

이것이 여론의 힘인가!

사람 몇 명 매장되는 건 순식간이다. 막까 일파는 얼마 못 가서 찌질이에 치한, 그리고 무개념 유저로 낙인이 찍혀 버렸다.

조금 의문을 표하는 글이 올라오기도 했지만 당시 현장에 있었다는 초보 유저들의 증언이 속속 이어지자 힘없이 사그라졌다.

처음에는 단순히 비난으로 시작한 리플은 얼마 지나지 않아 곧바로 실제적인 처벌론으로 이어졌다.

저 개념없는 놈들 절대 파티에 끼워주지 맙시다.

—리베라.
그 정도만으로 어림도 없죠. 게임을 접게 만들어야 합니다.

—열혈청년.
쫌만 기다려 보셈. 저, 우리 길드에 저놈들 척살하자구 압력 넣고 있어염.

—정의의초딩.
이러구 있을 게 아니죠. 지금 10렙대들 중 구오님 덕 안 본 사람 거의 없잖아요? 우리가 나서야죠. 저, 오늘부터 당장 그놈들 찾아 나설 겁니다.

—의리파사나이.
긴 말 안 씁니다. 찾으면 연락 주세요.

—불타는장작.
연락 주세요. 2

—단순무식.

그 아래로 숫자가 주욱 이어지는데 장난이 아니다. 막까파 일당은 유저들의 공식 수배범이 되어버렸다.

그 뒤로 독립된 게시물이 나타났다. 주로 명단에 오른 놈들을 응징했다는 글이었다.

사실 이렇게 해서 정해진 횟수만큼 죽었으면 상황이 일단락되었을지도 모른다. 문제는 사태의 심각성을 전혀 인지하지 못한 막까 일당의 다음 행동에 있었다.

욕설은 기본이고 온갖 더티한 행동을 했다는 실제 피케이 상황이 속속 게시판에 등장했다. 막까파는 죽으면서도 욕먹을 짓을 골라 했고, 그야말로 그들이 판 구덩이는 끝도 없이 깊어졌다.

"헐, 내가 손쓸 여지가 없네."

며칠간 게시판 상황을 보던 준호는 피식 웃었다. 저건 결과가 뻔하다. 새로운 캐릭을 키우지 않고서야 도저히 게임을 할 수 없을 것이다.

이 사건으로 구오는 더욱 유명해진 셈이니 준호로서는 손해 본 것이 전혀 없다. 준호는 게시판을 닫으며 막까에 대해선 이만 잊기로 했다.

그러나 이 사건은 이걸로 끝나지 않았다.

＊　　　＊　　　＊

더 지존은 여러 국가의 회사들이 연합해서 개발하고 서비스를 관리하는 대규모 시스템이다.

그중 메인이 되는 회사는 한국의 세기창조사인데 가상공간이 처음 개발된 30년 전부터 세기창조사는 항상 이쪽 업계의 선두 주자 자리를 양보하지 않았다.

세기창조사의 중역 회의실. 중앙에 앉아 있는 회장 창리오와 부회장인 스티븐을 비롯해 주요 간부들이 모두 모였다.

앞쪽에 서서 이들에게 보고를 하는 사람은 서비스 관리부장인 장인호였다.

"곧 서버 오픈 삼 개월이 다가옵니다. 이에 개발부에서는 어제부로 3차 패치의 내용을 확정, 작업에 들어갔습니다.

이번 패치의 중요한 변경은 다음과 같습니다.

장인호는 패치 내용을 일일이 설명했다. 중역진 모두가 들고 있는 보고서에도 다 적혀 있는 내용이지만 다시 설명을 하고 질문이나 지시를 들어야 했다.

중요 패치의 설명이 끝나자 다음에는 버그 수정이나 이용 불편 사항 개선을 위한 패치에 대한 설명이 시작되었다.

"그동안 가장 큰 문제가 되었던 것은 1차 전직을 한 유저들이 스킬을 이용해 초보자 필드의 몹을 독점하는 부분입니다. 이 현상 때문에 지난 두 달 동안 접속을 한 유저들 중 약 10퍼센트가 첫날 이후 접속을 안 한 것으로 집계되었습니다."

“10퍼센트라면 심하군. 치명적인 문제야.”

스티븐 부회장이 양손을 깍지 끼어 턱을 받친 채 말했다. 상당히 기분이 안 좋은 듯 표정이 굳어졌다.

장인호는 긴장한 표정으로 설명을 계속했다.

“이번 패치에 그런 점을 개선하게 되어 있으니 앞으로는 이런 손실이 없을 것입니다. 또한 패치와 더불어 선전을 강화하여 그동안 접속을 안 한 유저들이 다시 돌아오도록 최선을 다해 노력하겠습니다.”

개발 전무이사인 선지은이 고개를 저었다.

“힘들어. 게임 초기에 그런 식으로 떠난 유저는 웬만해서는 다시 하려고 않지. 적어도 일 년 정도는 지나야 돌아올걸? 그리고 이런 중요한 문제는 저번 달 패치 때 했어야 해, 서비스 관리팀의 업무가 너무 느슨해진 건가?”

선지은의 노골적인 지적에 장인호는 등에서 식은땀이 흐르는 것을 느꼈다.

할 말이 없다. 첫 달에 문제를 찾아 두 번째 달에 패치를 했다면 손실을 훨씬 줄일 수 있었을 것이다.

그걸 두 달이나 지나서 알았으니 시말서 정도가 아니라 담당자가 사표를 제출해야 될지도 모르는 상황이다.

세기창조사는 직원들이 나태하게 지내도록 하는 직장은 절대 아닌 것이다. 복지부동이라는 건 전혀 통하지 않는다.

특히 선지은은 장인호 부장의 직속상관으로 10년 이상을 같이 지냈기에 그녀의 얼굴만 봐도 장인호는 기가 죽었다. 그래도 선지은의 독한 부하 교육 덕분에 장인호는 무사히 부장이 될 수 있었다.

장인호는 다리에 힘을 주어 자세를 바로 하고 목에도 신경을 써서 자신감에 찬 소리로 말했다.

"선 전무님의 지적을 전적으로 인정합니다. 이에 우리 서비스 관리부서에서는 효과적인 해결 방안을 기획했습니다."

"호, 효과적인 해결 방안이라……."

처음으로 회장인 창리오가 입을 열었다.

실수를 인정하되 그걸로 포기하는 게 아니라 최대한 복구할 방안을 제시한다. 이것이야말로 창리오가 가장 좋아하는 행동 패턴이다.

창리오의 반응에 다른 중역들도 고개를 끄덕였다.

분위기가 이렇게 흐르면 서비스 관리부서의 기획이 어느 정도 납득 갈 수준이면 더 이상 관리 소홀에 대한 책임을 묻지 않는다. 오히려 담당자는 장기적으로 볼 때 높은 평가를 받을 수도 있다.

그것이 세기창조사의 암묵적인 룰이다.

장인호는 겨우 살았다고 속으로 중얼거리며 설명을 계속했다.

"이번에 일본 서비스 지역인 반 제국에서 일어난 사건이 있습니다. 사건 개요는 다음과 같습니다. 참조하실 관련 기사는 참고 3번에 있는 1레벨의 반란입니다."

중역들은 장인호의 설명을 들으며 1레벨의 반란이라는 제목의 기사 내용을 확인했다.

"이거 재미있는데요?"

선지은이 미소를 지으며 창리오를 보았다.

선지은은 창리오의 양녀로, 이미 나이 90이 넘은 창리오가 만약 은퇴를 하면 스티븐 부회장이나 선지은에게 회장 자리를 넘겨줄 거라는 것이 회사 내의 정설이다.

선지은은 이미 장인호가 어떤 기획서를 가져왔는지 짐작하고 있었다. 원래 이 수법은 바로 그녀가 장인호에게 가르친 것이다.

장인호는 살짝 미소를 지으며 설명을 계속했다.

"구오라는 유저는 우리에게 두 가지를 제공했습니다. 하나는 바로 더 지존 내에서 경쟁이 아닌 희생정신을 통한 문제 해결 의식입니다. 그리고 또 하나는 초보자 필드의 문제점은 초보 유저들 스스로가 해결할 수 있다는 증거입니다. 이 사건은 결국 1레벨들의 힘으로 해결될 수 있는 문제입니다. 지금까지 초보자 필드가 10레벨들에 의해 점거당했던 것은 초보 유저들이 단합을 할 생각을 못했기 때문이라는 의미입니다."

"흠, 약간 억지성은 있지만 어쨌든 먹힐 만한 화제로군."

"물론 억지성이 다분합니다. 하지만 이 사건이 알려지면 알려질수록 떠났던 초보 유저들의 마음을 풀어줄 계기가 될 것으로 저희 서비스 관리부에서는 분석하고 있습니다.”

“그렇겠지. 이제는 속수무책으로 당하지 않고 오히려 고 레벨을 죽일 수도 있으니까. 속이 풀리겠군.”

이곳엔 게임 개발과 경영에 평생을 몸 바친 사람들이 모여 있다. 게임 접속자들의 심리에 대해서는 심리학자보다 훨씬 전문가적인 감각을 가지고 있다고 해도 과언이 아니다.

그들이 보기에 장인호의 주장은 틀리지 않았다.

장인호는 계속 설명했다.

“우리 회사를 비롯해 모든 국가의 서비스 관리부서에서는 이 구오란 캐릭을 영웅화시켜 최대한 전략적인 선전 모델로 사용해야 합니다. 이 캐릭의 최대 장점은 바로 아직 10레벨밖에 안 되었고, 고 레벨이 아니라도 게임 전체에 큰 영향을 미칠 수 있다는 것을 증명했다는 것입니다.”

“10레벨의 영웅이군.”

스티븐 부회장이 말했다. 그러자 장인호는 기다렸다는 듯이 브리핑 파일을 다음 화면으로 넘기며 말했다.

“그렇습니다. 부회장님께서 말씀하신 것처럼 저희는 이번 기획의 제목을 ‘10레벨의 영웅 프로젝트’라고 명명했습니다.”

“오, 부회장! 선견지명이 있었군.”

“모르셨습니까? 저는 원래 에스퍼입니다.”

회장과 부회장이 농담을 하기 시작하면 그것이야말로 극상이다. 장인호는 오늘 서비스 관리부서에 징계가 아닌 금일

봉 봉투가 소나기처럼 쏟아지는 환상을 보았다.

이렇게 구오 본인은 꿈에도 모르는 사이 세계적인 선전 프로젝트의 메인 모델로 채택이 되었다.

*   *   *

저녁 무렵, 더 지존.넷에 더 지존 서버의 총 관리 회사인 세기창조사의 공식 공지가 발표되었다.

제목은 [공지] 10레벨의 영웅을 위한 패치.

지금까지 초보자 필드에서 일어난 일들에는 저희 개발자 측의 책임이 어느 정도 있다고 할 수 있습니다.

초보자 분들이 1차 전업을 할 때까지 어느 정도 자금을 모을 수 있게 한 배려가 오히려 초보자 분들의 재미를 해치는 결과가 되었음을 인정하고 깊이 사과드립니다.

이번에 월말 정기 패치에는 이런 잘못을 바로잡기 위해 다음과 같은 수정이 있을 것입니다.

초보자 마을의 수호상의 영향력 아래에서는 다른 기술은 일절 쓰지 못하게 됩니다. 즉, 맹타에 의한 한 방 사냥은 더 이상 할 수 없게 됩니다.

또한 우리는 이런 저희 측 잘못을 자발적인 희생정신에 의한 좋은 방향으로 해결하려 노력하신 구오님에게 특히 감사를 드립니다.

　이에 저희 세기창조사를 비롯한 서버 관리 회사들은 만장일치로 이달의 유저로 구오님을 지정하고, 구오님께 이번 달 더 지존 총 순수익의 1%를 지불하기로 결정했습니다.

　마지막으로 그동안 고생하신 초보 유저들께 다시 한 번 사과의 인사를 드립니다.

—(주) 세기창조사.

　"어억, 이달의 유저!"

　구오는 자신의 눈을 의심할 정도로 놀랐다.

　이달의 유저는 세기창조사가 옛날부터 시행해 온 제도로 매달 가장 인상에 남는 행동을 한 유저를 지정하여 발표하는 제도다.

　부상으로는 그달 게임 순이익의 1%를 지불하는데 이게 장난이 아닌 금액이다.

　현대 사회에서 평범한 사람이 하루아침에 팔자를 고치는 일이 몇 가지 있는데, 그중 로또 1등 당첨과 비슷한 위치를 차지하는 게 바로 세기창조사 게임의 이달의 유저로 뽑히는 것이다.

　특히 이번 게임인 더 지존은 세기창조사만의 게임이 아닌 다국적 연합 범용 가상공간 게임이다. 규모로 볼 때 사상 최대이고, 이미 성공의 탄탄대로를 걷고 있는 상황인 것이다.

아무리 서버 초기라 선전 비용이니 뭐니 해서 투자 비용이 많이 들어간다고 해도 수익이 장난 아니라는 것은 쉽게 상상할 수 있다.

참고로 세기창조사가 가상공간 게임을 만들어 서비스를 시작한 이후 10레벨에 이달의 유저로 선정된 사람은 구오가 처음이다. 보통은 프로 게이머 중에서 선발되거나 최초로 50렙이 된 유저 등등 고 레벨에게 주로 주어진다.

구오는 덜덜 떨리는 손으로 더 지존 계정 관리창에 접속했다. 사부와 진검 대련을 처음 한 날 이후 이렇게 손이 떨리는 것은 처음이다.

> 띠링, 메시지가 387통 와 있습니다.

"뭐 이리 많아?"
구오는 일단 서버 측 메시지를 선택했다.

> 축하드립니다. 구오님께서 이달의 유저로 선정되셨습니다. 내일 계정비 지불 통장으로 상금이 지불될 예정인데, 혹시 통장 변경을 하시려면 오늘 내로 해주시기 바랍니다.
> 구오님께서 받으실 상금 액수는 1억 8천 3백 5십 2만 엔입니다.

"꾸엑! 일, 일억 팔천만 엔!"

구오는 비명을 질렀다. 지금의 그로서는 상상할 수도 없는 금액이다.

일억 팔천만 엔이면 백이십 엔짜리 캔 콜라가 몇 갤까? 계산이 안 되었다.

불과 얼마 전만 해도 집에는 불이 나고 통장엔 잔고 3백 엔이라는 처참한 상황에 처했던 구오.

그때 동네 아주머니가 위로한 말이 있다..

불이 난 후에는 다시 불길처럼 흥한다.

이거 정말 맞는 소리다.

게임을 하길 잘했다. 역시 이 길이 내 천직이었어.

구오는 눈물을 흘리며 고개를 끄덕였다.

CHAPTER 07
혹시 너 유령이니?

WAR
LORD
워로드구오

"구오 네 덕분에 나도 떴지 뭐니? 내가 쓴 기사가 거의 그대로 세계 각국에 번역되어 실렸으니까 말이야. 호호호."

상큼청춘 누님은 웃음을 참지 못하겠는지 말 한두 마디가 끝날 때마다 손으로 입을 가리고 웃었다.

그도 그럴 것이, 그녀는 더 지존.넷에 기사를 딱 한 편 올렸는데 정기 기고자 자격증을 따냈다.

그녀가 올린 기사는 '1레벨의 반란'인데, 이게 구오가 이달의 유저로 뽑히면서 더불어 더 지존을 서비스하고 있는 대부분의 국가에 번역이 되어 실렸다.

그 수입도 만만치 않다고 상큼청춘 누님은 구오에게 감사의 인사와 함께 선물을 보내왔다.

"헤에, 그럼 언니는 이제 완전 기자 된 거네요?"

링링이 초콜릿 파르페를 먹으며 물었다.

이곳은 가상공간 카페. 구오는 지금 상큼청춘 누님, 당삼 형님, 링링, 이렇게 셋을 불러 만나고 있었다.

이달의 유저로 뽑힌 것을 안 구오는 그동안 신세 진 사람들에게 가능한 한 보답을 하기로 결심했다.

이미 친구 등록이 되어 있는 모든 사람에게 레벨 대에 맞는 아이템을 선물로 보냈다. 하지만 이후에 어떻게 할 건지를 상의할 사람이 필요했다.

"그나저나 구오 너 좀 바빠지겠다. 이곳저곳에서 연락 안 오냐?"

당삼이 물었다.

"말도 마세요. 한 시간도 안 돼서 메일이 삼백 통 이상 왔다니까요."

"어머, 무슨 메일이 그렇게 많이 와? 너, 친구 많구나?"

"상큼 누님, 친구한테 온 게 아니거든요. 대부분 유명 길드들이 보낸 가입 권유서예요. 들어오면 간부 대우 해주고 접속 시간 내내 닥사할 수 있는 환경 조건에 길드장인들의 생산품 중 고급품 우선 선택권 등등, 조건이 꽤 화려하더라고요."

"오호, 하기야 이달의 유저는 아무나 하는 게 아니니까. 솔직히 너 지금 무지하게 유명해진 거잖아."

"예. 그건 원래 제가 원한 거니까 좋긴 한데요, 너무 갑자기 떠서 좀 얼떨떨하네요."

구오는 손으로 뒷머리를 긁으며 쑥스러운 표정을 지었다.

사실 이들에게는 말 안 했지만 길드 가입 정도는 귀여운 수준이고 더 황당한 것도 많았다.

길드 가입 권유에 맞먹을 만큼 많이 온 메일 내용 중 하나는 여성 유저들에게서 온 '나랑 사귈래요' 메일이다. 개중에는 아예 속옷만 입은 전신 사진을 보내온 사람도 있었다.

벗으려면 다 벗든가.

구오는 바로 그 메일을 삭제하면서 농담 반 진담 반으로 중얼거렸다.

그 외에 놀랄 만한 내용은 연예인 기획사에서 온 매니저 계약 권유서였다.

스타로 키워줄 테니 우리 기획사로 오세요. 우리 기획사에는 아이돌 가수 누구누구도 소속되어 있으니 공신력 면으로는 최고입니다 등등.

상당히 혹할 만한 내용이 많았다.

가장 황당한 메일은 바로 현 일본 수상이 소속되어 있는 제일 정당에서 온 정당 가입 권유서라고 할 수 있다.

구오님은 현 가상공간 문화의 아이콘이 될 만한 재능을 지니고 있습니다.

　이에 저희 정당에 가입하셔서 주로 청소년층의 지지율을 높이는 데에 주력하시면 머지않은 장래에 충분히 기반을 확보하실 수 있을 것으로 사료됩니다.

　국가를 위한 의회 활동에 참여하실 가능성이 충분하오니 적극적인 활동을 권유 드립니다.

　"헐, 그러니까 나보고 정말 국회로 가라고?"

　구오는 허탈한 웃음을 지으며 정중한 거절의 답신을 보낸 바 있다.

　"그래서 어떻게 할 거지?"

　구오가 잠시 딴생각을 하느라 멍해지자 당삼이 다시 물었다.

　"글쎄요. 형은 어떻게 생각하세요?"

　"적극적으로 이 상황을 이용하려면 길드를 만들자."

　"길드요?"

　"그래, 네가 길드 마스터 하면 아마 금방 사람이 모일 거다."

　"으음, 그것도 나쁘진 않겠는데요."

　사람이 모이면 곧 힘이 된다. 거대 길드의 길드장은 모두 성공한 게이머라 할 수 있다.

　단지 그걸 거대하게 키우는 게 정말 쉽지 않다. 하지만 지금이라면 그게 가능할지도 모른다. 적어도 이 근방의 유저들은 대부분 가입할 가능성이 크다.

"어머, 구오가 길드 만들면 나도 가입할게. 내 친구들도 모두 가입시키고."

상큼청춘이 바로 동의했다. 링링도 질세라 끼어들었다.

"우리 학교에는 이미 구오 오빠 팬클럽이 결성되었거든요. 오빠가 길드 만들면 모두 다 가입할 거예요. 벌써 회원 수가 백 명을 넘었거든요."

나중에 안 얘기지만 링링은 중국 권법의 고수로 여학교의 일진이라 했다. 싸움뿐 아니라 외모도 예쁘고 성격도 좋아서 학교 내에선 거의 여왕과도 같은 권력의 소유자였다.

그런 링링의 힘으로 구오의 팬클럽이 결성되자마자 삼 일도 안 되어 백 명이 넘는 회원을 가입시킨 것이다.

[애가 원래 눈매가 장난 아니게 날카로워. 그걸 수백 번 돌려서 최대한 순진하게 고친 거야. 가상공간 성형발에 속지 마.]

당삼이 살짝 귓말로 말했다. 구오는 애써 못 들은 척했다.

"어머, 여학생 팬클럽이 있다고? 너 이미 청춘스타가 된 거네?"

상큼청춘이 놀리듯 말하자 구오는 쑥스러운 표정으로 살짝 고개를 숙였다.

"쩝, 이 얼굴이 별로 미남형으로 만든 건 아닌데요."

"그게 더 개성 있잖아요. 요즘 게임에선 애들이 다 청순가

련형 꽃미남 콘셉트라서 미남은 발에 차여요.”

링링이 당당하게 말했다.

구오는 이쯤에서 말을 돌릴 필요를 느꼈다. 그는 당삼을 보며 진지하게 말했다.

“형님하고 누님께서 도와주신다면 한번 해보지요. 하지만 미리 말씀드렸지만 전 일본인이 아니라 한국인 유학생이에요.”

“그게 오히려 더 먹힐 수 있어. 국제 길드로 성장할 가능성도 있고.”

“호호호, 그러면 구오는 월드스타가 되는 건가?”

그걸로 결정되었다. 새로운 길드의 이름은 마키오라고 지었다.

일단 길드를 만들기 위해 더 지존 내의 도시에 사무실을 계약하고 길드 관리소에 등록을 했다.

초기 멤버는 구오를 길드 마스터로 하고 당삼과 링링하고 같이 게임을 하고 있는 요코하마 화교 사람들, 그리고 상큼청춘이다.

*　　　*　　　*

며칠 후, 예정대로 정기 패치가 진행되었다.

이제 구오는 더 이상 초보자 필드에서 표지판을 들고 돌아다닐 필요가 없게 된 것이다.

구오는 자기를 알아보고 손을 흔드는 사람들에게 일일이 인사하며 필드를 떠났다. 이제는 오오문 도시로 돌아가 10레벨 사냥터에서 레벨 업을 해야 했다.

그러던 중 상큼청춘이 구오에게 한 사람을 추천했다.

"내 지인 중에 쇼부란 사람이 있어. 게임 경력이 20년 가까이 된 사람인데, 상당한 고수야."

"와, 20년이요? 대단하네요."

눈치로 봐서 상큼청춘과 비슷한 나이인 것 같은데 경력이 20년이란다. 철들기 전부터 게임을 했다는 소리가 아닐까?

"응, 그 사람뿐 아니라 같이 게임을 하는 동료들도 대부분 비슷한 수준이거든. 거의 같이 게임을 하니까 말이야."

상큼청춘은 미소를 지으며 계속 말했다.

"쇼부님이 우리 길드에 가입할 생각이 있는 것 같아. 오늘 만날 시간 되지?"

"네, 괜찮아요."

"가능하면 꽉 잡아봐. 친구들이랑 같이 온다는데, 그 사람들만 끌어들여도 길드 돌리는 건 일도 아닐 거야."

"그렇게 대단해요?"

상큼청춘의 일 처리는 프로다. 구오는 그걸 피부로 느끼고 있는 중이었다. 저 누님이 저렇게 단언할 때에는 쇼부라는 사람 일행에 뭔가 있다는 뜻으로 받아들이는 게 맞다.

"뭐, 기본적으로 오늘 오겠다는 사람들 모두 50레벨을 넘겨 2차 전직을 한 사람들이야. 특히 쇼부님은 랭커라구."

상큼청춘의 말에 구오는 잠시 할 말을 잃었다. 더 지존에서 랭커는 이미 준비된 스타라 할 수 있다. 거기에 50렙이 넘는 그룹이라니?

"저기, 누님, 그런데 그 정도 되면 직접 길드를 만드시는 게 낫지 않아요? 왜 우리 같은 신생 길드에……."

지금 구오네 길드는 최고 레벨이 30레벨 정도밖에는 안 된다. 매일같이 가입자가 늘고 있지만 대부분 초보자 존에서 만난 사람들이라 아직 저 레벨인 것이다. 그런데 2차 전직자가 한 명도 아닌 한 파티라니!

상큼청춘은 이미 예상한 질문이라는 듯 씨익 웃더니 대답했다.

"그게 말야, 사실 쇼부님은 이전에 다른 게임에서 몇 번 길드를 만들어 돌린 적이 있거든. 원체 게임 경험이 많은 사람이니 안 해본 게 거의 없어."

자신이 길드를 만든 적도 있고 또 몇 번이나 대규모 길드의 간부진으로 일을 한 적이 있다고 한다.

"말하자면 영입 일순위의 베테랑 참모진인 셈이지."

상큼청춘은 그렇게 말을 맺었다.

진지한 표정으로 쇼부 일행의 경력을 듣던 구오가 입을 열었다.

“그럼 그분 길드는요?”

“그게 말이지, 나도 정확하게 사정은 모르겠는데, 자기는 길드장에게 꼭 필요한 카리스마가 모자라다나? 그래서 어느 정도까지는 잘 키우는데 그 이후엔 오히려 자기 때문에 길드가 커지질 않는대. 길드 마스터가 될 사람은 그만한 카리스마가 있어야 한다는 걸 뼈저리게 느꼈다나 뭐라나. 암튼 그런 이유로 해체했다고 하더라.”

“음, 그럼 결국 제가 마음에 들면 가입하겠다는 건가요?”

“오호홋. 역시 눈치가 빠르구나!”

상큼청춘은 의미심장한 표정으로 웃었다.

그날 쇼부와 그 친구 일곱 명이 길드용 사무실로 찾아왔다. 상큼청춘은 서로 소개를 시켜놓고는 자신이 할 일은 다 했다는 듯 방관자의 자세로 돌변했다.

“구오님은 이번에 게임을 처음 시작했다고 들었습니다만.”

인사가 끝나자마자 먼저 말을 꺼낸 것은 쇼부였다. 그는 흔히 일본 사람들이 이런 자리에서 짓는 상냥한 미소 띤 표정을 짓고 있지 않았다. 마치 웃을 줄 모르는 사람처럼 진지한 얼굴로 구오를 똑바로 쳐다보고 있었다.

“예, 처음입니다.”

속일 필요는 없다. 구오는 솔직하게 대답했다.

“그런데 길드를, 그것도 상당한 규모로 만들고 싶으시다니

놀랍군요."

말투가 약간 삐딱하다. 너 제정신이냐고 묻는 듯한 뉘앙스가 풍긴다. 그러나 구오는 전혀 개의치 않고 단호하게 말했다.

"도와준다는 사람이 있으니 해보고 싶었습니다."

쇼부는 다시 구오를 뚫어지게 보았다.

"하기야 상큼님이 저한테 와서 가입하라고 할 정도이니 나쁘진 않을 것 같습니다. 그런데 구오님은 무술 실력이 뛰어나다고 들었습니다만."

"예, 원래 무도가가 되기 위해 수련을 했습니다만 이쪽 세계가 좋아서 왔습니다."

"무술이 게임하는 데 도움이 되던가요?"

"되더군요. 하지만 예상처럼 큰 도움은 아닌 것 같습니다. 아무래도 게임에서는 몸놀림보다 레벨과 장비, 그리고 스킬이 더 중요하더군요."

"흠, 그런가요?"

쇼부가 고개를 살짝 한 번 끄덕이더니 자리에서 일어났다. 거의 동시에 다른 사람들도 일어나 살짝 거리를 벌려 섰다.

"어쨌든 일단 한번 겨뤄봅시다."

"예? 저 아직 10렙입니다만……."

구오도 일어나며 말했다. 50레벨이 넘는 사람이 10레벨에게 싸우자고 해도 되는 건가? 상당히 기가 막혔다.

농담하십니까? 구오의 눈이 그렇게 말하고 있었다.

그러나 쇼부는 고개를 저으며 말했다.

"리얼 대전 모드라는 게 있습니다."

"아, 리얼로 해보잔 말씀이군요."

리얼 대전 모드는 레벨이나 장비를 적용하지 않고 게임적인 대미지도 아닌, 그냥 가상공간 격투 시스템을 적용시켜 싸우는 방식이다. 그야말로 현실에서 싸우는 것과 똑같은 모드라 할 수 있다.

이건 고통도 느끼기 때문에 쌍방이 합의를 봐야 대전이 가능하다.

구오는 웃으며 쇼부에게 물었다.

"다 같이 덤비실 거죠?"

"흐, 상당히 실력이 있으신 분이신가 보군요. 그럼 사양하지 않겠습니다."

<blockquote>띠링, 쇼부님 외 칠 명이 리얼 모드로 배틀로얄을 신청하셨습니다. 승낙하시겠습니까?</blockquote>

"승낙."

<blockquote>띠링, 5초 후 리얼 모드 배틀 시작합니다.</blockquote>

카운트다운이 시작되었다. 동시에 그들은 길드 건물의 옵

선 중 하나인 수련 필드로 이동되었다.

넓은 초원에 군데군데 나무도 있고 바람도 상쾌하게 살살 불어온다. 지나가는 행인도 하나 없어 맘 놓고 싸우기에 딱 좋은 환경이다.

쇼부와 그의 동료들은 민첩하게 흩어지며 구오를 앞뒤로 둘러쌌다. 퇴로를 차단하고 서로에게 방해가 되지 않을 정도로 거리를 맞추는 것이 한두 번 해본 솜씨가 아니다.

'훗, 나 파티 몹 취급당하는 거야?

구오는 자세도 취하지 않고 그냥 서 있었다. 뒤쪽을 경계하거나 좌우를 둘러보지도 않고 약간 고개를 숙이고 몸에 힘을 뺀 상태다.

"타앗!"

등 바로 뒤에서 기합 소리가 들려왔다. 상대가 노리는 곳은 뒷목 쪽이었다.

하지만 그건 진짜가 아니다. 기합도 안 지르고 구오의 허리를 차려는 자가 있다. 방향과 타이밍이 절묘하다.

구오는 살짝 한 걸음 앞으로 걸어나왔다. 그걸로 두 사람의 공격을 피해 버렸다.

순간 정면에 있던 쇼부가 튀어나왔다. 사람이 움직이면 틀림없이 빈틈이 생긴다. 쇼부는 그 틈을 찌를 만한 실력자였다.

'잘하는군. 이 사람, 전국구 실력이었네.'

구오는 살짝 평가를 내리며 왼손을 들어 올리며 몸을 한 바

쉬 휙 돌렸다.

파파팍!

"커억!"

"컥!"

처음 공격했던 뒤쪽 두 명과 쇼부가 목을 움켜잡으며 고꾸라졌다. 구오의 손이 정확하게 그들의 목젖을 때린 것이다.

동시에 구오의 몸이 흐릿하게 변했다. 잔상만 남는 움직임이란 이런 걸 말한다.

파파파팍!

"억!"

"끅!"

쇼부가 땅에 쓰러지기도 전에 남은 다섯 명의 신음 소리가 거의 동시에 들려왔다.

싸움이 시작되고 1분도 지나지 않았다. 아니, 첫 공격 이후 5초가 안 걸렸다.

서 있는 것은 구오뿐이고, 나머지는 모두 땅을 구르고 있었다.

구오는 뒷짐을 지고 하늘에 떠서 흘러가는 구름을 보았다.

'그러고 보니 사부 이외의 사람들하고 대련할 때 두 번 이상 손을 써본 게 삼 년 전이었나?

수련장에 가끔 정체를 알 수 없는 사람들이 선물을 사 가지고 온다. 그러면 준호는 사부를 대신해서 그들과 겨루는데 그게 열두 살 때부터 해온 일이다.

열네 살 이후로는 한 번도 안 졌고, 도망치기 이 년쯤 전부터는 무조건 한 번씩만 힘 조절 해서 공격을 하는 걸로 끝났다.

그 정체를 모르는 이들이 한국에서 내로라하는 실력자들이었다는 건 한참 후에나 알았다. 각 격투기 분야에서 수위를 겨루는 꽤 유명한 사람들이었던 것이다.

쇼부의 실력은 그들과 비교하여 그리 떨어지지 않았다. 아마 저 정도 실력이면 한 수에 당한다는 건 상상도 하지 못했을 것이다.

마지막 일 년 정도는 거의 외국인들이 찾아왔다. 하지만 그들 중 누구도 준호에게 두 번 손을 쓰게 하지 못했다.

그런데도 그 미칠 듯이 강한 사부한테는 안 된다. 될 것도 같은데 막상 해보면 죽어라고 얻어맞는 걸로 끝난다.

'쩝, 사부를 한 번은 이겨보고 싶었는데 말이야.'

구오는 고개를 흔들어 미련을 떨쳐 냈다.

사부를 이겨보려면 최소 몇 년간은 산속에서 갇혀 살아야 한다. 또 죽을 고비도 몇 번은 넘겨야 할 거다.

구오가 지금 가장 바라는 것은 사부를 이기는 게 아니라 게임으로 성공하는 거다.

그렇게 구오가 상념에 잠겨 있는 사이 쇼부 일행은 겨우 몸을 추스르고 일어났다.

쇼부의 동료 중 하나가 뒷목을 손으로 문지르며 쇼부에게 와서 물었다.

"야, 나 어디 맞고 쓰러진 거냐?"

"그걸 왜 나한테 물어? 아픈 데가 맞은 데겠지."

"그게… 온몸이 다 아파. 정신도 없고 어지럽기만 하고 말이야."

옆에 있던 동료도 팔을 주무르며 다가와 말했다.

"정말 번쩍하니까 땅에 누워 있더라. 젠장."

"이상하네. 우리가 이렇게 당할 리가 없는데, 저거 무슨 해킹 아닐까?"

"가상공간 시대에 해킹은 무슨 해킹. 국가 규모로도 안 되는 거 몰라?"

"그래도 방금 건 물리적으로 설명이 안 돼."

"맞아. 내가 보기엔 빛보다 빨랐어."

사람들이 미심쩍은 눈으로 구오를 쳐다보았다. 구오는 피식 웃으며 말했다.

"형님들, 다 사범 수준이네요."

쇼부가 대표로 대답했다.

"그렇죠. 그런데 구오님 손쓰는 건 아예 안 보입디다?"

"제가 손이 좀 빨라요."

"빠른 수준이 아니던데……"

"그냥 그러려니 하세요. 저도 뼈아픈 과거가 있어요."

"쩝, 알겠습니다. 아무튼 게임이 처음이라고 해도 명성이 있고 실력도 있으신 거 같으니 가입하도록 하겠습니다.”

“도와주신다니 감사합니다.”

고수 영입하기 참 쉽다. 구오는 그렇게 생각했다.

사무실로 돌아오니 상큼청춘이 기다리고 있다가 물었다.

“어떻게 됐어요?”

“인간이 아니네요.”

쇼부는 짧게 대답했다.

“와, 히데오 씨가 그렇게 말할 정도면 정말 고수란 소리
네?”

쇼부의 현실 이름이 히데오인가 보다.

상큼청춘이 다시 말했다.

“그럼 가입 확정이네. 구오는 아직 스무 살이라고 했으니
까 앞으로 이분들한테 형이라고 불러.”

“그러죠, 쇼부 형.”

“그래, 잘 부탁한다.”

“근데요, 형.”

“왜?”

“형처럼 리얼 모드로 싸워서 지면 가입할 고수 분 또 없을
까요?”

“크크큭, 그거 나쁘지 않은 방법이다. 내 알아볼게.”

쇼부가 웃자 다른 사람들도 모두 웃었다. 그렇게 쇼부와 그
의 동료들을 전원 무사히 길드에 끌어들일 수 있었다.

　　　　　*　　　　　*　　　　　*

　예상했던 것보다 당삼과 상큼청춘의 인맥이 대단했다. 거기에 쇼부가 들어오면서부터는 체계적인 준비 작업에 대한 노하우도 더해져 도깨비방망이처럼 두드리면 다 해결되는 수준이 되었다. 그렇게 그들은 착실하게 조직 관리의 뼈대를 구축해 갔다.

　회원들 역시 모집을 시작하자마자 계속해서 사람들이 가입했다.

　그 뒤로도 시간은 정말 눈코 뜰 새 없이 지나갔다.

　너무 바빠서 레벨 업을 할 시간이 없을 정도가 되니 당삼이 안 되겠다고 하면서 새롭게 제안을 했다.

　"어쩌니 저쩌니 해도 수장이 저 레벨이면 곤란한 일이 많이 생겨. 그러니 당분간 넌 레벨 업에 전념해라."

　"그게 좋겠네. 넌 정말 무적 체력이니까 마음만 먹으면 남들보다 두세 배는 빨리 레벨을 올릴 수 있을 거야."

　상큼청춘도 동의했다.

　"그래, 최소한 나보다 고 렙이 되어야 어디 가서 기죽지 않지."

　쇼부의 말에 링링은 기가 막힌 표정을 지었다.

　"쇼부 아저씨보다 고 렙이면 서버 랭커게요?"

“내가 있는 길든데 수장이 랭커가 아니면 내가 얼굴을 못 들고 다닌다.”

“헤에, 무서운 사람이었구나, 쇼부 아저씨.”

“훗, 링링 너도 광렙해서 우리랑 레벨 맞추면 최연소 간부로 추천해 주마.”

“칫, 염려 말아요. 한 달이면 따라잡을 테니까!”

“힘들걸. 쇼부네 팀은 거의 프로거든. 호호호.”

“그러는 언니는요? 렙 업 안 해요?”

“해야지. 지금 우리 간부진은 대부분 렙 업에 주력해야 돼.”

“그래도 누군가는 길드를 관리해야 합니다.”

구오가 말하자 당삼이 구오의 등을 툭툭 두드리며 말했다.

“일단 내가 한다니까, 나랑 쇼부가 한 달 정도 하고, 그다음에는 상큼마녀가 다시 쇼부랑 한 달 하고 말이야.”

순간적으로 상큼청춘의 눈꼬리가 하늘을 향해 확 치솟았다.

“이봐욧, 왜 남의 이름을 함부로 바꾸는 거예욧!”

“아, 미안, 상큼청춘님. 쏘리쏘리.”

당삼은 당황한 표정으로 열심히 사과를 했다. 평소 뒤에서 하던 버릇이 당사자 앞에서 튀어나왔으니 기겁할 만도 하다.

알고 보면 상큼청춘은 어마어마한 인맥을 가진, 이른 바 ‘큰누님’, 혹은 ‘큰언니’ 스타일의 유저다.

천성적으로 사람들을 잘 챙기고 카리스마도 있는데 기존의 알던 사람들이 더 지존 안에서도 그 의리를 지키고 있다.

문제는 막까 일당의 사건에서도 보여준 그녀의 성격이다. 화끈하다 못해 잘못하면 화상을 입을 정도의 열혈 협객형 인물이라 잘못 보이면 된통 당하기 십상이라 한다.

동생들, 혹은 지인들 중 누가 억울한 일을 당했다면 냉큼 뛰어들어 몇 배의 복수를 해야 직성이 풀리는 것이다. 사실 그런 성격 덕에 따르는 이가 많아진 것이기도 했다.

이래저래 상큼청춘을 아는 이들은 뒤에서 상큼마녀라 부른다. 물론 당삼이 그 사실을 미리 알았을 리는 없다. 일행에 합류한 쇼부가 살짝 사람들에게 퍼뜨렸을 뿐.

어쨌든 간에 그렇게 회의는 끝이 났다.

간부뿐 아니라 길드원 대부분이 아직 저 레벨이니 서로 힘을 합쳐 레벨 업을 하는 걸 최우선 과제로 삼기로 하고, 열심히 하는 사람은 장비나 회복 물약 같은 것도 지원하기로 결정했다.

*　　　*　　　*

일단 공식적인 길드 업무에서 손을 떼게 되어 어느 정도 여유가 생긴 구오였지만 이것이 완전한 자유를 의미하는 건 아니었다. 길드의 수장이기에 피할 수 없는 일도 꽤 있는 것이다.

또한 유명해졌기에 해야 할 일도 있다.

그중에서도 오늘의 약속은 피할 수 없다기보다는 피하기 싫은, 절대로 피할 수 없는 일이라 할 수 있었다.

그것은 바로 인터뷰다.

구오가 인터뷰를 좋아하는 건 아니지만 다른 사람도 아닌 토키자와 레미라면 이야기가 다르다.

레미는 현재 가장 인기 있는 아이돌로 앵커이자 가수 활동도 하고 있다.

활동 공간은 주로 가상공간인데, 일본의 방송국이 가상공간에서의 연예인 프로그램을 점점 늘리는 가운데 그 첨병 역할로 내세운 게 바로 레미다.

레미는 곧 영화에도 주역으로 출연할 거라는 소문이 있을 정도로 다방면에서 활발한 활동을 하는데, 팬클럽 회원이 수백만이나 된다. 구오가 아무리 요즘 좀 유명해졌다고 해도 레미와는 비교조차 할 수 없다.

앵커인 레미는 화제의 인물이라는 프로를 진행하는데, 이번에 구오가 화제의 인물로 지목되었기에 요청을 해왔다.

순간 구오는 얼른 승낙을 하고 전화를 끊은 후 환호성을 질렀다.

구오가 요즘 제일 즐겨 듣는 노래가 레미의 2집 앨범이다. 말하자면 구오도 레미의 팬인 것이다.

유명해져서 좋다는 것을 다시 한 번 실감하는 순간이다.

오늘의 인터뷰를 위해 구오는 그날 하루 종일 노래 연습을 했다.

레미는 인터뷰 대상이 심사를 통과하면 마무리로 인터뷰에 대한 감사의 표시로 같이 노래를 한 곡 불러주는 진행 방식을 취한다. 단, 아니다 싶으면 바로 땡이다.

그래서 보통 출연자가 합격하면 부러움을 한 몸에 받고, 불합격이면 좌절의 포즈로 시청자의 웃음이라도 받아야 하는 게 대세다.

꼭 레미의 심사에 통과하리라. 나에게 좌절은 어울리지 않아!

구오는 굳게 결심했다.

그러나 옆에서 노래 연습을 구경하던 링링은 한숨을 내쉬며 중얼거렸다.

"난 구오 오빠랑 노래방은 안 가야지."

같이 구경하던 상큼청춘도 고개를 돌리며 말했다.

"좀비가 비명을 질러도 저거보단 듣기 좋겠다."

"맞아요. 싸울 때 기선 제압용으로는 최고겠는데요. 단숨에 입을 못 막으면 항복하고 말 거예요."

"동감."

여자 둘이서 뭐라고 하든 말든 구오는 집념에 불타고 있었다.

이윽고 약속 시간이 다 되었다.

레미가 워낙 바쁜 몸이라 영화 촬영이 끝나면 새벽 세 시에서 네 시 사이라고 했다. 눈치로 보아 사실 구오는 땜빵용 출연자인 듯했다. 그렇지 않다면 그렇게 갑자기 출연이 결정될 리도 없고, 또 촬영 시간도 새벽이 아니라 낮으로 잡혔을 것이다.

뭐, 상관은 없다. 내보내 준다는 것만 해도 감지덕지 아닌가.

어차피 구오는 일곱 시까지 접속을 하니 그 뒤에 오라고 답했다. 결국 약속 시간은 오전 다섯 시가 되었다.

가상공간 게임을 하는 사람들이 대부분 밤 시간에 구분이 없다는 것은 이미 상식화 되어 있기에 레미도 새벽 인터뷰를 진행한 것이다.

구오는 길드 사무실로 찾아온 레미와 다른 스텝 진들을 반갑게 맞이했다.

레미는 사진이나 방송에서 보던 것처럼 사람이라고는 믿기지 않을 정도로 큰 눈에 완벽한 몸매를 하고 있었다.

살짝 노출이 심한 상의와 짧고 엉덩이에 딱 붙는 미니스커트가 그녀의 긴 다리의 매력을 최대한도로 돋보이게 했다.

구오는 일단 인사를 하고는 바로 길드의 마크가 새겨진 대형 깃발을 내밀며 말했다.

"요기에 사인 좀 해주세요."

"어라, 괜찮아요?"

"다들 좋아할 겁니다."

레미는 하얀 치아를 드러내며 웃더니 순순히 매직으로 크게 사인을 해주었다.

그 뒤에 본격적으로 촬영을 했다.

서로 약간 비스듬히 마주 보고 앉은 둘은 다시 정식으로 인사를 나눔으로써 방송 촬영을 시작하고, 레미는 일단 카메라에 대고 구오에 대한 설명을 했다.

다음으로 구오는 각본대로 정중하게 카메라에 대고 인사를 하려 했다. 그런데 그 순간, 구오의 모습이 슉 하고 사라졌다.

"컷!"

"어, 뭐지요?"

레미는 당황해서 주변을 돌아보며 물었다.

옆에서 구경하던 당삼이 어색한 표정으로 답했다.

"저 아무래도 접속이 끊긴 것 같은데요."

"예? 그럼 비씨피가 다 된 거예요?"

가상공간 촬영 중에 비씨피 관리를 못해서 나가는 것은 정말 큰 실례다. 레미는 황당한 표정이 되었다.

"그게 아니라 지진이나 뭐 사고로 접속기가 긴급 강제 종료를 한 모양입니다. 안 그러면 끊기기 전에 미리 알았을 테니까요. 아니면 정전이 되어서 전원이 끊겼다거나."

"아, 뭐!"

레미는 무척 난감한 표정을 지었다.

잠시 후, 당삼은 한 통의 메일을 받았다.

가상공간과 현실 공간은 시간의 흐름이 다르게 느껴지기 때문에 전화 연결은 되지 않는다. 오직 메일이나 채팅 등의 글로만 의사 전달을 할 수 있다.

"맞네요. 전원이 끊겼답니다. 비씨피도 57밖에 안 되어서 앞으로 최소한 한 시간, 그러니까 여기 시간으로 네 시간 뒤에나 들어올 수 있다고 하는데요."

"하아, 그런가요? 어쩔 수 없네요."

촬영 중지.

레미는 바쁜 몸이다. 네 시간이나 기다릴 여유가 있으면 이런 새벽에 촬영하지는 않았을 것이다.

애초에 가상공간에서 인터뷰를 하는 이유도 이동에 시간이 걸리지 않기 때문이다. 실제 레미는 지금 오키나와에 있다.

곧 그들은 돌아가 버렸다.

다음에 다시 일정을 잡을 건지, 아니면 다른 사람으로 대체할 건지는 아직 정하지 않았다. 연락을 주겠다는 말뿐이었다.

당삼을 비롯한 길드 간부들은 사고라고는 해도 자기네 잘못이라는 것을 알기에 그저 한숨만 내쉴 뿐이었다.

*　　　*　　　*

한편, 조금 전 현실 공간에서는 무가 의미심장한 미소를 짓
고 있었다.

"우후후후훗."

딸깍딸깍!

그녀의 손가락이 움직일 때마다 방 안의 불이 켜졌다가 꺼
졌다.

"넌 이제 죽었어."

드디어 스위치를 움직일 정도의 힘을 키웠다. 반투명한 그
녀의 몸이 빛을 받아 나타났다가 어둠과 함께 꺼지는 분위기
가 장난이 아니다.

무는 일단 불을 껐다. 태양빛만 없으면 밝은 곳도 싫어하지
는 않는다. 하지만 아무래도 어두운 상태가 편하게 느껴지는
것은 어쩔 수 없다.

"그럼 이제 시작해 볼까?"

복수의 순간은 언제나 즐겁다.

무의 손가락이 오메가 다이버 세븐의 옆쪽에 달려 있는 마
스터 전원 스위치 쪽으로 향했다.

딸깍, 위이이이이잉.

전원이 꺼지자 캡슐의 위쪽을 덮고 있던 투명한 뚜껑 부분
이 저절로 열렸다. 이렇게 작동 중에 전원을 끄면 안에 사람
이 갇히는 것을 막기 위해 잔류 전기로 뚜껑부터 열리게 되어

있다.

준호의 머리와 눈을 덮고 있던 헤드 부분의 불이 파파파팟 하고 연속적으로 꺼졌다.

"호호, 드디어!"

이제 곧 일어날 거야. 일어나자마자 비명을 지르며 기절을 하겠지만.

무는 얼른 준비를 했다.

평소 틈틈이 거울을 보고 연습한 표정을 짓고, 두 손을 하늘하늘하게 흔들며 앞으로 내밀었다. 혓바닥도 내밀까 하다가 그건 좀 너무 추해 보일 것 같아서 참았다.

준호가 몸을 일으킨 순간 이히히히 하고 웃으며 다가갈 생각이었다.

그런데 준호는 현실 공간으로 의식이 돌아오자마자 온 집 안이 쩌렁쩌렁하게 울릴 정도로 크게 비명을 질렀다.

"으아아아아아아아아아악!"

"뭐, 뭐야? 난 보지도 않았는데 웬 비명?"

예상외의 사태에 무가 놀라 미처 이히히히를 잊고 있을 때 벌떡 일어난 준호는 무서운 눈빛으로 주변을 보았다.

그리고 드디어 준호의 눈과 무의 눈이 마주쳤다.

"너냐? 네가 전원을 끈 거냐!"

준호가 정말 화를 내면 눈빛이 장난 아닐 정도로 무섭다.

한번은 오소리하고 눈싸움을 한 적이 있는데, 호랑이를 만

나도 덤빈다는 독종의 대명사 오소리가 먼저 눈을 돌리고 꼬리를 말았다.

무는 순간적으로 자신이 유령이라는 것을 잊었다. 준호를 놀라게 해서 기절시키겠다는 목적도 잊었다. 그저 무서웠다.

준호의 분노는 계속되었다.

"네가 지금 무슨 짓을 한 건지 알아? 레미하고 인터뷰 중이었다고! 길드의 명예를 걸고, 남자의 로망을 걸고 하는 인터뷰 중이었다고!"

"흐흑, 죄송해요. 전 그런 줄 몰랐어요."

의식이 든 후 한 번도 남이 화를 내는 것을 본 적이 없는 무이다. 그것도 자신에게 화를 내는 건 생각해 본 적도 없다.

원래 겁이 많은 성격은 아니나 지금 준호의 눈빛은 너무나 무서웠다.

무는 자신도 모르게 그 자리에 주저앉아서 울기 시작했다. 울다 보니 갑자기 처량한 생각이 들어 더욱 심하게 울음이 나왔다.

"엉엉엉! 전 진짜 몰랐어요."

뭘 모른다는 건지 무도 알지 못했다. 그래도 일단 몰랐다.

"하아, 내참."

여자 애가 남의 집에 들어온 것도 황당한데 갑자기 울어버리니 맥이 풀리는 준호였다.

"이러고 있을 때가 아니지."

준호는 일단 오메가 다이버 세븐의 전원을 다시 켰다. 삐삐
삐 하는 소리와 함께 헤드 부분의 전구들이 하나둘 켜졌다.
준호는 얼른 그걸 머리에 쓰고 팔목 부분도 측정기 사이에 끼
웠다.

그러나 다시 접속을 할 수는 없었다. 화면에 나타난 비씨피
는 57이었다.

"어휴, 망했네."

준호는 어쩔 수 없이 단말기를 켜고 당삼에게 메일을 보냈
다. 모르는 여자 애가 집에 마음대로 들어왔다고는 말하기가
그래서 그냥 갑자기 전원이 나갔다고 설명했다.

"흑흑흑."

무는 그때까지도 울음을 그치지 않았다. 놀라긴 무지 놀란
모양이다.

"야, 됐으니까 그만 그쳐. 근데 넌 왜 남의 집에 함부로 들
어온 거야?"

도둑인가? 여자 도둑? 그것도 혼자서? 그건 아니다. 만약
도둑이면 캡슐의 전원을 끌 게 아니라 그냥 놔두고 집을 뒤졌
을 터. 설마 강도라서 날 깨운 후에 있는 돈 다 내놓으라고 협
박할 생각이었나?

오만가지 생각이 다 들었지만 아무래도 뭔가 안 맞는 부분
이 있었다. 결국 확실하게 장본인한테 물어보는 게 낫겠다고
생각한 준호는 다시 무를 보았다.

그때 무도 겨우 울음을 그치고 준호를 보았다. 두 번째로 둘의 눈이 허공에서 마주쳤다.

무는 얼른 고개를 숙이며 아직도 눈물이 글썽한 눈을 손으로 훔치고는 말했다.

"나, 남의 집 아닌데. 내가 먼저 살기 시작했는데요."

"뭔 헛소리야!"

가뜩이나 열 받는데 뻔뻔스럽게 애먼 소리를 한다. 준호는 다시 화를 내려다가 문득 이상한 점을 발견했다.

무의 몸 뒤쪽으로 책장이 비쳐 보였다.

"응?"

다시 보니 역시 무의 몸은 반투명했다. 그때서야 준호의 머리에 퍼뜩 떠오르는 생각이 있었다.

"너, 혹시 유령이니?"

"예. 저 유령 맞아요."

순순히 대답하는 무 앞에서 준호는 잠시 멍하니 있었다. 이럴 때 어떻게 해야 할지 마땅히 생각나는 게 하나도 없었다.

CHAPTER 08
독재마인

WAR
LORD 워로드구오

건물이 무너질 듯 쩌렁쩌렁한 목소리가 울려 퍼졌다.

"아직도 준호 녀석을 못 찾은 거냐! 너, 솔직히 말해. 어디로 빼돌렸어? 알면서도 말 안 하는 거지?"

"사형, 제가 어떻게 사형을 속일 수 있다고 그렇게 의심을 하세요. 준호 저한테 안 왔다니까요. 그리고 사형도 다 찾아보셨잖아요. 못 찾았다니까요."

강중도는 정말로 억울하다는 듯 가슴을 탕탕 치며 말했다. 준호 앞에서야 허세를 부렸지만 이 사형 앞에서는 그럴 수 없다.

강중도가 가야 할 길은 오직 하나, 시치미! 걸리면 죽는다.

강중도의 완벽한 표정 연기에 마영운은 일단 의심을 거두었다.

"으음, 하긴 네놈이 숨겨도 숨길 수 있을 리가 없지. 그나저나 이놈이 어디로 숨었지?"

일단 성공이다! 강중도는 속으로 환호를 하면서도 표정 관리를 잊지 않았다. 한껏 안타까운 얼굴로 걱정의 말을 했다.

"그러게 말입니다. 준호 이놈이 마음을 단단히 먹은 게 틀림없는 것 같으니 쉽게 찾긴 어려울 겁니다. 사형도 아시잖아요. 준호가 평소엔 멍해 보여도 일단 잔머리를 굴리기 시작하면 상당하다니까요."

"그걸 누가 몰라. 그래서 내가 그놈을 후계자로 삼은 건데."

물론 강중도도 그건 안다. 사형인 마영운은 잔머리 굴리는 것을 좋아해서 후계자도 닮은꼴로 정한 것이다.

"너희들도 모르냐?"

마영운은 옆에 나란히 서 있는 다섯 명의 사내한테 물었다.

"모릅니다, 사부님. 제가 알면 무슨 수를 써서든 준호 대사형을 사부님께 데려갔을 겁니다."

가장 나이가 많은 진영이 정색을 하고 말했다. 마영운은 그건 그렇다는 듯이 고개를 끄덕였다.

준호는 모르고 있지만 마영운은 준호 말고도 다섯 명의 제자가 있다. 하지만 그들은 모두 후계자로 선택되지 않았다. 그 결과 그들은 자유를 얻었다.

준호의 다섯 사형들은 자신들의 재능이 모자람을 하늘에 감사하며 모두 강중도에게 붙었다.

하지만 그들은 언제 사부가 다시 나타나 자신들을 다시 산 속으로 끌고 갈지 모른다는 불안감에 항상 떨어야 했다.

만약 마영운이 마음에 드는 후계자를 찾지 못하면 마침내 눈높이를 낮추어 과거의 제자들 중 하나를 다시 후계자로 지목할지도 모르기 때문이다.

마침내 마영운이 여섯 번째 제자인 준호를 후계자로 결정했을 때 그들은 진정한 마음의 위안을 얻을 수 있었다.

그래서 다섯 명의 제자들은 나이에 관계없이 준호를 대사형이라 부르며 마음속으로부터 은인으로 생각하고 있다.

하지만 그런 정식 후계자인 준호가 탈출을 한 상황이다.

강중도가 준호의 탈출을 도왔다는 사실은 이들 다섯 제자들도 모른다. 아마 알았다면 사숙인 강중도에게 심한 배신감을 느꼈을지도 모른다.

띠띠띠리링!

마영운의 핸드폰이 울렸다. 마영운은 바로 전화를 받고 상대가 하는 말을 들었다.

"뭐? 그러니까 준호 녀석이 출국을 했다고. 어디야? 홍콩?

일단 홍콩으로 갔다면 그 뒤에 어디로 갔는지 추적이 안 된다
고? 떠그럴!"

부지직!

마영운의 입에서 욕이 튀어나옴과 동시에 그의 손에 들린
핸드폰이 부서졌다.

텔레비전에서 트럭이 깔고 지나가도 멀쩡하다고 선전하는
견고성 최고의 핸드폰이었다. 하지만 차돌도 손으로 쥐어 부
수는 것이 마영운이다.

강중도는 얼른 자신의 주머니에서 또 하나의 핸드폰을 꺼
내 마영운에게 건넸다. 이럴 줄 알고 핸드폰을 세 개 등록해
놓았다.

그러나 마영운은 핸드폰을 받지 않고 의미심장한 눈으로
강중도를 쳐다보았다.

"중도야."

"네, 사형!"

"방금 들은 건데, 준호에게 홍콩행 비행기를 예약해 준 사
람 이름이 강중도라고 하더구나."

걸렸다! 젠장!

강중도는 속으로 비명을 질렀다.

"사형, 공항 쪽에도 아는 사람이 있었어요?"

"죽을 각오는 되어 있겠지?"

"헤헤헤, 제가 이래 봬도 사형의 하나뿐인 사제잖습니까?

우리 사이에 무슨 살벌한 말씀을 하셔요."

"어디로 보냈냐?"

"옙. 일본 동경입니다. 제가 어디 학교인지도 다 알고 있으니 가서 바로 데려오면 됩니다."

죽음의 위기 앞에 속절없이 무너지는 강중도였다.

미안하다, 준호야. 사람은 죽음 앞엔 이렇게 무력하단다. 강중도는 속으로 준호에게 사과를 했다.

그러나 일본이라는 말에 마영운은 인상을 팍 구기며 주먹으로 벽을 때렸다. 퍽 하는 소리와 함께 벽에 거미줄 같은 금이 생겼다.

"하필이면 일본이었냐!"

마영운은 일본엔 가지 않기로 맹세한 몸이다. 눈치를 보니 그 맹세를 어길 마음은 없는 모양이다.

오호, 역시 준호가 제대로 피했구나!

강중도는 속으로 쾌재를 불렀다. 겉으로야 절대 반항을 못하지만 속으로는 얼마든지 딴생각을 할 수 있는 법. 독재자 사형보다는 불쌍한 사질을 응원하는 강중도였다.

"그럼 사람을 보낼까요?"

"그놈이 오겠냐? 바로 동경을 떠서 북해도든 후지산에든 숨어들 거다. 그놈은 내가 직접 안 가면 절대 못 잡아."

"어, 그 정도까지 실력을 쌓았단 말입니까?"

"아, 그놈이 앞으로 십 년만 더 마음 비우고 수련하면 나하

고 맞장이 가능했을 걸? 몹쓸 놈, 그때는 하산해도 봐주려 했
는데 말이야."

준호가 십 년을 참을 리가 없다. 그리고 이 사형 성격에 십
년 후에 준호를 순순히 하산시킬 리도 없다.

강중도는 속으로 부정을 했지만 겉으로는 사형의 하늘같
으신 말씀이 진리라고 열심히 아부를 했다.

지금 분위기로 봐서 잘하면 안 죽고 살아남을 것 같았다.

'이대로 준호한테 온 신경을 집중하세요, 사형. 제발!'

강중도는 속으로 열심히 빌었다.

그러나 강중도가 그런 생각을 하는 순간 마영운은 살기 띤
눈으로 그를 돌아보았다.

"이게 다 네놈 때문이다!"

"허억!"

순간적으로 강중도는 몸을 날려 창문을 깨고 밖으로 뛰어
내리려 했다.

이곳은 5층이라 강중도의 실력으로 뛰면 몸이 성할 수는
없지만 그래도 사형한테 정교하면서도 무지막지하게 당하는
것보다는 낫다고 생각했다.

사형이 일본엘 못 간다는 것을 확인했으니 앞으로 삼사 년
정도 일본에서 지내야 할 것 같았다.

하지만 강중도가 몸을 날리는 순간 마영운도 같이 몸을 띄
웠다. 둘이 동시에 허공으로 뛰어올랐는데 어느새 강중도의

위쪽에 마영운이 자리했다.

바바바박!

마영운은 위에서 밟기 시작해서 강중도가 땅에 떨어질 때까지 계속해서 밟았다. 그게 어찌나 아픈지 강중도는 땅바닥에 처박힌 고통을 느끼지도 못했다.

"제자가 도망간 것도 서러운데 너까지 튀려고 해? 삼십 년 전에 나를 놔두고 혼자 프로게이먼가 한다고 도망가 놓고, 그래서 나 혼자 사부님 밑에서 죽을 고생 하게 하고는 이제는 준호까지 빼돌려!"

"끄어억! 사형, 그게 아니라……."

강중도의 다음 말은 뒤따른 구타에 채 이어지지도 못했다. 마영운은 손과 발을 부지런히 놀려 경쾌한 타작 소리를 내면서도 소리를 지르는 것을 잊지 않았다.

"이 새끼야, 내 그래도 삼십 년 전에는 사부님께 너를 용서해 달라고 빌었다. 내가 후계자가 될 테니 넌 그냥 자유롭게 살게 해주자고 한 거, 알아, 몰라?"

"끄아아아아악! 사, 사형. 잘못했……."

"그럼 잘못했지 잘했냐?"

마영운의 제자들은 조용히 한쪽 벽에 붙어 서서 혹시라도 불똥이 튀지 않도록 숨을 죽였다. 그러면서 서로 눈짓으로 대화를 나누었다.

'헉, 알고 보니 사숙님도 도망친 거였어!'

'그니까 사부님이랑 수련하다 탈출한 거야?'

제자들은 차마 말은 못하고 눈빛으로 대화를 주고받았다. 이 전대의 비화는 그들 또한 모두 처음 알게 된 일이다.

그럴 만도 하지!

제자들의 말없는 대화는 절실한 동병상련의 눈빛을 교환하는 것으로 마무리되었다. 사실 그들 또한 능력이 없어 도망을 못 갔을 뿐, 가능성만 있다면 몇 번은 시도했을 터였다.

퍼퍼퍼퍽!

"컥!"

"어딜 기절을 해! 이놈! 아직 멀었다!"

단말마의 비명과 함께 축 늘어졌던 강중도의 몸이 마영운의 손가락 하나에 다시 깨어났다.

"사, 사형, 제가 잘못했으니 제발 살려주세요오오오!"

"염려 마라. 안 죽인다."

차라리 죽여달라고 하실 일이지.

제자들은 그 순간 모두 비슷한 생각을 하고 있었다. 강중도가 맞는 것을 보고 있으니 차라리 단매에 맞아 죽는 게 행복하다는 생각이 절실하게 들었다.

그러거나 말거나 마영운의 손과 발, 그리고 입은 열심히 노동을 하고 있었다.

그날, 강중도는 세 번 죽었다 살아났다. 육체적 후유증은

삼 개월을 갔고, 트라우마는 평생 동안 지워지지 않았다.

강중도에 대한 처벌이 끝나자 마영운은 그의 몸을 깔고 앉아 잠시 창문 밖을 멍하니 바라보았다.

"어쩔 수 없군."

마침내 마영운은 결단을 내린 듯 다섯 제자들을 돌아보았다.

"얘들아."

"옛, 사부님."

"준호 놈이 하겠다는 게임이 더 지존이라던데, 아냐?"

"저희들이야 그게 밥벌이니 당연히 압니다."

"그래? 요즘 게임 하면 돈도 벌고 인기도 많고 그런다던데, 정말이냐?"

"네, 사부님. 요즘은 축구나 실전 격투기보다 가상공간 게임이 대셉니다. 그래서 요즘 학부모들은 젊었을 때 사비를 털어서 애들한테 게임 영재교육도 시킵니다."

"허참, 나 젊었을 때엔 게임 잘하는 놈은 폐인 소리 듣고 부모님들이 아예 집에서 접속을 못하게 하는 등 난리도 아니었는데 세상이 변했구나."

"30년 전에는 그런 분위기였다고 들었습니다."

마영운은 잠시 입을 다물고 창문 밖 하늘을 보았다. 인생무상이라, 이미 세상이 바뀌어 그가 아는 상식이 변해 버렸다.

이윽고 마영운은 고개를 끄덕이며 제자들 쪽을 보며 말했다.

"그럼 경치 좋은데 집 하나 얻어서 접속기 설치해 놔라. 나도 한다."

"예? 사부님이 게임을 하신다고요?"

"그래, 준호 녀석이 그렇게 하고 싶어 하는 게임인데 나도 한번 해봐야지."

제자들은 잠시 머뭇거리며 서로 눈치를 보았지만 사부의 눈빛이 살짝 위험하게 변하는 순간 바로 대답했다.

"즉시 준비해 놓겠습니다."

"너희들도 해라."

"이미 하고 있습니다."

"그래? 잘됐군. 그럼 이놈도 하고 있는 거냐?"

마영운은 아직도 기절해 있는 강중도의 머리를 손가락으로 쿡쿡 찔렀다.

"예. 물론 사숙도 합니다."

마영운은 그때서야 겨우 약간 기분이 풀어진 표정을 지었다.

"준호 녀석이 몸은 일본에 있어도 게임은 한국 지역에서 할 거 아니냐? 그렇지?"

"아무래도 그렇겠죠."

예상한 대로다. 마영운은 미소를 지으며 말했다.

"너희들이 알아서 찾아내라. 내 인내심이 바닥나기 전까지. 아니면 너희들 모두 나랑 같이 산속으로 들어가는 거다."

"예?"

"준호 못 찾으면 너희들 중에서라도 후계자 뽑아야지."

다섯 제자의 눈빛이 모두 변했다. 그것은 이미 사람의 눈이 아니었다.

"염려 마십시오, 사부님. 준호 대사형이 아마존 정글 속에 숨어도 일단 게임을 하는 이상 다 찾을 수 있습니다. 금방 찾겠습니다."

"그래야지."

마영운은 몸을 일으켜 창문 밖의 뜬 구름을 보았다.

"더 지존이라……."

이름은 마음에 든다.

옛날부터 최고가 아니면 성이 차지 않았다. 죽을 고비를 수도 없이 넘기는 수련을 모두 이겨낸 것도 바로 무도계의 지존이 되겠다는 일념에서 비롯된 것이다.

마영운의 사부는 그런 마영운을 보고 웃으며 말했다. 최고가 될 사람은 만들어지는 것이 아니라 타고나는 것이라고.

마영운은 최고가 되기 위해 태어났고, 당연하게 최강자가 되었다.

구름 조각을 보니 준호의 얼굴과 닮았다는 생각이 들었다.

그놈을 처음 만났을 때 이놈이야말로 최고가 되기 위해 태어난 놈이란 생각이 들었었다. 성격과 재능, 모든 것이 마음에 들었다.

그런데 도망을 가버렸다. 무도로 최고가 되는 것을 거부했다.

게임이라……. 그것도 나쁘진 않지.

"준호야."

마영운은 웃었다.

"밟아주마."

담담한 말투였지만 뒤에 서 있던 다섯 제자는 등골에 소름이 좌악 돋는 것을 느꼈다.

며칠 후, 한국 최대의 프로게이머 그룹인 강 패밀리의 실질적인 리더가 바뀌었다. 아울러 강 패밀리가 주축이 되어 더 지존 내에 결성한 최강 길드 하이엔드의 길드장 자리가 다른 사람으로 바뀌었다.

놀랍게도 하이엔드의 새로운 길드장은 1레벨의 신규 유저였는데 캐릭 명은 '독재마인' 이라고 했다.

그러나 그들이 찾는 준호는 한국 지역이 아닌 일본 지역에서 시작했다. 제대로 일본 사회에 동화되기 위해서 그런 것인데 강 패밀리 사람들은 그걸 미처 몰랐다.

　매일같이 독재마인에게 시달리는 강 패밀리는 있는 인맥 없는 인맥을 다 동원하여 필사적으로 준호를 찾았지만 결국 찾지 못했다.

　아무도 요즘 일본 지역인 반 제국에서 뜨고 있는 구오가 준호란 것을 알아보지 못했다.

『워로드 구오』 2권에 계속…

권말 부록—더 지존 설정

1. 워로드 구오의 배경

시대적 배경:가상공간 게임이 처음 개발된 이후 약 30년이 지난 시점이다.

30년 동안 게임에 대한 사회 인식이 점점 변해서 현재는 가장 각광받는 레포츠로 취급된다.

유명한 프로 게이머는 최고 수준의 스포츠 선수나 다름없는 스타라 할 수 있다.

세기창조사:이세계창조 시스템을 개발한 뒤, 그 기술의 비밀을 아직까지 독점하고 있는데, 다른 국가와 대기업에서 이 시스템을 필사적으로 분석했지만 결국 모두 실패했다.

결국 30년 동안 세기창조사는 게임뿐 아니라 총체적 가상공간 개발의 주도자적인 권리를 행사하여 현재 세계 최고의 재벌 기업으로 성장한 상태다.

회장은 여전히 창리오. 별명 창라마.

기술개발 전무는 선지은이 맡고 있다.

페그(PEGW):세계의 올바른 게임 문화를 주도하는 협회이
다. 창립자이자 초대 회장인 신현진은 현재 자리에서 물러나
개인 사업에 전념하고 있다. 현재는 러시아의 트리플 에스 코
븐스키가 회장을 맡고 있다.

비씨피(바이오 컨디션 포인트):페그와 세기창조사가 공동으
로 개발, 제정한 육체 상태의 종합적인 활성 점수. 100점에서
0점까지 있는데 0점이면 사망한다. 가상공간법에 의하면 70점
이상일 때 접속 시도가 허용되고, 접속 중 50점 이하가 되면 자
동으로 접속이 끊기게 되어 있다.

2. 더 지존 게임 설정
명칭:더 지존
현재 지존이란 단어는 세계 공통어로 쓰이고 있다. 발음도
스펠링도 모두 같다.
이 게임은 범용 판타지 가상현실 게임을 목표로 초기에 한
국, 미국, 일본, 러시아, 중국 다섯 국가가 막대한 자본과 기술
을 들여 만들기 시작한 것으로 개발이 진행되면서 다시 수많
은 국가가 추가로 참여했다.
이유는 이것이 단순한 게임이 아닌 차세대 국제 가상공간
사회를 위한 프로토 타입 장치이기 때문이다.

지형

　세계의 중앙에 하나의 거대한 타원형의 대륙이 있고, 주변으로 몇 개의 크고 작은 섬이 있다. 항해를 할 수는 있지만 먼 바다로 나가면 무조건 죽는다.

　각 왕국과 제국들은 대륙 외곽을 빙 둘러싼 형태로 이루어져 있는데, 이들은 기본적으로 서로 동맹을 맺고 있으며 영토 확장은 대륙 중앙으로의 개척 사업을 통해 이루어진다.

　그 개척 사업에 가장 큰 역할을 하는 것이 유저들이다.

　*지도 모델은 호주 대륙입니다.

　ㄱ. 대륙의 이름은 브룬이다.

　ㄴ. 왕국과 제국

　현실의 각 나라마다 브룬 대륙 외곽의 한쪽 모서리에 왕국이 주어진다. 각 왕국은 서로 동맹 상태라 전쟁을 할 수는 없지만 경쟁적인 마경 개발을 통해 개척 포인트가 높은 왕국은 제국으로 승격될 수 있다.

　단, 미개척 지역에서의 분쟁은 일어날 수 있다.

　그리고 더 지존의 최초 투자국인 다섯 국가는 초반부터 제국으로 시작한다.

　이른바 대륙 오대제국은 한국의 쥬온, 일본의 반, 미국의 모르돈, 중국의 칭, 러시아의 샤코트다.

ㄷ. 국가의 구성과 발전

기본적으로 신성한 의지에 의해 인간들끼리의 전쟁은 금지
되어 있다. 아직 브룬 대륙의 97%는 마물들의 것이고 남은 3%
의 지형에 살고 있는 인간들은 서로 힘을 합치거나 선의의 경
쟁을 통해 마물들의 대지를 개척해야 한다.

ㄹ. 마경

대륙의 외곽을 제외한 내륙 대부분을 점유하고 있는 마물들
의 대지를 마경이라 한다. 마경에는 시간과 관계없이 필드에
마물들이 돌아다닌다. 특히 밤이 되면 마물들의 힘이 더욱 강
해져 낮의 두 배에 해당하는 생명력을 지니게 되므로 주의해
야 한다.

ㅁ. 개척

개척자들이 마물들을 지속적으로 사냥하여 정화도를 높이
면 어느 순간 마경 필드가 개척 필드로 바뀐다. 일단 개척 필
드가 되면 낮에는 마물들이 전혀 돌아다니지 않게 되고, 밤에
도 마경에 비해 훨씬 약하고 적은 수의 마물만 나타난다.

여기서 엔피씨 개척민들이 들어와 촌락을 만들면 촌락 주변
에는 특별한 이유가 없는 이상 마물이 나타나지 않게 된다.

ㅂ. 촌락과 도시

개척 필드에 사람이 모여 촌락을 만들면 시간이 지남에 따라 발전을 할 수도 있고 그냥 몰락할 수도 있다.

만약 성공적으로 발전을 할 경우 촌락은 대중소의 등급에 따라 점점 커지고, 그다음에는 도시가 된다.

도시 역시 대중소가 있는데, 대형 도시는 자연발생적으로 생기는 게 아니라 국가적 이벤트를 동반해야 한다.

ㅅ. 던전, 혹은 마굴

마물들의 고향이라고 불리는 지하 동굴이다.

이곳에선 개척의 유무와 관계없이 마물들이 생성되는데, 절대로 정화가 되지 않는다.

아래쪽으로 내려갈수록 강한 마물들이 있고, 각 층마다 층 보스를 비롯한 정예 등급 마물이 있는 곳이 있다.

특히 가장 아래층은 모든 몹이 최하 정예 등급이기 때문에 혼자 던전의 아래층에 진입하는 것은 자살행위라 할 수 있다.

특정 상황이 아닌 이상 던전이 있는 자리엔 촌락이나 도시가 생기지 않는다. 최소한의 거리가 필요하다.

ㅇ. 마물의 등급

일반적으로 강함에 따른 분류를 한다.

일반:필드에 돌아다니는 마물들로 일대일로도 어렵지 않게

잡을 수 있다.

흉포:필드의 밤이나 던젼에 사는 일반 마물들의 강화판. 그러니까 일반 몹이 밤이 돼서 강해진 상태이다. 일대일로 잡으려면 꽤 주의를 해야 한다. 그만큼 경험치도 좋지만 아이템 드랍률은 같다.

정예:파티를 결성해 잡으라고 만들어진 마물이다. 생명력은 일반 마물의 열 배가 넘고, 공격력 또한 두 배 이상이다. 경험치와 아이템 드랍률이 높을 뿐만 아니라 고급 아이템을 떨어뜨릴 확률이 있다.

준보스:한 파티가 사활을 걸고 잡으라고 만든 마물. 필드에서 나타나는 경우도 있지만 일반적으로는 던젼의 각층 보스가 바로 준보스 등급이다.

보스:던젼 마스터를 비롯해 필드에서 아주 가끔 나오는 놈들이다. 팔인 파티로는 아무래도 무리가 있고 보통 40명 이상의 공격대를 결성하여 잡는다.

레전드:그냥 신경 끄고 사는 게 속이 편할지도 모른다. 기본적으로 잡으라고 만든 몹이 아니고, 역사와 함께 살아온 놈들이 대부분이다.

이놈들에게 도전을 하려면 최대 공격대 인원수인 400명을 꽉꽉 채우는 것을 권장한다. 물론 그런다고 성공한다는 보장은 없다.

레전드를 잡는다는 것은 새로운 레전드가 된다는 것을 의미

할 정도로 일단 잡는 데 성공만 하면 여러 가지 화끈한 보상이
보장된다.

대표적인 필드 레전드는 드래곤이다. 만약 레전드 마물을
단독으로 잡는 유저가 있다면 그자는 영웅이 아니라 해커나
사기꾼이다.

직업
ㄱ. 1차 직업—10레벨이 되면 얻을 수 있다. 간단한 서약식
정도로 쉽게 얻을 수 있다.

전사, 순찰자, 마법사, 치유사.

ㄴ. 2차 직업—50레벨이 되면 얻을 수 있다. 상당한 자격 심
사가 요구된다.

전사→ 기사, 검투사, 무도가.

순찰자→ 암살자, 헌터, 궁수.

마법사→ 파괴술사, 환술사, 정령사.

치유사→ 성직자, 드루이드, 주술사.

*멀티:2차 직업 때 1차 직업의 승급이 아닌 다른 1차 직업을
얻을 수도 있다. 단, 이 경우 아무래도 다른 순수 직업보다 약
해지는 것을 각오해야 한다. 그럼에도 불구하고 멀티를 하는
이유는 멀티용 3차 직업인 하이브리드 때문이다.

ㄷ. 3차 직업—100레벨에 승급 가능하다. 장대한 승급 퀘스트 수행이나 살인적인 업적치 등을 요구하기 때문에 100레벨에 바로 승급을 하는 경우보다는 120레벨 정도가 되어야 비로소 승급에 성공하는 사람이 많다. 순수와 하이브리드로 나뉜다. 하이브리드가 다재다능하기는 하나 꼭 강하다고는 할 수 없다.

—순수 직업 승급

기사→ 상급기사　　　　　검투사→ 고위검투사

무도가→ 챔피언　　　　　암살자→ 일급 암살자

헌터→ 레인저　　　　　　궁수→ 명궁

파괴술사→ 원소술사(지수화풍 중 하나 선택)

환술사→ 빛의 마법사, 혹은 어둠의 마법사

정령사→ 소환사　　　　　성직자→ 신관

드루이드→ 하이드루이드　주술사→ 샤먼

하이브리드

전사+치유사→ 성기사, 몽크

전사+마법사→ 마법전사

전사+순찰자→ 모험 전문가

순찰자+마법사→ 에이전트, 특수 암살자

순찰자+치유사→ 바드

치유사+마법사→ 미스틱

그 외에도 국가에 따라 같은 직업이라도 명칭이 다르거나

조금 특수한 직업이 있을 수 있다. 이 직업 테이블은 한국을
기준으로 한 것이다.

ㄹ. 4차 직업—150레벨에 전직이 가능하다.

ㅁ. 5차 직업—200레벨에 전직이 가능하다.

ㅂ. 만 레벨인 200레벨 이후엔 전생의 길을 걸을 수 있다.

눈매 퓨전 판타지 소설

the Mask of Leon

가면의 레온

중원을 공포로 떨게 만든 희대의 악마, 혈마존.
그의 영혼이 기억을 잃은 채 차원 이동을 한다.

한 소년과 몸이 바뀐 후 깨어난 혈마존.
기억은 지워지고 싸가지없는 본성만 남았다!
욱할 때마다 튀어나오는 살벌한 말투와 그의 독자 무공.

'아, 나는 왜 이렇게 성격이 더러운가?
어째서 이리도 잔인한 기술을 알고 있는 것인가? 착하게 살고 싶다.'

살인광이었던 그가 전혀 어울리지 않는 대신관이 되기로 결심한다.
하지만 그 본성이 어디 가나……

"이런 빌어 처먹을 놈들, 신전에서 봉사 활동 안 할래?"

유행이 아닌 자유추구 –
WWW. chungeoram.com
Book Publishing CHUNGEORAM

임준욱 장편 소설

무적자

WITHOUT MERCY

그의 이름은 임화평(林和平)이다.
이름처럼 살기를 소망했고 그렇게 살아왔다.
그를 건드리지 말았어야 했다.
조용히 살게 놔두었어야 했다.

"너희들 실수한 거야.
내 세상의 중심,
내 평안의 근거를 깨뜨린 거다.
세상 전부와도 바꿀 수 없는……
알게 해주마, 너희들이 누구를 건드린 건지."

그의 고독한 여정이 시작되었다.

— 오, 바라타족의 아들이여. 언제든지 정의가 무너지고 정의가 아닌 것이
판을 치는 때가 되면 나는 곧 나 자신을 나타내느니라.
올바른 자를 보호하기 위하여, 악한 자를 멸하기 위하여, 그리하여 정의를
다시 세우기 위하여, 나는 시대에서 시대로 태어난다.

〈바가바드기타 중에서〉

정봉준 新무협 판타지 소설

『철산전기』의 작가 정봉준!!!
팔선문을 통해 또 다른 유쾌함을 선사한다!!

뛰어난 자질을 갖춘 팔선문의 대제자 유검호,
그의 치명적인 단점은 게으름과 의지박약!

천하제일마두의 기행에 재수없이 동참하게 된 의지박약아.
갖은 고생 끝에 가까스로 고향으로 돌아오다.

"무림? 그딴 건 개나 주라 그래. 나만 안 건드리면 돼!"

시간을 가르는 그의 행보에 무림이 뒤집어진다!!!

사람들이 인식하는 상식의 세계 이면,
짙은 어둠이 드리워진 그곳에 사는 괴물들이 있다.

문명이 드리운 그림자 속에서, 전투기계들과
인간의 사념으로부터 태어난 마물들이 격돌한다.
마법과 주술이 난무하는 초현실적인 전장,
소년은 그곳에 서는 대가로 인생을 잃었다.
운명의 노예가 되어 가족과 인성을 잃어버린 소년, 진유현.

총염(銃炎)과 검광(劍光)이 뒤얽히는
어둠의 거리에서, 운명의 족쇄를 끊고 나온
소년의 눈이 살의를 발한다.

유행이 아닌 자유추구 —
WWW.chungeoram.com
Book Publishing CHUNGEORAM